Sophie Leib

Nobby408

Ein Bericht

Die Namen der handelnden Personen wurden
von der Autorin geändert.

Bibliographische Information der Deutschen
Nationalbibliothek:
Die Deutsche Nationalbibliothek verzeichnet diese Publikation
In der Deutschen Nationalbibliographie, detaillierte
bibliographische
Daten sind im Internet über http://dnb.dnb.de abrufbar

———

Herstellung und Verlag:
BoD - Books on Demand, Norderstedt
ISBN: 978-3-7519-5694-9

für Christiane

Die Liebe ist langmütig und freundlich, die Liebe eifert nicht, die Liebe treibt nicht Mutwillen, sie blähet sich nicht, sie stellet sich nicht ungebärdig, sie suchet nicht das Ihre, sie lässt sich nicht erbittern, sie rechnet das Böse nicht zu, sie freuet sich nicht der Ungerechtigkeit, sie freuet sich aber der Wahrheit; sie verträgt alles, sie glaubet alles, sie hoffet alles, sie duldet alles.

1. Brief des Paulus an die Korinther 13, 1-7

Inhalt

Vorwort

Jeder Sex in diesem Bericht ist einverständlich und sicher. Um den Fluss der Erzählung nicht zu überfrachten, habe ich darauf verzichtet, jedem der zahlreichen Schwänze darin das Kondom überzuziehen, das er in der Realität getragen hat, und die im Zentrum des Interesses stehenden Körperteile mit den Namen genannt, die sie in meiner Sprache tragen.

Die Benutzung der überall bereit liegenden Kondome ist in einem Swingerclub selbstverständlich, anders als in privater Umgebung habe ich dort nie selbst für ihr Vorhandensein und ihre Verwendung Sorge tragen müssen. In meinen späten Dreißigern hatte ich erstmals durch die Erzählung eines Kollegen, zu vorgerückter Stunde an der Bar eines Seminarhotels, Kenntnis von der Existenz einer solchen Einrichtung erhalten, aber damals konnte ich ein in den Augen meines Gegenübers aufscheinendes Interesse noch lesen und zweifelsfrei deuten. Zehn Jahre später beschlich mich das Gefühl, das Vokabular verlernt zu haben oder schlichtweg keine Gesprächspartner mehr zu finden und ging neugierig auf das Angebot einer flüchtigen Bekannten ein, sie zu einem Clubabend zu begleiten.

Wie jede andere gastronomische Einrichtung ist auch jeder Swingerclub unterschiedlich gestaltet. Die meisten liegen in Industriegebieten, wo es zu den üblichen Öffnungszeiten sonst wenig Verkehr und ausreichend Parkplätze gibt, und versuchen, mit großen und kleinen, offenen und verschließbaren Räumen, Paarezimmern und Darkrooms, Gucklöchern und Pornofilmen, ausrangierten Gynäkologenstühlen und mindestens einer kleinen Auswahl an SM-Gerätschaften, auf dem zur Verfügung stehenden Platz eine möglichst große Bandbreite sexueller Interessen abzubilden. Immer stehen Unmengen von Handtüchern zur Verfügung, zum Unterlegen und Abtrocknen, meist gehört zur Ausstattung auch eine Sauna und oft auch ein Pool, und

9

immer gibt es eine Bar und einen Essbereich mit einem Buffet, denn Sex macht - wie fast alle Drogen - hungrig und in der Regel ist das alles im Eintritt inbegriffen. Das Publikum ist ein Spiegel der Gesellschaft, von Anfang Zwanzig bis Mitte Siebzig, vom Lastwagenfahrer bis zum Professor, von magersüchtig bis fettleibig, von käsigem weiß bis schimmerndem braun, vom protzigen Geck bis zur grauen Maus, alles ist vertreten, vereint in dem Interesse, sexuelle Erregung zu erleben, und in dem Gefühl, außerhalb der Norm zu agieren. Eine Parallelwelt, die deutlich vom normalen Leben getrennt ist, in der diese Leidenschaft meist geheim gehalten wird.

Die Motive für den Besuch in einem Swingerclub sind vielfältig. Die Befriedigung sexueller Bedürfnisse, die über die des Partners in einer festen Beziehung hinausgehen oder von diesem als abartig empfunden werden. Die Wiederbelebung sexuellen Interesses aneinander in einer langjährigen Partnerschaft. Das Ausleben der eigenen Lust in einer Lautstärke, die nicht auf Nachbarn oder andere Familienmitglieder Rücksicht nehmen muss. Ich entdeckte eine Umgebung, in der ich nicht fürchten musste, das Interesse meines Gegenübers aufgrund meiner eigenen Bedürftigkeit mißdeutet zu haben, oder in seiner Wohnung plötzlich mit einem Psychopathen konfrontiert zu sein, oder im Bett einen langweiligen Schwätzer oder egoistischen Liebhaber zu entdecken. Hier begriff ich die Schönheit meines Körpers und die Nichtigkeit seiner vermeintlichen Mängel und lernte ihn in der Gestalt anderer Frauen besser kennen. Hier entdeckte ich das Begehrenswerte an der Intensität und Freude an meiner Lust und genoss, dass der Mann ganz selbstverständlich meiner Befriedigung diente oder in der nächsten Runde ersetzt wurde. Und dann konnte ich einfach nach Hause gehen und entspannt einschlafen.

Ich fühlte mich wie die Königin, als die ich mich im Joyclub anmeldete, einem sozialen Netzwerk für Sexinteressierte, in dem die Verschleierung der tatsächlichen

Identität naheliegend ist, denn neben der Angabe von körperlichen Merkmalen wie Größe, Gewicht und Haarfarbe arbeitet man sich zunächst durch einen Katalog von über fünfzig Spielarten, Vorlieben und Tabus, um ein Profil zu erstellen. Geht Intimbehaarung gar nicht oder stehe ich drauf, gehört Fisting in die Rubrik mag ich nicht so oder unbedingt, und ist Telefonsex situationsabhängig? Wer auf der Suche nach Kontakten ist, kann andere Mitglieder nach Namen, Entfernung, körperlichen Merkmalen oder sexuellen Vorlieben filtern und anschreiben, kann Gruppen wie Hoteldates, Camping-, Swinger- oder Saunafreunde, Parkplatztreffen oder diversen Stamm-tischen beitreten oder Chatgruppen für Interessen wie Lack und Leder, Old School BDSM, Partnertausch in getrennten Räumen oder Flotter Dreier MMF besuchen, es gibt nahezu kein Interesse, das sich in diesen Listen nicht wiederspiegelt. Bei den Clubs und Events sind alle Veranstaltungen und privaten Dates gelistet, die an einem bestimmten Tag angeboten werden und die Gästelisten und der beschriebene Dresscode geben wichtige Hinweise für die Wahl des Ereignisses und des Outfits. Eine Anmeldung zur Veranstaltung über dieses Forum ist unkompliziert und wird mit einem Rabatt beim Eintritt belohnt und kann auch anonym erfolgen, was ich bevorzuge, um die Zahl der Nachrichten in meinem Postfach gering zu halten.

Die hier erzählte Geschichte gewinnt durch ihre Nähe zur Swingerclubszene eine besondere Prägung, weil diese eine der nicht alltäglichen Leidenschaften ist, die die Protagonisten miteinander teilen, sie ist in meinen Augen aber auch ohne nähere Kenntnisse oder eigenes Erleben derselben denkbar und verständlich.

Reutlingen, im Juni 2020

Erster Teil

1

Die Außentemperatur beträgt klirrende -10 Grad, als ich am letzten Mittwoch des Februars mein Auto auf den Parkplatz im Industriegebiet abstelle und an der Tür des Swingerclubs läute. Noch während ich an der Kasse bezahle und meinen Schlüssel in Empfang nehme, klingelt es erneut und ein groß gewachsener Mann betritt den Club. Zwangsläufig teilen wir uns den nüchternen und mit roten Spinden vollgestopften Umkleideraum, und er kommentiert die Bemühungen, meine Brüste möglichst vorteilhaft in einem aus viel Netz und wenig Lack-ähnlichem Material bestehenden schwarzen Body zu positionieren, mit einem frechen „sitzt alles?".

Ich bestelle mir an der Bar einen trockenen Sekt, unterziehe die Anwesenden einer kurzen Musterung - noch ist nichts für mich dabei - bediene mich am liebevoll gestalteten Buffet und ergattere nach einer obligatorischen Zigarette meinen Lieblingsplatz an der Bar, von dem ich sowohl auf die bereits Eingetroffenen als auch auf die neu Ankommenden einen guten Blick habe. Der große Mann bittet um den Platz neben mir und ich kann ihn jetzt im gedämpften Licht ganz unverschämt in Augenschein nehmen. Das Alter schlecht einzuschätzen, aber auf jeden Fall 50plus, die Augen sehr blau und strahlend, das Haar eher weiss als grau und gekonnt frisiert, um nicht mehr ganz volle Stellen sportlich zu kaschieren. Kräftig, aber muskulös. Er heißt Bernd und sein Lachen ist unwiderstehlich.

Ich bin keine Heldin des Smalltalks, aber wir quatschen über Gott und die Welt. Er, ein promovierter Mathematiker, klassifiziert seine Schlüsselnummer 53 als Primzahl und merkt auf, als ich das für meine 48 verneine und sie lässig in 2 hoch 4 mal 3 zerlege. Über die Unterschiede zwischen Potsdam, wo er arbeitet, und Dresden, wo er manchmal arbeitet und ich wohne. Über Musik. Dass er mal in der Deutschen Nationalmannschaft einer etwas abwegigen Sportart war und Russisch kann. Dass er bei der Bundeswehr morsen gelernt hat. Über einen Urlaub in Griechenland, den er in jungen Jahren mit einem Freund gemacht hat. Wie wir zum swingen gekommen sind und wie lange wir das schon machen. Er fragt, warum jemand wie ich Single sei - ich sei doch Single? - und ich antworte ungewöhnlicherweise, dass das daran liegt, dass meine letzte Beziehung durch den Tod beendet worden sei, aber selbst das kann unseren Redefluss nicht stoppen. Irgendwann frage ich schmunzelnd, ob wir uns nicht vielleicht auch körperlich engagieren wollen, was er freudig bejaht.

Das romantisch angehauchte Einzelzimmer ist frei und nach einigen wenigen, aber innigen Küssen schlüpfen wir hungrig und nahtlos ineinander und genießen uns und unsere Lust und ich erlebe das erste Mal, wie urgewaltig dieser Mann seinen Orgasmus hinaus schreit, was mich später zu der kecken Bemerkung veranlaßt, er sei echt ein Brüller. Danach sitzen wir eng umschlungen im kleinen, aber angenehm warmen Pool und unterhalten uns mit einem älteren Herrn, während Bernd zärtlich mit meinen Brustwarzen spielt. Zurück an der Bar quasseln wir einfach weiter und der Herr aus dem Pool neckt uns im Vorbeigehen, wir wären ja wohl offensichtlich auch schon ewig miteinander verheiratet und glaubt uns nicht, dass wir uns heute Abend erst kennen gelernt haben. Wir kehren noch einmal in das Zimmer zurück und entdecken uns mit etwas weniger Überschwang und mehr Neugier weiter und ich genieße die Freude, die es ihm macht, mich mit Zunge, Händen und Schwanz zu verwöhnen und revanchiere mich großzügig.

Wir sind die Letzten, die den Club verlassen. Weil er mit der Bahn gekommen ist, biete ich ihm an, ihn ein Stück mitzunehmen und kurz bevor ich ihn rauslasse, frage ich, ob ich ihm vielleicht meine Telefonnummer aufdrängen soll. „Ich überlegte gerade, ob ich Dich danach fragen soll" bejaht er freudig. Als ich im Bett liege, kommt seine erste Nachricht. Er bedankt sich fürs Mitnehmen und den schönen Abend und schreibt, dass er jede Minute mit mir genossen habe. Die Nachricht ist mit einem Kuss-Emoji verziert.

2

Ich bin zu diesem Zeitpunkt 48 Jahre alt und zufriedener mit mir und meinem Leben als jemals zuvor. Ich lebe mit Filou, meinem Hund, in einem zu einer sehr individuellen Wohnung umgebauten ehemaligen Ladengeschäft am Rande der Dresdener Neustadt, habe einen kleinen und feinen Freundeskreis, genieße in Konzerten, Theater, Kino und bei Lesungen die Vielfalt des kulturellen Lebens der Stadt und habe als erfolg-reiche freie Handelsvertreterin eine sehr ausgewogene Work-Life-Balance. Das Tüpfelchen auf dem i ist die erst im vergangenen November gemachte Entdeckung, dass ich als Frau ungezwungen und gefahrlos in einem Swingerclub auch endlich meine sexuellen Bedürfnisse befriedigen kann. Wobei für mich die größte Gefahr darin liegt, den Mann nicht wieder loszuwerden. Aber Bernd, den muss ich wiedersehen. Bereits am nächsten Abend, an dem er lange am Flughafen warten muss und wir ihm die Zeit mit schäkernden sms vertreiben, verabreden wir uns für den nächsten Dienstag, an dem er wieder in Dresden sein wird. Bei mir, da er nur eine kleine Einzimmerwohnung mit schmalem Bett hat. Der Spass aneinander entfacht in den nächsten Tagen ein sprühendes Feuerwerk an hin- und hergehenden Nachrichten, die auch mal ins erotische abgleiten, aber meist ganz Alltägliches betreffen. Ich berichte von einem Konzert, er von einem Essen mit Freunden, ich von einem literarischen Abend, den ich selbst veranstalte, er von einer erotischen Lesung, die er mal besucht hat. Immer wieder überrascht er mich mit einer charmanten, Emoji-geschmückten Nachricht und als ich ihn frage, ob er Weiß- oder Rotwein bevorzugt, schreibt er, dass natürlich er den Wein mitbringt und dass er unbedingt noch loswerden muss, dass er nie gedacht hätte, in einem Club eine solch attraktive, selbstbewusste und intelligente Frau wie mich kennenlernen zu können. Währenddessen erhalte ich auf meinem Joyclub-Profil täglich Besuch von Nobby408, der 53 und Single ist und Kinder hat, und obwohl der Name rätselhaft ist, treffen die Angaben zu seinem Aussehen auffallend auf Bernd zu. Das Motto des Profils ist „Sic tacuisses philosophus manisses".

Er klingelt pünktlich und stürmt mit strahlendem Lächeln und einer Flasche Wein in der Hand um die Ecke im Hausflur. Gleich hinter der Tür fallen wir uns in die Arme und als er dabei entdeckt, dass ich unter meinem kleinen Schwarzen nichts außer Strümpfen trage, noch gleich dort filmreif übereinander her, während uns der Hund fassungslos beobachtet. Nachdem der erste Hunger gestillt ist, wechseln wir ins Schlafzimmer und trinken, nackt im Bett sitzend, Rotwein bis uns das Begehren wieder ineinander treibt. Unbemerkt vergeht der Abend, während wir geniessen - uns gegenseitig Lust zu schenken, zu reden, zu lachen und uns einfach zu umarmen. Ich frage irgendwann, ob er zufällig Nobby408 ist und er lächelt jungenhaft schelmisch ertappt. Als ich zwischendurch ins Bad gehe, denke ich auf der Toilette: DEN will ich haben.

Wie selbstverständlich will er über Nacht bleiben. Nun, für mich ist das alles andere als selbstverständlich, es sind sieben Jahre vergangen, seit ich eine ganze Nacht mit einem Mann im selben Bett verbracht habe. Aber meine Gegenwehr ist schwach und obwohl mein Schlaf unruhig ist, bringt mich die Verzauberung der Geborgenheit in seiner Umarmung und seine Hand auf meinem Bauch gut durch die Nacht. Am nächsten Morgen schlüpfe ich unbemerkt aus dem Bett und eile mit dem Hund zum Bäcker, um Brötchen zu kaufen. Als ich zurück komme, ist er gerade aufgewacht und während er duscht, mache ich uns Frühstück, das wir mit verliebten Blicken miteinander teilen. Kaum ist er aus dem Haus, bedankt er sich mit den kleinen roten Emoji-Küssen, die mir schon ans Herz gewachsen sind, für den schönen Abend, die schöne Nacht und das liebe Frühstück.

3

Wir schreiben und schreiben. Unsere verliebten Erinnerungen an die Nacht; unsere unterschiedlichen Temperaturvorlieben - er bei Kälte ein Weichei, ich temperaturunempfindlich; dass er nach Stuttgart fliegt, um seine Mutter ins Krankenhaus zu begleiten; welche Musik er hört; Tipps für seine sich anbahnende Erkältung; seine Meetings, meine Kundentermine, und vor allem, wann wir uns wiedersehen. Er wird die kommende Woche nicht in Dresden sein, ich habe in der darauffolgenden Woche eine gynäkologische Operation, danach macht er Skiurlaub und wir könnten uns erst nach Ostern wieder verabreden - für uns beide eine unvorstellbar lange Zeit. Ich biete ihm an, nach Potsdam zu kommen, er prüft noch einmal seinen Terminkalender und kann am darauffolgenden Dienstag tagsüber in Dresden sein und wir eine verlängerte Mittagspause miteinander verbringen.

Mit klopfendem Herzen im roten Kleid und natürlich wieder nur bestrumpft klingle ich wahrlich freudig erregt an der Tür des modernen Wohnblocks in der Prager Straße und gerade, als ich mich durch die ausbleibende Reaktion leicht verunsichern lasse, biegt das 1,91 m große Lachen um die gegenüberliegende Hausecke. Schon im Fahrstuhl bestürmen wir uns mit Küssen und entledigen uns in der spartanisch, aber geschmackvoll eingerichteten Einzimmerwohnung hastig unserer Kleidung und verschmelzen miteinander. Seine Anatomie scheint bis aufs Detail auf meine abgestimmt zu sein und der Sex mit ihm erregt mich wie noch keiner zuvor. Klein ist nichts an diesem Mann, aber schön, so schön.

Aber es ist nur eine Mittagspause und auch wenn sie zwei Stunden dauert, schlage ich danach etwas hart wieder in der Wirklichkeit auf. So will ich das nicht mit ihm und überhaupt, warum dieser Dreisprung Potsdam, Dresden und am Wochenende Stuttgart. Ich google ihn und Bernd ist auf Facebook und Instagram, sein Profilbild zeigt ihn nicht allein. In meinem Inneren tobt der Aufruhr. Ich bin unschlüssig, was ich tun soll, aber den Kontakt zu kappen ist für mich bereits unvorstellbar geworden. Schließlich schreibe ich ihm, ob wir uns nicht der Einfachheit halber darauf einigen wollen, dass er und Nobby408 sicherlich viel gemeinsam haben, aber nicht identisch sind. Er versteht die Bemerkung nicht und ich präzisiere, dass mir bewusst ist, dass die Marketingangaben seines Profils wie zum Beispiel der Beziehungsstatus im realen Leben wohl abweichen und ich mich danach richten werde. Mit einem lachenden Emoji gibt er zu, dass da etwas dran sei und wechselt das Thema.

4

Unser Nachrichtenaustausch bleibt intensiv. Mehrmals am Tag lässt das Zischen einer eingehenden sms und die kleine rote 1 im grünen Feld mich freudig erstrahlen und regnen die Küsse und einen Kussmund sendenden Gesichter in mein Herz, das nach der Dürre der letzten Jahre aufblüht. In der kommenden Woche fragt er, ob wir uns nicht an dem Tag, an dem ich meinen sexverhindernden Eingriff habe, einfach zum Billard spielen treffen können oder ob ich ihn nur zum Sex sehen will. Obwohl auch mir das durch den Kopf gegangen war, hatte ich mich nicht getraut, ihm dass vorzuschlagen, weil mich eine abschlägige Antwort gekränkt hätte, und so stimme ich hocherfreut zu.

Er holt mich um acht bei mir zu Hause ab und wir gehen zunächst in die Pizzeria Toscana in der Louisenstraße und er schlägt mit einer für mich unwiderstehlichen Formulierung vor, dass wir uns zur Pizza einen Salat als something to share bestellen. Wie immer in seiner Gegenwart ist es einfach gut, aber ich frage ihn, wo er denn in Potsdam eigentlich wohnt, und leicht unwirsch entgegnet er, was ich denn wissen will. Ich spiele auf die letztwöchige Bemerkung an und ja, er ist verheiratet, wohnt während der Woche in einem Hotel in Potsdam oder der Wohnung in Dresden und verbringt das Wochenende bei seiner Familie in Reutlingen. Einige Jahre hatten sie ein Haus in Potsdam, sich dann aber für diese Variante entschieden, die ihm jedoch einiges abverlangt. Mir scheint, dass ich mit dieser Konstellation erst einmal leben kann, die auch den Vorteil hat, dass ich meine lieb gewonnenen Abläufe kaum verändern muss. Ich lächle ihn an und sage, dass das doch gar nicht so schwer gewesen sei und wir teilen uns die Rechnung und gehen die wenigen Schritte zur Groove Station hinüber, wo wir wie Teenager knutschen, während ich drei Spiele gewinne.

Auf dem Heimweg gestehe ich ihm, dass ich morgen Geburtstag habe und frage, ob er nicht doch bei mir übernachten möchte. Er bedankt sich für das Angebot, lehnt aber ab und wir verabschieden uns an meiner Haustür. Um Mitternacht gratuliert er mir und während ich, mich selbst belächelnd, zu meinem Widder-Sein stehe, weil ich die Eigenarten, die man diesen nachsagt, an mir gern mag, schreibt die Waage, dass er nicht so an den Sternzeichenquatsch glaubt. Seinem gute-Nacht-Wunsch folgen zum ersten Mal nicht nur Küsse sondern auch ein „mein Schatz" und ich bin glücklich. Zwei Tage später fährt er in den Skiurlaub.

5

Im Medium sms bin ich mittlerweile voll in meinem Element und meine Sehnsucht übersetze ich in ein Feuerwerk von vor Charme und Esprit strotzender Nachrichten mit einem Hang zur Selbstironie. Von Bernd lese ich von seiner Erschöpfung nach dem Skifahren, seinem schmerzenden Meniskus, was er liest, dass ich zu irgendetwas später unbedingt mehr erzählen muss, dass er sich die Theaterkritik später genauer ansehen muss, dass er mich vermisst und keine Frau in der Sauna so schöne Brustwarzen hat wie ich und die kleinen Küsse fliegen hin und her. Ich fühle mich begehrt und mir scheint, dass mir kein Mann, der mir wichtig war, bisher solche Aufmerksamkeit geschenkt hat.

Die Sehnsucht und das Vermissen führen in unserem libidinösem Vollrausch nahezu zwangsläufig dazu, dass wir auch immer wieder auf sexuelle Themen kommen. Wir berichten uns freimütig vom masturbieren und er will ganz genau wissen, wie ich das mache, ob ich Sexspielzeug benutze und wie der Hund darauf reagiert. Er schreibt von den sexuellen Szenen mit mir, die ihm immer wieder durch den Kopf gehen und meine frivolen Entgegnungen steigern unser Verlangen noch. Und dann hat er diesen Traum, in dem er mit mir in einem Pornokino ist und ich nicht nur mit ihm, sondern auch mit anderen Sex habe. Ich bin schon immer auch sexuell ein neugieriger und abenteuerlustiger Mensch gewesen und habe keine sich bietende Erfahrung ausgelassen, mich dabei aber immer im Rahmen des auf ein einzelnes Gegenüber ausgerichteten Mainstreams bewegt, und diese Vorstellung reizt auch mich. Endlich ein Mann, der mit meiner überbordenden Libido mithalten kann und für den eine Beziehung nicht nur dann denkbar ist, wenn ich nur noch mit ihm schlafe. Bernd zählt mir die

Dresdener Pornokinos und ihre jeweiligen Vorzüge auf und uns ist klar, dass wir bei diesem Traum den Realitätstest machen werden. Ich erzähle von meinem Interesse, auch mal mit einer Frau zu schlafen und er gibt zu, in seiner Jugend jahrelang ein sexuelles Verhältnis zu einem Jungen in der Nachbarschaft gehabt zu haben. Im Fachjargon bedeutet das, wir sind beide bi-interessiert und wir stellen schmunzelnd fest, dass wir uns später unbedingt Spielgefährten suchen müssen, Herren oder Paare. Fast zeitgleich kommen wir auf die Idee, für uns im Joyclub ein Paarprofil anzulegen. Aber im Moment will ich nur ihn, und dann später mit ihm da draußen spielen gehen. Mir scheint, das Einzige, worüber wir uns Sorgen machen müssen, ist auf-zupassen, dass wir uns nicht selbst überholen. Endlich geht sein Urlaub zu Ende und Dienstag wird er bei mir sein.

6

U nser Wiedersehen ist ein Fest. Er kommt mit dem Zug aus Berlin und - sich den Zeit fressenden Umweg über Büro und seine Wohnung sparend - vom Bahnhof Neustadt mit seiner Tasche gleich zu mir. Vom ersten Moment an sind wir einander vertraut und es vergehen keine fünf Minuten, bis er mich stehend in der Küche vögelt und meine Lust daran wohl keinem, der durchs Treppenhaus geht, verborgen bleiben kann. Im Bett Lachen, Reden, Wein und wieder Finger, Münder, Haut und Zungen, die nicht satt werden aneinander. Wie Löffel aneinander gekuschelt schlafen wir ein, seine Hand auf meinem Bauch und unser beider Schlaf ist ruhig und tief, bis wir gegen fünf erwachen und uns wieder lieben.

Das Frühstück, das ich zubereite, während er unter der Dusche steht, ist schon etwas professioneller. Ich habe letzte Woche Tee gekauft, weil ich mittlerweile weiß, dass er Kaffee verabscheut und es meiner Sehnsucht für den Augenblick des Einkaufs die Schärfe nahm. Während des Frühstücks sitzen wir beieinander als ob es normal wäre und starren uns über unsere Tassen hinweg vernarrt in die Augen. Er verlässt das Haus nur mit leichtem Gepäck, denn er wird nachmittags zurück kehren und ich ihn später zum Flughafen bringen, da er am Abend noch nach Stuttgart fliegt.

Am Nachmittag schaffen wir es bis ins Schlafzimmer, und ich verwöhne ihn lange mit meiner Zunge, bis er mich abschließend kniend auf dem Bett von hinten nimmt. Als wir danach selig aneinander lehnen, merkt er nach einigem Schweigen an, wie es wäre, wenn wir bei unser Hochzeit gefragt würden, wie wir uns kennen gelernt haben, was mir die Sprache raubt. Trotzdem sage ich auf dem Weg zum Auto, dass sich bei meiner Entdeckung, dass er verheiratet sei, in den Zorn darüber, dass jemand mich für so dumm halten könne, dass ich das nicht heraus finden würde, auch ein kleines bisschen Erleichterung gemischt hat, weil ich ein wenig beziehungsscheu bin. Und dass er ja auch ein Bedürfnis nach Familie habe, das ich nicht befriedigen kann. Unter Küssen verabschieden wir uns am Flughafen, wir wissen schon, dass wir uns nächste Woche wiedersehen werden. Wenig später erkundigt er sich, ob ich gut nach Hause gekommen bin und bedankt sich wieder. Ich erwidere, dass es weit jenseits von Worten wunderschön mit ihm war.

7

Ich bin die Süße, sein Schatz, die wunderschöne und wunderbare Frau und als ich einmal frage, ob ich mich mit etwas aufdränge, entgegnet er, dass das nicht möglich sei, weil er sich sehr dafür interessiert, wie es mir geht und wie ich fühle.

Währenddessen legt er ein Paarprofil für uns an. Auf den Namen komme ich, als ich nach einer Verbindung meines Profilnamens Königin mit seinem Philosophenspruch suche und auf Sophie Charlotte, Königin in Preußen, und ihre enge Freundschaft zu Leibniz stoße. Das Zusammenziehen zu SophiesLeib löst erotische Assoziationen aus und wir sind anzüglich „Nass und spritzig" und ein Paar, das gerne gemeinsam lacht und zusammen die Welt erkunden möchte. Ein gesichtsloses Foto meiner wunderschönen Brüste soll das Ganze abrunden und wir stimmen uns ab, dass, wer selber nicht besuchbar ist, sich mit uns nur im Club oder in Bernds Wohnung treffen kann, weil mir meine Wohnung zu intim ist und ich anschließend an solche Abenteuer dort in seinen Armen einschlafen möchte. Tatsächlich werden wir sofort von anderen Paaren angeschrieben und ich schlage vor, dass wir uns das bei unserem nächsten Zusammentreffen gemeinsam anschauen. Aber Bernd, der den Schriftverkehr führt und offenbar während seiner Arbeit sehr viel Zeit dazu hat, legt ein Tempo vor, das mich in Panik versetzt, weil ich mit der Abgabe von Entscheidungsgewalt keine Erfahrung besitze und er Treffen vorschlägt, ohne sich mit mir abzustimmen. Er ist beschämt, als ich ihn verstimmt bitte, dass Tempo im Spielzugladen etwas zurück zu nehmen und ich versichere ihm beruhigend, dass wir nicht in Eile sind, weil ich wirklich selten Feuer fange, aber wenn, dann sehr stetig bin. Dann mische auch ich mich in die Unterhaltungen ein, weil uns zunehmend auch einzelne Männer anschreiben und wir neben dem Besuch im Pornokino in dieser Woche auf meinen

Wunsch demnächst auch einen Abend mit einem zweiten Mann in Bernds Wohnung planen. Bei der Menge an Angeboten kann ich mir unbescheiden auch mehr vorstellen. Ich treffe eine Vorauswahl unter den Herren und achte dabei darauf, dass sie auch bi-interessiert sind, damit auch Bernd etwas davon hat. Er übernimmt die Verhandlungen mit Ihnen und fühlt sich dabei an die Stellenbesetzung, mit der er sich sonst beruflich viel beschäftigt, erinnert.

8

Es ist endlich wieder Dienstag. Unsere sms sind heute noch aufgeregter als sonst vor unserem Wiedersehen. Er plant einen frühen Feierabend, und ich werde ihn mit dem Auto am Hotel Pullman abholen und ihm ein bisschen was von Dresden zeigen, von dem er in den letzten sechs Jahren nur wenig gesehen hat. Danach steht das Pornokino in der Großenhainer Straße auf dem Programm. Ich trage wieder das Übliche, es ist fast schon sommerlich warm, und wir halten Händchen, während ich mit ihm über Bautzner und Schillerstraße, Blaues Wunder und das Käthe-Kollwitz-Ufer auf einem großen Umweg unser Ziel ansteure. Das Eckhaus mit dem Ladengeschäft ist mir vorher nie aufgefallen. Wir betreten den kleinen Laden, der wie eine Mischung aus Zeitungskiosk, Eckkneipe und Sexshop wirkt, schauen uns kurz bei den DVDs mit ihren grellen Covern und absurd bis komischen Titeln um, dann bezahlt Bernd den Eintritt und wir bekommen jeder ein Gratis-Getränk und werden durch eine Tür in den hinteren Teil des Geschäfts eingelassen. Links geht ein Gang mit verschließbaren Einzelkabinen ab, in denen man gerade eben stehen kann. In jeder hängt ein Bildschirm, auf jedem spielt ein anderer Film. Geradeaus ist ein vielleicht 20 qm großer verdunkelter Raum, der nur vom

Licht eines überdimensionalen Bildschirms, über den ein Allerweltsporno flimmert, erhellt wird. Einige Sofas, ein paar Sessel und vier Männer, die bei unserem Eintreten überrascht aufblicken, sind im Zimmer verteilt. Wir nehmen auf einem der Sofas Platz und verfolgen den Film, während wir anfangen, uns zu befummeln.

Bernds Traum und meine Vorstellung erfüllen sich nicht. Als ich nach kurzer Zeit mein Kleid ablege, nähert sich nur einer der Männer und fragt schüchtern, ob ich seinen Schwanz wichse und wird erhört, zwei andere verlassen, offenbar von meiner Anwesenheit überfordert, den Raum. Also toben wir uns unbeschwert und kichernd miteinander aus, schauen noch ein wenig dem Film zu und sind nach einer Stunde wieder draußen.

Es ist noch immer früh und unser körperliches Verlangen zunächst gestillt und so machen wir nur einen kurzen Zwischenstopp zum Duschen bei mir und gehen dann Händchen haltend weiter in die Neustadt und werten dabei unser kleines Abenteuer aus. Es ist warm genug, um im lauschigen Hinterhof des Raskolnikoff zu essen und anschließend gehen wir ein paar Schritte weiter in die Bar Holda und trinken Gin Tonic und Cuba Libre. Unser Redefluss reißt nicht ab, bis wir wieder zu Hause sind und uns im Bett einer etwas romantischeren Spielart des Sex widmen, bis wir irgendwann erschöpft in unser fast schon üblich zu nennenden Stellung aneinander gekuschelt einschlafen. Tatsächlich können wir morgens um fünf schon wieder etwas miteinander anfangen und frühstücken später wie gewohnt.

9

Unsere Nachrichten der nächsten Tage drehen sich fast nur um Paarprofile, die wir uns gegenseitig vorschlagen und Bernds Fortschritte bei der Terminabstimmung mit den Männern für unseren privaten Herrenüberschussabend in seiner

Wohnung, den wir für die nächste Woche planen. Er beklagt sich lachend, dass er tatsächlich seine ganzen Projektmanagementskills dafür benötigt. Dazwischen blitzt wieder seine Verwunderung auf, ausgerechnet in einem Swingerclub jemanden zu treffen, mit dem man sich weit über den Sex hinaus so gut versteht und auch sonst total gerne zusammen ist, und ich antworte, dass ich nicht damit gerechnet habe, überhaupt jemand wie ihn zu treffen und dass der Ort an sich aber auch ideal ist, weil das Einander-Verstehen schon ein großartiges Geschenk ist, aber ich es als extrem bereichernd empfinde, miteinander wirklich freizügig in sexuellen Dingen sein zu können. Und dass, wenn er so zauberhaft um eine Ecke in mein Blickfeld kommt, ohnehin alles gut ist, egal, was dann passiert. Er gesteht, dass er ein wenig besorgt war, was das Experiment Pornokino mit uns machen würde, aber das es einfach nur geil und ungezwungen war und danach genauso entspannt und gut wie zuvor. Meine Anrede für ihn wechselt vom schönen Mann zu mein Geliebter und ich werde seine Allerliebste und wir fangen an, uns gegenseitig vorzuzählen, wie oft wir noch schlafen müssen, bis wir uns wiedersehen. Es gibt keinen Tag und keine Uhrzeit, zu der wir nicht schreiben, und kein Abend und kein Morgen lässt unsere mit Küssen geschmückten guten Wünsche für die Nacht oder den Tag vermissen, was die Vermutung nahelegt, dass ein gemeinsames Schlafzimmer wohl nicht Bestandteil seiner Ehe ist. Damit liege ich richtig, auch wenn wir bei aller Vielfalt unser Gespräche dieses Thema kaum berühren, aber einmal entschlüpft ihm doch die Bemerkung, dass seine Frau seinen sexuellen Bedürfnissen mit der Einstellung begegnet, dass sie einen Akademiker und keinen geilen Bock geheiratet hat, und die Verbitterung darüber ist ihm deutlich anzumerken.

Der Dienstag ist mittlerweile mein beliebtester Wochentag. In der Nacht bin ich einmal kurz aufgewacht mit einer ganz konkreten und erregenden Vorstellung unseres heutigen Vorhabens und einem leichten Erschrecken über meine eigene Maßlosigkeit. Unsere sms des Tages albern um die Abendveranstaltung und unsere Aufregung herum. Um halb sieben sammle ich Bernd vor dem Pullman auf und er lotst mich in die Tiefgarage, aus der uns der Fahrstuhl knutschend nach oben bringt. Er hat schon Gläser und Getränke bereit gestellt und so bleibt uns noch Zeit, unsere Körper miteinander auszuprobieren, bevor unsere Gäste eine Stunde später eintreffen sollen, was ich fortan als Vorglühen bezeichne.

John schreibt eine Nachricht, dass er sich ein wenig verspätet, was sich als angenehm herausstellt, denn so kann ich mich in der ersten halben Stunde auf den pünktlich eintreffenden René und Bernd konzentrieren. Wir trinken Aperol Sprizz und René ist zunächst etwas verlegen, aber als ich die Initiative ergreife und meine Hand unter sein T-Shirt schiebe, entkleiden mich die beiden Männer zügig und streicheln meinen nackten Körper, der genügend Möglichkeiten für ein äußerst erregendes Spiel mit vier Händen bietet. Ich lasse die Zwei sich nebeneinander auf das schmale Bett legen und knie mich zwischen ihre Beine und finde es nahezu anrührend, wie der, dessen Schwanz ich jeweils blase, den anderen wichst und wie sie fast synchron tauschen, wenn ich zwischen ihnen hin und her wechsle. Wenig später stößt der Dritte wahrlich dazu, denn er beginnt völlig unkompliziert sofort, in dieser Position meine Möse und meinen Hintern erfreulich gekonnt zu verwöhnen. Die Herren wechseln im Laufe des Abends mehrfach die Stellung und sich ab, nur eines bleibt gleich, ich bin der Mittelpunkt ihres Bemühens und lasse mich selig von Höhepunkt zu Höhepunkt treiben.

Einmal, als mich John gerade von hinten vögelt, blicke ich tief in Bernds Augen, der einfach nur auf dem Bett sitzt und mich liebevoll lächelnd beobachtet und fühle mich ihm fast schon schmerzhaft nahe. Irgendwann habe selbst ich genug und wir verabschieden die Beiden und sitzen noch ein wenig auf dem Bett beieinander, bevor auch wir gehen und zu mir nach Hause fahren und aneinander gekuschelt einschlafen. Am nächsten Morgen bedanke diesmal ich mich für die beglückende Erfahrung, nicht ohne das Gefühl der intensiven Nähe zu ihm zu erwähnen und er schildert mir seine Faszination über die Erregung, die es ihn ihm auslöst, mich von anderen Männer befriedigt und begehrt zu sehen.

11

Unsere Vorarbeiten für das Abenteuer der folgenden Woche laufen auf Hochtouren. Wir wollen uns mit einem anderen Paar in einem der Dresdener Clubs treffen, aber Paare stellen sich als kompliziert heraus. Viele wollen uns erst bei einem Glas Wein in normaler Umgebung beschnuppern oder eine Freundschaft plus, beides reizt uns schon wegen unserer Zeitknappheit gar nicht. Bei anderen schreibt ganz offensichtlich nur der Mann und auf einmal kommt irgendwas dazwischen, weswegen ein Date doch nicht möglich ist, manche Dialoge brechen einfach ab. Andere finden uns ganz einfach nicht attraktiv, aber wir amüsieren uns großartig über die Eigenheiten dieser für uns neuen Welt.

Meine erste Liebeserklärung an ihn fällt mit einem Rüffel zusammen. Als ich ihm mit einem Zwinkern ein Bild meines Aperol Sprizz sende, den ich am Samstag Nachmittag im Café Neustadt geniesse, vergreift er sich scherzend bei der Wortwahl und äußert seine Besorgnis, dass ich hoffentlich noch nicht so konditioniert sei, dass ich nach diesem Getränk Männer bespringen wolle. Ich weise ihn zurecht, dass ich Dirty Talk mag, wenn er jemandem zuwispert „fick sie doch richtig", aber bespringen dabei weder aktiv noch passiv zu den zulässigen Vokabeln gehört und dass ich einfach nur so frei sein möchte, wie Männer geboren werden und lieber allein bin, als in Schablonen gepresst zu werden und dass ich ihn unter anderem wegen der Möglichkeit, dass er mich aushalten kann, liebe. Aber er möge meinen Hunger nicht zu etwas wahllosem machen, denn er gelte so nur mit ihm.

Dass es mit dem mich aushalten ein Problem geben könnte, ist ihm fremd. Er schreibt zurück, dass er es liebt, mit mir zusammen zu sein und die Kombination aus meiner Intelligenz, gepaart mit meiner Lust, mag. Und er verspricht, bei unseren Abenteuern auf mich aufzupassen.

12

Dienstag. Die Vorfreude ist sogar noch größer, denn er wird bis Donnerstag in Dresden bleiben. Der Dienstagabend ist für uns reserviert und Mittwoch wollen wir zusammen in die Oase gehen, wo wir uns kennen gelernt haben. Eine konkrete Verabredung hat sich trotz unser beider intensiven und mittlerweile recht professionellen Bemühungen zwar nicht ergeben, aber wir sind zuversichtlich, dass wir mindestens mit uns Spass haben werden, und gespannt, ob sich darüber hinaus etwas ergibt.

Schon um fünf kommt er mit dem Zug aus Berlin in Dresden an und direkt zu mir. Nahtlos verschmelzen wir miteinander und es ist, als ob es die zurück liegenden Tage der Trennung nicht gegeben hätte. Nach unserem ersten Tanz treibt uns der Hunger aus dem Bett und Hand in Hand in die Stadt und noch auf dem Weg reserviere ich für uns im Böhme einen Tisch vor der Tür und wir lassen uns das köstliche Essen auf der Zunge zergehen, wie immer tief ins Gespräch versunken. Mich amüsiert sein ausuferndes Detailwissen über nahezu jede Sportart, mir gefällt seine eher linke politische Einstellung und sein kritischer Blick aufs Zeitgeschehen, wir haben beide Spaß an logischen Rätseln und interessieren uns für nahezu jede Fragestellung. Was wir nicht selber wissen, googeln wir, beide sind wir schnell mit unserem iPhone bei der Hand.

Zufrieden wandern wir durch die Nacht zurück nach Hause und vögeln, bis uns die Müdigkeit übermannt und wir Rücken an Bauch einschlafen. Die morgendliche Freude aneinander wird diesmal nicht durch die bevor stehende Trennung getrübt.

13

B ereits am Nachmittag schreibt er, dass er gar keine Lust mehr auf Arbeit hat, sondern nur noch auf mich. Weil es regnet, sammle ich ihn wenig später am Bahnhof Neustadt auf, sein Styling Gel im Gepäck. Diesmal betreten wir die Oase gemeinsam, Bernd begleicht den Eintritt, wir ziehen uns um und gehen an die Bar, an der wir ein wenig mit der Bedienung herum albern, bis uns ein leichter Appetit in den Nebenraum ans Buffet treibt. Versuchsweise unterhalten wir uns mit den anderen Gästen am Tisch, schnell tauscht man sich über das Verhältnis zur Oase oder anderen Clubs aus, aber ein erotischer Funkenschlag bleibt aus und wir beschließen, erst einmal eine Runde durch den Club zu drehen.

Im ersten Raum lässt sich eine Frau unter den Blicken mehrerer Beobachter von zwei Herren verwöhnen und wir schauen eine Weile zu, wissen aber nicht, wie wir es anstellen sollen, uns in das Geschehen einzubringen und gehen weiter. Die anderen Räume in dieser Etage sind leer und wir gehen in den Keller, doch auch dieser Raum ist leer. Aber die Szene von eben hat mich erregt und ich habe jetzt Lust, lehne mich leicht an das ein mal zwei Meter große Podest, dass gleich hinter der Eingangstür steht und mir etwa bis zur Hüfte geht und fange an, Bernd zu küssen und zu streicheln, was er ebenso motiviert erwidert. Wir bleiben nicht lange allein, immer wieder öffnet sich die Tür, und während sich einige schüchtern einen Platz im Hintergrund suchen, treten andere an das Podest heran und fangen erst vorsichtig und, wenn ich es zulasse, gezielt an, mich ebenfalls zu berühren. Ich drehe mich um und beuge mich über das Podest, so dass ich die Schwänze der beiden gegenüber stehenden Männer in die Hand und den Mund nehmen kann, während Bernd von hinten in mich eindringt und mich erst langsam und dann immer heftiger stößt. Ein weiterer Mann schafft es, von der Seite aus meine rechte Brust zu kneten und an ihr zu saugen. Irgendwann tauscht Bernd seinen Platz mit einem von den beiden auf der anderen Seite. Ich bin berauscht und zucke in Ekstase. Die kleine Versammlung löst sich sofort auf, als ich nach einer Pause verlange, in der mich Bernd im Pool in den Armen hält.

Nach einer kleinen Stärkung am Buffet fällt uns an der Bar eine einzelne, schon etwas ältere, aber sehr attraktive Blondine auf. Sie ist sehr dünn, in ein auffallendes Ensemble aus weißem Bustier, Slip, Strumpfhalter und schwarzen Strümpfen gekleidet und wirkt nervös. Wir kommen mit ihr ins Gespräch und wechseln zu einer der im Raum verstreuten Sitzgruppen. Sie erwähnt, dass ihr Mann auf dem Parkplatz telefoniert. Nach und nach werden die Sitzplätze in der Umgebung von Männern besetzt, die uns nur beobachten, sich aber nicht an der Unterhaltung beteiligen, was uns ein bisschen merkwürdig vorkommt. Ich mache ihr gegenüber eine Andeutung über die Möglichkeit, in eines der Zimmer zu gehen, und sie steht auf, verlässt den Raum und kehrt mit ihrem Mann zurück. Wir gehen in den hintersten Raum, in dem gedimmtes Licht auf eine etwa drei mal zwei Meter große Liegefläche fällt. Wir Frauen legen uns nebeneinander darauf und ihr Mann beginnt, mich äußerst gekonnt zu fingern, während ich ihre kleine, mir am nächsten liegende Brust vorsichtig aus dem Bustier hebe und an ihrem Nippel sauge, während Bernd ihre Möse leckt und sie lustvoll stöhnt. Der Raum füllt sich mit den Männern, die vorhin um uns herum gesessen haben und sich jetzt an der Wand aufreihen und ihre Schwänze in der Hand haltend das Geschehen beobachten, während unsere beiden Akteure beginnen, uns zu ficken. Sie verlangt schnell eine härtere Gangart und schon kurze Zeit später werde ich das erste Mal Zeugin des Orgasmus einer anderen Frau. Sie kommt in einer Lautstärke, die mir, die ich neben ihr liege, fast das Trommelfell zerreißt. Als ihre Schreie abebben und Bernd aus ihr gleitet und sich zwischen uns legt, winkt sie den Nächsten zu sich, der sie nach dem gleichen Muster befriedigt und vögelt, bis er selber kommt und dann den Nächsten und so fort, bis keiner mehr übrig ist und sie sich noch immer suchend umschaut. Ich selbst kann mich bei dem ohrenbetäubenden Lärm nicht mehr auf Bernds Liebkosungen konzentrieren und verberge mein Gesicht an seiner Schulter, um das in mir aufsteigende Lachen zu ersticken. Wir schleichen uns aus dem Raum und unter der Dusche überlegen wir lachend, ob nicht auch eine Dezibel-Angabe bei den Profilen sinnvoll wäre. Wir holen uns an der Bar noch ein Getränk und ziehen uns auf ein Sofa zurück, wo ich seinen Schwanz hingebungsvoll mit meiner Zunge verwöhne, bis sein urgewaltiger Aufschrei ertönt, der in meinen traumatisierten Ohren heute recht harmlos klingt. Wir sind die letzten Gäste und fahren nach Hause und schlafen aneinander gekuschelt ein. Nach der Morgenroutine bedankt er sich aus dem Büro für die beiden total spannenden und aufregenden Tage und ich entgegne, dass ich jeden Moment davon genossen habe.

Die kommende Woche, die zunächst wegen des auf einen Dienstag fallenden 1. Mai Gefahr lief, eine entbehrungsreiche zu werden, wird so umorganisiert, dass er Dienstag Abend direkt von Stuttgart nach Dresden fliegt und bis Donnerstag bleibt. Unsere Bemühungen, uns mit einem Paar zu verabreden, laufen auf Hochtouren. Wir schlagen uns Paare vor, verwerfen andere, überlegen uns Strategien für die Ansprache, teilen die zu schreibenden Nachrichten typgerecht unter uns auf, und stimmen uns ab, welche Anbahnungen wir weiter verfolgen und welche nicht. Als er in seinen Dialogen auch den Dienstag als Termin vorschlägt, muss ich wieder einschreiten und schreibe, dass in der Reihenfolge meiner Gelüste an der ersten Stelle Sex mit ihm steht, weil das für mich eine gigantische Erfahrung von ungeheurer Intensität ist, die ich zudem von Mal zu Mal noch stärker empfinde, und weil die Spielarten noch lange nicht ausgereizt sind und ich mir zum Beispiel wünsche, dass seine Zunge und meine Möse sich miteinander befreunden und sein Schwanz meinen Arsch kennenlernt. Erst dann möchte ich mit ihm die anderen Abenteuer erleben, die mich ihm auch so wahnsinnig nahe bringen, weil ich es als sehr intim und beglückend empfinde, das miteinander teilen zu können, und die Zügellosigkeit, die ich mit ihm erlebe, mir ein enormes Freiheitsgefühl schenkt. Ich schreibe, dass es mir immer gut geht, wenn er in meiner Nähe ist, aber dass er in nicht unerheblichem Masse auch meine Seele und meinen Kopf fickt und dass, während ich mich nach unserem Zusammensein unverwundbar fühle, mit den Tagen des Abstands die Angst wächst, nicht satt werden zu können an ihm. Dass es mich dann irritiert, wenn er für beide Tage ein Date hinbekommen möchte und ich mich ungenügend fühle, als Person und in der Ausprägung meiner Abenteuerlust. Und dass ich mich auf ihn freue.

Er gibt mir Recht und zu, übers Ziel hinaus geschossen zu sein, verbunden mit der Bitte, ihn, wenn dies passiert, immer zu stoppen. Er mag klare Ansagen, bestätigt den Dienstag als Zeit für unser gemeinsames Entdecken und freut sich auch tierisch auf mich. Wir verabreden uns für den Mittwoch mit Schatz103 im Ollywood, einem etwas außerhalb, nahe Moritzburg gelegenen Club, und melden uns an. Ich gehe in einen Erotikmarkt und kaufe mir zwei neue Outfits, und er bedauert, nicht dabei gewesen zu sein.

15

Die Stunden des Dienstages werden in unseren Nachrichten minutiös herunter gezählt. Viel zu früh bin ich in einem weißen Etuikleid, das die Bräune meiner Haut und meine Figur sehr vorteilhaft betont, am Flughafen und stehe in der Ankunftshalle herum. Ich traue mich nicht, mich irgendwo hin zu setzen, weil das Kleid sehr kurz ist und ich wie immer keine Unterwäsche anhabe. Kaum gelandet, freut er sich darauf, mich gleich küssen und berühren zu dürfen. Wenig später sehe ich ihn schon von weitem aus der Menge ragen und dann strahlt sein Lachen bei meinem Anblick auf und wir fallen uns in die Arme und bleiben lange fest umschlungen stehen. Einträchtig gehen wir zum Auto und es ist ein kleines Wunder, dass wir unfallfrei zu Hause ankommen, weil seine Hand unter meinem Kleid meine Konzentration stark beeinträchtigt. Elegant schält er mich noch im Flur aus meinem Kleid und keiner meiner Wünsche bleibt unerfüllt. Mein Bett ist unsere Welt, in dem wir reden, lachen, vögeln, trinken und eng umschlungen schlafen und der Morgen enthält erneut das Versprechen eines weiteren Abends und neuen Abenteuers.
Um kurz vor sechs stehe ich am Bahnhof Neustadt zum Abholen bereit und wir verlassen die Stadt in Richtung

Moritzburg. Bei Friedewald fahre ich von der Umgehungsstraße ab und wenig später in das Wohngebiet, in dem das Ollywood in einem großen, umgebauten Einfamilienhaus seinen Sitz hat. In dem winzigen Umkleideraum ziehe ich eines meiner neuen Outfits an, ein sehr kurzes, eng anliegendes und auf einer Seite gerafftes Kleid mit Volants, die das großzügige Dekolleté umspielen. Es ist aus einem schwarzen, durchsichtigen Material gearbeitet und ein begeisterter Bernd hilft mir, die Träger im Nacken zusammen zu binden.

Ich selbst war bisher nur einmal im Ollywood. Es ist wesentlich aufwändiger gestaltet als die Oase und hat im Erdgeschoss neben der Bar und dem mit Sofalandschaften ausgestatteten Sitzbereich einen großen Pool, in dem man - natürlich nur unbekleidet - sogar schwimmen kann, während man durch Bullaugen in einem der Räume im Keller beobachtet wird. Das Buffet ist sensationell und es gibt in beiden Geschossen mehrere gut ausgestattete Zimmer. Aber es wird hauptsächlich von Paaren frequentiert, die sich untereinander schon ewig zu kennen und wenig Interesse an Neuzugängen zu haben scheinen.

Wir sind erst um 19 Uhr verabredet, daher trinken wir an der Bar einen Sekt, schauen uns die ánderen Gäste an und gehen dann in den Keller, um etwas zu essen. Danach frischen wir bei einem Rundgang unser beider Kenntnisse der Räumlichkeiten auf, aber noch ist nirgendwo etwas los und so kehren wir in den Barbereich zurück und behalten von dort den Eingang im Auge. Schatz103 verspätet sich etwas, aber schließlich betritt ein Paar den Club, auf das die Beschreibung im Profil passt und das sich suchend umschaut. Ich winke, als sich unsere Blicke treffen und die Beiden kommen zu uns herüber. Heike ist eine sympathische Blondine mit hinreißender Figur, René wirkt eher unscheinbar und ein bisschen stämmig. Sie wollen schnell noch etwas essen und uns dann wieder an der Bar treffen. Nach ihrer

Rückkehr unterhalten wir uns einige Zeit etwas schwammig über unsere jeweiligen Lebensumstände und brechen schließlich auf, um uns einen Raum zu suchen. Wir entscheiden uns für eine große Liegefläche im Erdgeschoss, die von Wänden umgeben ist, die in unregelmäßigen Abständen von Gucklöchern durchbrochen ist. Heike und ich beginnen, uns zu streicheln und werden dabei von den beiden Männern unterstützt. Sie hat eine samtweiche, golden schimmernde Haut und ich knete ihre schön geformten Brüste und sauge an ihren Nippeln und wage mich mit einer Hand in die Nässe zwischen ihren Schenkeln. Weitere Männer kriechen in den Raum und schließlich müssen wir voneinander ablassen, weil wir jeweils im Mittelpunkt der Bemühungen von drei, vier Männern stehen. Wir lassen es uns beide gut gehen, aber es ist auch ein etwas unübersichtliches Gedränge und irgendwann verlangt es mich nach einer Pause und ich ziehe mich mit Bernd an den Rand des Geschehens in die Beobachterrolle zurück, bis auch Heike genug hat.

Wir gehen duschen, noch etwas essen und zurück in die Bar, wo wir beschließen, den Pool auszuprobieren, in dem wir mit Schwimmnudeln herumalbern, bis ich einen Lachanfall bekomme und prustend aus dem Wasser steige. Danach trennen sich unsere Wege und Bernd und ich fläzen uns auf eine der Couchen und beobachten das Geschehen um uns herum.

Gegenüber der Bar befindet sich der rothaarige Barkeeper mit nacktem Oberkörper in starrer Haltung auf allen Vieren. Er trägt ein Halsband und wird von einer sehr dicken, sehr tätowierten Frau mit rasiertem Schädel an einer Leine gehalten. Mit einem Ganzkörperanzug aus durchbrochener Spitze ist sie nahezu nackt und unterhält sich auf dem Sofa mit einer anderen Frau, während beide ihre Beine entspannt auf dem Rücken des Knieenden abgelegt haben. Seitlich des Sofas ist ein armdicker schwarzer Dildo an die Wand geschraubt und wir können unsere Augen kaum von der

Absurdität der Szene abwenden, während Bernd an meiner empfindlicheren und ihm am nächsten gelegenen Brustwarze zupft und ich schon wieder Lust auf ihn bekomme. Wir ziehen uns in ein kleines Zimmer mit Doppelbett zurück, verschließen die Tür und konzentrieren uns voller Zärtlichkeit ganz auf uns.

Als wir wieder auftauchen, ist es schon deutlich leerer geworden, aber wir mögen noch nicht nach Hause gehen und lümmeln uns wieder auf eine der Couchen. Wir kommen auf Konzerte zu sprechen und während ich in den letzten Jahren auf Konzerten in Hamburg, Wien, Berlin und auch Dresden war, kann sich Bernd kaum noch daran erinnern, wann er, außer in jungen Jahren, das letzte Mal eines besucht hat und wirkt ein bisschen niedergeschlagen. Gegen Mitternacht kommen wir nach Hause, schlafen erschöpft ein und erwachen früh mit Lust aufeinander.

16

In der nächsten Woche wollen wir uns dienstags in Berlin treffen, in die Tempeloase gehen und anschließend gemeinsam nach Dresden fahren. Es ist die Himmelfahrtswoche, so dass er nur bis Mittwoch bleiben kann.

Die Hektik, mit der wir in den letzten Wochen per sms unsere Abenteuer organisiert haben, ebbt ein wenig ab, wir sind uns jetzt sicher, auch kurzfristig und ungeplant Spannendes zu erleben und haben wieder mehr Aufmerksamkeit für Anderes. Ich schreibe ihm, dass mich sein Leben an seinen anderen Orten natürlich auch interessiert, ich aber denke, dass mich das nichts angeht und ich Angst habe, ihm zu nahe zu treten. So dass es für mich okay ist, wenn er einerseits mein ego-zentrisches Gequassel lesen mag und sich andererseits lieber bedeckt hält. Ich möchte nur, dass er weiss, dass mein Mangel an Fragen eher ein Ausdruck des Respekts und nicht des Desinteresses ist. Er findet es schön, was ich geschrieben habe und ist sich nicht sicher, wieviel Information über sein Leben in Reutlingen unserer Beziehung gut tut, weil er mir auf keinen Fall weh tun will, weil er mich sehr mag. Ich antworte ihm, dass für mich Offenheit immer das Beste ist, weil ich es mit ihm halt nur mit Gefühl kann und ich für mich den Anspruch habe, dass sich das auch auf Dinge erstrecken muss, die mir nicht so in den Kram passen. Ich formuliere auch meinen Anspruch an ihn, genug Vertrauen in mich und mein Gefühl zu haben, um mich selbst entscheiden zu lassen und schicke noch den Satz hinterher, dass ich keine Beziehung brauche, weil man so etwas halt hat, sondern dass ich möchte, dass er Bestandteil meines Lebens ist und ich mit ihm herausfinden möchte, mit welcher Beziehung das machbar ist.

Dies bleibt unkommentiert und nach unserem morgend-lichen Nachrichtentausch bleibt das Zischen den ganzen Tag über aus. Ich gerate in Panik und schreibe, bevor ich ins Bett gehe, dass wir doch bitte darüber schreiben sollen, wenn ich ihm jetzt doch zu nahe getreten sei, und mehr Freibrief, als ich mit meinen Worten versucht hätte, auszudrücken, jemand in meiner Situation jemand in seiner Situation doch gar nicht geben könne. Ich kann sein abruptes Schweigen nicht einsortieren und es tut weh. Viel später sendet er einen Guten-Nacht-Gruß und erklärt, dass er den ganzen Tag mit Freunden unterwegs war und daher nicht schreiben konnte und sagt, dass er sich schon tierisch auf mich freut. Ich entschuldige mich dafür, dass ich in Hinblick auf seine Nachrichten so ein Junkie bin und wir wenden uns wieder unserer Planung zu.

In der Tempeloase gibt es für den Dienstagabend kaum Anmeldungen. Als Alternative habe ich im Joyclub in der Hotelgruppe ein Date eingestellt, auf das sich aber niemand meldet. Aber Schatz103 hat der Abend mit uns gut gefallen und hätte Interesse daran, sich in Bernds

Wohnung in einer ruhigeren Umgebung als das letzte Mal mit uns zu treffen, wir disponieren also um.

Die Vielfalt der Möglichkeiten, meine Lust zu stimulieren, die ich in den letzten Wochen erfahren habe, motiviert mich dazu, nachzuforschen, ob es mir noch unbekannte Techniken gibt, einem Mann besondere sexuelle Empfindungen zu bereiten und ich stoße im Internet auf den Begriff Prostatamassage und belese mich ausführlich darüber. Weil ich weiss, dass viele Männer in Bezug auf ihren Anus sehr eigen sind, erwähne ich das Thema in einer Nachricht und stoße auf Begeisterung. Er schreibt, dass das nicht immer funktioniert, aber wenn, dann sei es megamässig geil. Prinzipiell sei er immer dafür zu haben und ich könne das in der kommenden Woche ja gleich an zwei Objekten ausprobieren. Ich aber glaube, dass das für mich etwas Intimes ist, was ihn verwundert, weil ich umgekehrt bei dieser Variante des Sex keine Einschränkungen mache. Ich erkläre ihm, dass mein Körper für mich kein Intimbereich ist, sondern nur die Grenze dazu, aber ich durchaus ein Gefühl dafür habe, dass Andere das anders empfinden und das ich auch Unterschiede dabei mache, wieviel Befriedigung ich jemand bereiten mag.

Am Dienstag treffen wir uns schon um 17 Uhr am Pullman und genießen mit einem intensiven Vorglühen unser Wiedersehen. Filmreif hebt er mich in der kleinen Küche auf die Spüle und schiebt seinen Schwanz zwischen meine Beine, eine Spielart, für die ich aufgrund meiner eigenen Größe bisher keinen geeigneten Partner fand und die ich als ungemein anregend empfinde. Da unsere Gäste erst kurz vor acht eintreffen wollen, gehen wir anschließend die paar Schritte zur L`Osteria hinüber und stärken uns mit einer Pizza. Ich werde das erste Mal eingeladen.

Als Heike und René eintreffen, tauschen wir zunächst die Partner, aber René erweist sich auf sich allein gestellt als kein besonders guter Liebhaber, was mir im

Gedränge der vergangenen Woche nicht aufgefallen war. So konzentrieren wir uns alle drei zunächst auf Heike, die es sehr genießt, dass ich beim Fingern nicht nur das Innere ihrer Vagina sondern auch Bernds Finger in ihrem Anus ertasten kann. Ich bin absolut fasziniert, als ich beobachte, wie Bernd gekonnt Renés Schwanz bläst. Wenig später komme ich in den Genuss, von den Dreien rundum verwöhnt zu werden und zum Abschluss lasse ich mich von Bernd vögeln, bis er kommt, während Heike René blasend zum Höhepunkt bringt. Nackt auf dem Balkon in der noch warmen Abendluft sitzend, halte ich Heike mit ihrer samtigen Haut zärtlich im Arm, während die Männer am Geländer stehend in die erleuchteten Wohnungen der umliegenden Blöcke sehen. Nachdem Heike und René gegangen sind, stehen wir beide lange, noch immer nackt, auf dem Balkon und versuchen bei einem Aperol Sprizz mithilfe einer App die hell über uns leuchtenden Sterne zu bestimmen. Wir räumen kurz auf, fahren zu mir und kuscheln uns aneinander. Unser Morgenritual wird von der Aussicht verschönert, dass er am Nachmittag wieder zu mir kommt und wir noch ein paar Stunden miteinander verbringen können, bevor ich ihn zum Flughafen bringe. Ich nutze die Gelegenheit, mein angelesenes Wissen das erste Mal praktisch anzuwenden und wir sind beide von dem Ergebnis sehr beeindruckt. Im Bus zum Flugzeug schreibt er von den zwei wunderschönen und aufregenden Tagen, die mich ihm wieder sehr viel näher gebracht haben, von seinem Erstaunen und seiner Faszination, und dass ich einfach eine tolle Frau bin.

17

Er vermisst mich. Ich ihn auch, von dem Moment an, ab dem er aus meinem Blickfeld verschwindet. Aber ich habe keinen Einfluss auf seine Verfügbarkeit und keine Möglichkeit, das zu ändern, deswegen mache ich das Beste aus meiner Zeit ohne ihn. Ich treffe mich mit meinen Freundinnen, gehe ins Theater oder ins Kino, mache mit Filou Ausflüge in die Umgebung, hänge an den Wochenendnachmittagen im Café Neustadt bei Kuchen, Zeitung und Prosecco ab, putze meine Wohnung, pflege meine Schönheit und lese viel. Von all dem berichte ich ihm, während er im Joyclub chattet und sich der Organisation unserer Abenteuer widmet und sich dafür von mir, analog den vielen in seiner Tätigkeit gebräuchlichen Abkürzungen, scherzhaft den Titel SCM, Sex-Kontakt-Manager, einhandelt. Ich muss schon wieder einschreiten, als sich abzeichnet, dass er bereit ist, für jeden Tag seiner Anwesenheit in der kommenden Woche eine Ver-abredung zu treffen und schreibe, dass ich ihn einen Abend für mich allein haben möchte und eventuell auch gern etwas Nichtsexuelles mit ihm anstellen möchte. Er beruhigt mich damit, dass auch das ein Vertriebsprozess sei, bei dem von fünf Verkaufsgesprächen nur einer zum Abschluss kommt und gibt mir Recht, dass wir es nicht übertreiben sollten.

Ich schreibe, dass ich viel zu wenig darüber weiss, was ihm unsere Paaraktivitäten bedeuten und wie er sie empfindet und liefere meine eigene Sichtweise gleich mit. Sex mit ihm ist das Allergrößte, was ich auf dem Gebiet jemals erlebt habe. Das liegt ganz allgemein daran, dass seine Anatomie so großartig für mich geschaffen ist, ich Sex heute viel intensiver genieße und mir seit meinem Eingriff im März außerdem keinen Kopf mehr um die biologischen Folgen machen muss. Im Besonderen liegt es aber daran, dass mein Körper für ihn vom ersten Augenblick an keine Grenze zur Intimität war und ich noch keinen Mann gekannt habe, der seine Lust - nicht nur in der Abschlussphase - so intensiv zum Ausdruck bringen kann. Was mir an Sex soviel Spass macht, ist, neben dem eigenen lustvollen Empfinden, die Freude, die man dem Anderen bereiten kann und das Beobachten derselben. Bei einem

Herrenüberschuss ist das Schöne für mich, dass gleichzeitig alle erogenen Zonen angeregt werden, ich den Kick des Tabubruchs genieße und im absoluten Mittelpunkt des Interesses aller stehe - eine Erfahrung, die ich ihm auch gern einmal verschaffen würde. Auch unsere Paarsex-Erfahrungen fand ich spannend, schon weil die Möglichkeit des Beobachtens eher gegeben ist. Trotzdem möchte ich das jetzt nicht ständig haben, denn mir bedeuten auch die anderen Momente mit ihm unendlich viel, wenn er mich beim Frühstück küsst, beim Autofahren meine Hand hält, mich anlacht, „something to share" sagt, mit mir in den Abendhimmel oder mir in die Augen schaut, mich nachts im Arm hält und, und, und ... Ich habe immer ein bisschen Angst, dass das zu kurz kommt, obwohl das noch nie der Fall war.

Jetzt ist er am Zug und erst einmal von meinen Ausführungen begeistert, die er lächelnd liest. Er bestätigt, dass es sehr schön ist, neben mir einzuschlafen und auch dort aufzuwachen, mit mir in einem Restaurant zu sitzen und zu reden. Ich sei so schlau und in vielen Dingen so geradlinig, wie es ihm gefällt und meine Nähe fühlt sich gut für ihn an. Das Gemenge im Ollywood war auch ihm zu unübersichtlich, während er den Abend mit den beiden Männern bei ihm sehr entspannt fand. Der Paarsex am Dienstag war auch für ihn eine gelungene Premiere, aber auch er ist von René nicht so überzeugt, empfand das Zusammensein mit zwei so schönen Frauen und den farblichen Kontrast zwischen uns aber als den obergeilen Hammer. Ob er Sex zu viert als das Nonplusultra sieht, kann auch er noch nicht einschätzen und möchte das deswegen gerne weiter ausprobieren, zumal er es als besonders reizvoll empfindet, mir zuzusehen und es gleichzeitig mit jemand anderem zu machen. Vor kurzem haben wir über die Möglichkeit eines Sandwichs gesprochen, was ich gerne mit ihm ausprobieren möchte. Er glaubt, dass mir das gut gefallen wird und findet es sehr gut, dass ich meine Wünsche so klar äußere. Er ist von meiner Neugier und Offenheit und meiner unbändigen Lust begeistert und findet Sex mit mir einfach toll, weil sich alles so natürlich und gut anfühlt. Ich schätze mich zwinkernd glücklich, mit ihm zusammen im Jugend-forscht-Team zu sein und behalte selig für mich, dass er der erste Mann ist, der die Kombination aus Intelligenz, Lust und Geradlinigkeit in ihrer Gesamtheit an mir zu schätzen weiß.

Unsere Verabredungen für die kommende Woche sagen beide ab und ich verspreche ihm lachend, dass ich mich nicht mehr über Dating-Eventualitäten aufregen werde, und melde uns für den Mittwoch in der Oase an. Wir mögen beide die Club-Atmosphäre und finden es anregend, uns dort zu vergnügen, selbst wenn wir unter uns bleiben. Unsere Nachrichten fiebern einander entgegen.

18

Schon um kurz nach fünf trifft er am Dienstag bei mir ein und wie immer feiern wir das erste Zusammentreffen sofort stehend in der Küche, während ich mich über die Arbeitsfläche beuge und er mich von hinten nimmt, weil ich mich nach diesem ersten unmittelbaren Kontakt zwischen seinem Schwanz und meinem Inneren verzehre und erst danach die Ruhe habe, mit ihm im Bett weiter zu spielen. Als dieser Hunger vorerst gestillt ist, gehen wir ins Ocakbasi und teilen uns geschwisterlich eine unsagbar gute Grillplatte, deren Umfang unserem anschließenden Billardspiel in der Groove Station ein wenig den Elan nimmt, was unserem Spaß daran aber keinen Abbruch tut. Eng umschlungen gehen wir nach Hause und sitzen tatsächlich erst noch eine Weile redend und knutschend auf der Couch, bis es uns wieder ins Bett treibt. Wie immer wachen wir gegen fünf auf, schlafen miteinander und dann noch einmal ein, bis der Tag endgültig beginnt.

Am Nachmittag sammle ich ihn auf dem Weg zu Oase wieder am Bahnhof Neustadt ein. Wir schauen zu, fummeln in der Sauna, essen und trinken, vergnügen uns zweimal mit anderen Herren und zum Abschluss verwöhne ich Bernd, der danach einige Minuten fest in meinen Armen einschläft. Wir sind die Letzten und fahren heim. Der Morgen ist ungetrübt, wir werden vor seinem Abflug noch ein paar Stunden zusammen verbringen.

Nach dem Sex am Nachmittag kommen wir auf seine Arbeit zu sprechen und er zählt mir alle Firmen auf, in denen er gearbeitet hat. Dann nimmt er seinen Mut zusammen und spricht aus, was ihn seit Wochen bedrückt: dass er ab dem 1. Juli einen neuen Job in Sindelfingen hat und aus Dresden weggeht. Ich bin im Bruchteil einer Sekunde völlig orientierungslos, klammere mich an ihn und verberge schluchzend mein Gesicht an seiner Brust. Es dauert lange, bis ich meine Fassung so weit wieder gewinne, dass ich ins Bad gehen kann. Auf dem Weg zum Flughafen halten wir uns im Auto schweigend an der Hand und verabschieden uns dort traurig voneinander.

Vom Flughafen schreibt er der Allerliebsten, dass es ihm in der Seele weh tut, mich weinen zu sehen und dann noch zu wissen, dass er der Auslöser ist. Als er sich für den neuen Job entschieden hat, wusste er noch nicht, wie viel ich ihm bedeuten würde. Er weiß nicht, ob er in der aktuellen Situation die Entscheidung wieder so treffen würde. Er ist sehr gern mit mir zusammen und ich bedeute ihm sehr viel.

Es dauert lange, bis ich in meinem Gefühlschaos die richtigen Worte für eine Antwort an den Herz-allerliebsten finde. Ich schreibe, dass es mir leid tut, meine Tränen nicht vor ihm verbergen gekonnt zu haben, aber dass von dem Moment plus vielleicht zwei Minuten an, als er das erste Mal neben mir saß, alles an mir ohne Hemmungen ihm gegenüber gewesen ist, dass er mich wirklich nackt kennt und es nicht den kleinsten Schutzwall gibt. Ich weiß nicht, ob ich ihn in am Mittwoch sehen kann, weil ich das Gefühl habe, das nur zu schaffen, wenn ich eine Rolle spiele und das würde mich in diesem Fall wirklich beschädigen. Ich bitte schon vorab um Verzeihung, wenn ich bis dahin keinen anderen Weg finde.

Er hat mich in der vergangenen Woche gefragt, was wäre, wenn er nicht verheiratet wäre und abweichend von meiner leicht ausweichenden damaligen Antwort schreibe ich jetzt, dass ich kein Freund des Konjunktivs bin und nicht wusste, dass mir meine vom Tod meines Freundes herrührende Angst, noch einmal an der Vorstellung zu verzweifeln, den Rest meines Lebens ohne eine bestimmte Person verbringen zu müssen, nur eine Woche später in ganz anderem Gewand wieder begegnen würde. Wenn es nicht wäre, wie es ist, wäre er meine Heimat, würde ich ihm bis ans Ende der Welt folgen und ihn jeden Tag wissen lassen, das er das Einzige ist, was wirklich wichtig ist.

Er antwortet, dass das, wenn es nicht so traurig wäre, wunderschön klingt und ihm ganz weit weg im Nebel klar war, dass etwas Besonderes mit uns passiert. Dann tauschen wir nur noch wortlos Küsse.

19

Erst jetzt verstehe ich seinen hektischen Eifer und die selbst meiner Abenteuerlust manchmal zu viel werdenden Verabredungsversuche mit Anderen. Nach einer unruhigen Nacht bin ich noch immer ratlos, die nächtlichen Gedanken haben sich nicht zu einem Entschluss durchringen können. Erst als ich auf dem Weg zu einem Kundentermin durch knallgelbe Rapsfelder fahre, kommt mir die Erleuchtung, dass ich nicht auf die Gelegenheit verzichten möchte, in meinem mentalen Schatzkästchen unvergessliche Erinnerungen zu speichern und ich jede Minute, die ich mit ihm verbringen kann, bis zum bitteren Ende auskosten möchte. Mittags schreibe ich ihm, dass ich zwar schlau bin, aber oftmals nicht klug handle und ihn deswegen am nächsten Mittwoch sehen möchte.

Unsere Nachrichtenfrequenz erhöht sich noch, jetzt beginnt auch er, mir davon zu erzählen, was er in Reutlingen macht, wir schicken uns Fotos und Sudokus, viele Küsse und vermissen uns. Zwischendurch gestehe ich ihm, dass ich momentan an wenig anderes denke als an die bevorstehende Trennung, dass ich quasi trainiere, damit ich bis Mittwoch ein bisschen tougher bin als in der vergangenen Woche, und dass mich dabei auch die Frage beschäftigt, wie es danach denn eigentlich für ihn sein wird, weil seine verbittert klingende Bemerkung deutlich gemacht hat, dass Sex in seiner Ehe keinen Platz hat. Dass ich sicher irgendwann emotional wieder in der Lage sein werde, Sex zu haben, obwohl ich mir nicht vorstellen kann, jemals wieder in die Oase zu gehen, ohne in Tränen auszubrechen, was gemeinhin als nicht so erotisch gilt, aber das es mich irgendwie viel trauriger machen würde, wenn ich wüsste, dass er keinen hat. Er antwortet, dass er mir das noch gar nicht sagen kann, im Moment ist er extrem gut im verdrängen und schafft es ganz gut, sich auf mich zu freuen und sich daran festzuhalten. Dann lass uns das mit dem Verdrängen gemeinsam machen, entgegne ich ihm.

Wir beschließen, den ursprünglichen Plan, uns ein zweites Mal mit Jens zu treffen und ein Sandwich zu versuchen, beizubehalten, weil uns meiner Meinung nach ein bisschen Aufregung und Ablenkung gut tun wird. Ich starte wieder eine Internetrecherche und werde nur und ausgerechnet auf eltern.de fündig. Nach der Lektüre lasse ich ihn wissen, dass es ein bisschen ungünstig ist, dass wir nichts über Jens Einstellung zu Analsex wissen, weil es aus meiner Sicht bei diesem etwas komplizierten Vorhaben nur eine Anordnung

48

geben kann. Er muss auf dem Rücken unten liegen, weil ich ihn küssen können will, es für den unteren Herrn das intensivere Erlebnis sein soll und er von dort den besten Blick hat und weil er schlichtweg den dickeren hat, ich dann rittlings auf ihm und Jens muss den oberen beziehungsweise hinteren Part übernehmen. Bernd gibt ehrlich zu, gerne beides spüren zu wollen, ihn macht allein die Vorstellung schon verrückt und er will wissen, ob er Jens in unser Vorhaben einweihen soll. Ich winke ab, weil ich mich auch nicht zu sehr auf dieses Ziel versteifen will, was, wie ich augenzwinkernd anmerke, ohnehin die Aufgabe der Herren sei, und entweder wir steuern an dem Abend genüsslich darauf zu oder haben anderweitig geilen Sex zu dritt.

Wir müssen eine Nacht mehr als sonst schlafen, aber am Mittwoch warte ich um sieben Uhr mit leicht mulmigen Gefühl ob des Wiedersehens und meiner Fähigkeit, die Fassung zu bewahren, am Bahnhof Neustadt auf ihn, um von dort mit ihm zu seiner Wohnung zu fahren, weil wir auf die sieben gemeinsamen Minuten, die der Zug zum Hauptbahnhof braucht, nicht verzichten wollen. Als er aus dem Bahnhofsgebäude tritt und bei meinem Anblick erstrahlt, sind alle Sorgen verflogen und wie immer ist einfach alles gut.

Die Wohnung ist für den Abend schnell mit wenigen Handgriffen vorbereitet und wir haben noch Zeit zum Vorglühen und mich auf der Spüle ein erstes Mal zur Ekstase zu treiben. Jens ist pünktlich und dieses Mal weit weniger schüchtern und wir spielen ausgelassen und entspannt zu dritt, bis ich irgendwann rittlings auf Jens sitze und Bernd vorsichtig anal in mich eindringt. Es ist ein sensationelles, extrem erregendes Gefühl, von zwei Schwänzen erfüllt zu sein, aber das Vergnügen hält nicht lange an, weil Jens sich so sehr erschreckt, dass seine Erektion in sich zusammen fällt und für den Rest des Abends durch nichts wieder zu beleben ist. Er verlässt uns etwas später und wir stehen noch lange dicht beieinander auf dem Balkon und schauen in den

Sternenhimmel, bevor auch wir aufbrechen und uns im letzten noch geöffneten türkischen Imbiss auf der Alaunstraße ein erstaunlich gutes Iskender Kebap teilen und danach nach Hause fahren. Als wir am nächsten Nachmittag vor dem Abflug miteinander schlafen, schläft er danach in meinen Armen tief ein, sein leichtes Schnarchen klingt wie ein Schnurren und in meinem Herzen ist nur noch Platz für die Liebe zu ihm.

20

Vor uns liegt eine Durststrecke, denn in der kommenden Woche wird er gar nicht in Dresden sein. Um der Zeit ein Schnippchen zu schlagen und die Sehnsucht unter Kontrolle zu halten, habe ich meinen Kalender mit Aktivitäten gefüllt, gehe ins Schauspielhaus, zu einer Lesung in meiner Lieblings-buchhandlung, ins Kino, koche Marmelade und versacke mit einer Freundin so im Café Neustadt, dass wir uns auf dem Rückweg beide an ihrem Fahrrad festhalten müssen und ich leichte Schwierigkeiten habe, ihm noch eine Nachricht zu schreiben und amüsiert stellt er fest, dass ich süß bin, wenn ich betrunken bin. Trotzdem vermisse ich jeden endlosen Augenblick seine Stimme, seine Augen, seine Berührungen, seine seidenweiche Haut, sein Lachen, seinen wunderbaren Schwanz, seine sensationellen Lippen und den ganzen Rest und kann mich noch mit der Gewissheit trösten, dass am Ende dieser Wüste der Moment kommen wird, in dem ich in ihm einrasten kann und der mich verwundert darüber zurück lassen wird, dass noch mehr Nähe möglich ist. Meine Freunde beginnen, sich besorgt zu fragen, wie ich die Trennung überstehen werde.

Ich schlage vor Freude metaphorisch einen Salto, als er mir schreibt, dass er in der Wiedersehenswoche von Dienstag bis Freitag in Dresden sein wird und wir beginnen mit der Planung für unser bisher längstes

Zusammensein. Am Dienstag wird er erst spät aus München anreisen und ich plädiere augenzwinkernd extrem egoistisch für langweiligen Paarsex, am Mittwoch verabreden wir uns mit der Frau eines Paares, das Bernd im vergangenen Jahr kennen gelernt hat, in der Oase. Sie selbst ist zwar nicht bi-interessiert, aber nach meinen wunderbaren Herrenüberschuss-erlebnissen möchte ich Bernd gern auch die entsprechende Erfahrung ermöglichen. Als wir uns vornehmen, davor noch das sehr gut bewertete Pornokino auf der Pirnaer Landstraße unsicher zu machen, finden wir uns lachend zwar unmöglich, uns dabei aber auch sehr sympathisch. Am Donnerstag wird er nach der Arbeit mit seinem Team noch etwas trinken gehen und seinen Ausstand geben, und wir verabreden, dass ich ihn von dort abhole und wir dann einfach noch ein bisschen durch die Stadt schlendern.

Als ich ihn frage, wie es ihm geht, antwortet er, so gut, wie es ihm ohne mich gehen kann, was ich auch für mich gut formuliert finde. Ich unterbreite meinem nun Herzallerliebsten eine Bitte. Ich finde unseren Entschluss zur Verdrängung sehr gut und insgesamt gelingt mir das sogar, weil ich es insbesondere in seiner Gegenwart als völlig irreal empfinde, dass wir uns irgendwann nicht mehr sehen sollten. Deswegen will ich auch gar nicht mehr als notwendig darüber schreiben und schon gar nicht darüber sprechen, um das Gefühl der Irrealität nicht zu zerstören und uns den Genuss aneinander bis zum letzten Augenblick zu erhalten. Aber er muss mir versprechen, es mich via Nachricht frühzeitig wissen zu lassen, wann wir uns das letzte Mal sehen. Zum Einen möchte ich nicht, dass er aus Rücksicht diese Last alleine trägt und zum Anderen möchte ich wenigstens die Chance haben, das mit Würde zu tragen, wenn ich sonst schon nichts tun kann.

Er schreibt, dass der 21. Juni sein letzter Tag in Dresden sein wird und er total traurig ist. Ich muss das erst verdauen, bevor ich ihm antworten kann, dass wir so viele Dinge miteinander getan haben, die andere nie miteinander erleben werden, und dafür so vieles nicht getan haben, was andere als erste Schritte zusammen unternehmen. Das unendlich Tragische dabei ist, dass wir nichts miteinander getan haben, was mein Vertrauen erschüttert hätte, das alles, was wir nur zusammen täten, unendlich schön wäre. Und das ich irgendwie nichts und doch alles von ihm weiß und dass ich noch nicht einmal die Chance haben werde, herauszufinden, ob es irgendwas an ihm gibt, was etwas schwieriger zu lieben wäre. Trotz unserer Traurigkeit danke ich ihm, dass er mir meine Bitte erfüllt hat und dass ich ihn noch einige Male genießen darf, ist auf jeden Fall ein Grund zur Freude. Er ist auch froh und glücklich, mich zu kennen und zu lieben und mit mir zusammen zu sein ist so schön und Leben auf der Überholspur, und ich bestätige nonchalant, dass wir da auch hingehören.

21

Wir haben noch immer fast eine Woche vor uns und setzen unsere erotischen Forschungen fort. Wir interessieren uns für ein Hoteldate, bekommen aber eine Absage, weil bei der Veranstaltung in einem Standarddoppelzimmer schon zwei Paare und drei Männer fest zugesagt haben und ich schreibe lachend, dass das dann wohl für die Teilnehmer eher eine klaustrophobische Erfahrung wird. Wir schreiben uns in teils deftigen Worten, aber immer mit zärtlichem Unterton und viel Humor, was wir über den Körper und die Reaktionen des anderen herausgefunden haben und diskutieren ausführlich über meine unterschiedlichen Arten von Orgasmen, wie ich sie empfinde und er sie begeistert erlebt. Ihn interessiert, ob ich zwischen der Geschicklichkeit seiner Hände einen Unterschied feststelle, und ist verblüfft, als ich ihn als umerzogenen Linkshänder identifiziere, und ich zerstöre seine

Begeisterung nicht damit, dass ich das allein aus der Art seiner Frage geschlossen habe. Wir interessieren uns für Parkplatzsex und ich begreife endlich, warum auf manchen Parkplätzen, an denen ich im Außendienst in der Umgebung oft vorbei fahre, immer viele Autos parken. Er erklärt mir das Chatten im Joyclub und unser reellen Entfernung zum Trotz betreten wir gemeinsam einen Chatroom und mich erregt, wie er dem Gegenüber zutreffend beschreibt, welche sexuellen Vorlieben ich habe, und er gibt später zu, dass ihn die Gewissheit, dass ich das lese, auch antörnt. Wir stehen mit mehreren Paaren in Kontakt, die uns aber immer noch oft als kompliziert und auch humorlos erscheinen. Ich bin bei allen Planungen mittlerweile sehr entspannt, weil sich erfahrungsgemäß stets jemand findet, der etwas Schönes mit mir anstellt und ich genieße, wie sehr ich mich dabei jetzt fallen lassen kann, weil Bernd auf mich aufpasst. Wir profitieren bei unseren Unternehmungen beide davon, dass wir ihnen vor allem mit immenser Neugier und weniger mit großen Erwartungen begegnen, weil wir uns selbst immer in der Rückhand haben und spätestens zu Hause oder am nächsten Morgen miteinander sexuelle Erfüllung finden.

Einen Tag vor seiner Rückkehr ruft er an, um mir zu erzählen, dass er bis zu seinem Weggang an fast allen Tagen in Dresden sein wird. Wir sind beide etwas hilf- und sprachlos bei dieser für uns neuen Kommunikationserfahrung und hauptsächlich glücklich, dem Atmen des Anderen zu lauschen. Nach dem Auflegen liebkose ich mein Telefon, zitiere ihm später das passende Gedicht von Erich Fried und gebe meinem Glück und meiner Dankbarkeit Ausdruck, dass er es möglich gemacht hat, dass ich ihn in den nächsten Wochen sehr oft küssen kann. Ich gebe zu, dass ich auch ein bisschen vor Angst davor sterbe, was danach sein wird, fast mehr um ihn als um mich, aber ich weiß, dass das keine Rolle spielen wird, wenn er bei mir ist. Er ist erstaunt, weil es ihm andererseits genauso geht und er sich mehr Sorgen um mich als um sich selbst macht. Wir beschließen, unsere Fürsorge füreinander in den nächsten Wochen beizubehalten - dass wir ansonsten das Beste daraus machen, ist ohnehin klar. Unsere Freude aufeinander ist grenzenlos.

22

Ich habe für unsere letzten Nächte eine neue Matratze gekauft, weil die alte in der Mitte eine Kuhle hatte. Weil ich mein Schlafzimmer nicht verdunkeln kann und es jetzt immer sehr früh hell wird, räume ich die Wohnung um und richte für uns ein romantisches Liebesnest auf dem Fußboden im etwas tiefer gelegenen Teil des Wohnzimmers ein, der sich mit Rolladen verdunkeln lässt. Bernd muss in München einen Vortrag halten und hat Konzentrationsschwierigkeiten, ich bin zusätzlich zu der körperlichen Aufregung nervös, was er zu meinem Arrangement sagen wird.

Das Flugzeug aus München verspätet sich, landet aber schließlich doch und wenig später liegen wir uns in der Ankunftshalle in den Armen. Viel zu schnell fahre ich nach Hause und er ist begeistert von meinen Vorbereitungen und endlich können wir in unserem Nest unsere Körper aufeinander und uns nicht mehr los lassen und werden nicht müde, uns reich zu beschenken, schlafen aber doch irgendwann eng umschlungen ein.

Die Perspektive beim Frühstück ist eine andere. Zum Einen, weil der Tisch jetzt anders steht und zum Anderen, weil im Büro in diesen letzten Tagen niemand mehr viel von ihm erwartet. Schon am frühen Nachmittag hole ich ihn von der Arbeit ab und wir fahren zum Pornokino an der Pirnaer Landstraße, dass ein wenig heller und aufgeräumter als das andere ist. Das Publikum ist auch hier schüchtern, nur zweimal spüre ich ein vorsichtiges Streicheln meines Rückens, das ich aber mit dem Hinweis auf verlockendere Stellen abwehre, weil ich außerhalb meiner erogenen Zonen nur von Bernd berührt werden mag. Den Film, der über den Bildschirm flimmert, verfolge ich nur mit einem Auge, weil ich Bernds Schwanz mit meiner Zunge liebkose und genieße, wie intensiv ich dabei die Entwicklung seiner Erregung spüren kann. Kurz vor dem Höhepunkt setze ich mich rittlings auf ihn und vögle ihn, bis er sich laut und langgezogen in mir entlädt und ich lasse mich neben ihn auf das Sofa gleiten und mir von seiner Hand den gleichen Dienst erweisen. Wenig später gehen wir.

Es ist richtig warm und noch immer früh und so biege ich auf dem Weg Richtung Oase von der Bautzner Straße zum Lignerschloss ab und wir schlendern Händchen haltend durch den Park zum Biergarten, holen ihm ein Bier und mir ein Alster und lehnen uns trinkend über das Geländer, von dem man weit über den Elbhang, den Fluß, die Wiesen und dahinter die Stadt bis ins Erzgebirge schauen kann und genießen ohne viele Worte miteinander den Ausblick und die Wärme der Sonne auf unserer Haut, bis die Oase um 16 Uhr ihre Pforten öffnet.

Wir erfrischen uns draußen im Pool, sitzen in der Sonne, amüsieren uns über die Gespräche einiger kaffeeklatschender Paare, die sich um Baumärkte und Fliesen drehen, wandern durch den Club und gesellen uns spielend zu einer Dreiergruppe dazu und sind hungrig um sechs die ersten am Buffet. Gegen sieben erscheint Katrin und sie und ich sind uns gleich sympathisch. Bernd erkundigt sich nach ihrem Mann, den er letztes Jahr auch kennen gelernt hat, und sie erzählt, dass er außerhalb privater Herrenüberschussparties, die er zwei- bis dreimal im Jahr an verschiedenen Orten selbst organisiert, nur noch wenig Interesse an Sex hat, aber damit einverstanden ist, dass sie sich von Zeit allein in Clubs amüsiert. Bernd kann sich angesichts seiner eigenen, vergleichsweise bescheidenen Erfahrung bei der Organisation unserer kleinen Events lachend vorstellen, wieviel Anstrengung mit einer Veranstaltung in dem Umfang verbunden ist und für den anderen Umstand äußern wir beide unser Mitgefühl, was sie mit einem Achselzucken wegwischt. Wir machen noch ein wenig Smalltalk und uns dann auf die Suche nach einem Raum und landen im Keller auf dem großen Doppelbett. Schnell merke ich, dass meine heimliche Sorge, ob ich selbst auch wie er in dieser für mich vermeintlich ungünstigeren Konstellation eifersuchtsfrei bleiben kann, unbegründet war. Ich finde es extrem spannend, seine Lust mit mehr Abstand beobachten zu können und abwechselnd sie und ihn zu berühren und ich kann genüßlich seine sehr empfindlichen Brustwarzen ausgiebig mit meiner Zunge umspielen, während sie mit Hand und Mund seinen Schwanz bearbeitet. Außerdem bleiben wir nicht lange allein und ein junger, gut bestückter Kerl und ein älterer Herr gesellen sich zu uns und mischen sich auf sehr befriedigende Weise ein, indem sie gleichermaßen beiden Frauen ihre Aufmerksamkeit widmen. Als ich, auf dem Rücken am Rande des Bettes liegend, aus den Umstehenden noch einen weiteren Schwanz ergreife, weil der ältere Herr nach seinem Kommen den Schauplatz verlassen hat, löst sich aus der Reihe der Zuschauer eine hübsche Blondine, kniet sich auf den Boden zwischen meine Schenkel und beginnt mich zu lecken, was sich anders anfühlt, als ich es von Männern kenne, aber so schön, dass ich den Schwanz wieder loslasse und mich von Orgasmus zu Orgasmus treiben lasse, während ich Bernd dabei beobachte, wie er Katrin vögelt und diese den Schwanz des Jüngeren bläst.

Wir gehen in die Sauna und Bernd berichtet Katrin mit einem Anflug von Hilflosigkeit von seinem bevor stehenden Umzug und ich fliehe aus der Hitze. Es dauert noch recht lange, bis die beiden an die Bar zurück kehren und ich bin jetzt doch verstimmt, weil ich mich auf einmal einsam fühle, wegen der Erwähnung dessen, was uns bevor steht, und weil mir auch das aufgefangen werden in unserer Zweisamkeit nach dem eben erlebten fehlt, aber die Stimmung verfliegt, als er mich in den Arm nimmt. Wir plaudern an der Bar bis Katrin allein zu einer weiteren Runde aufbricht und wir wechseln auf ein Sofa und fummeln, das Geschehen um uns herum beobachtend, ziellos und doch erregend aneinander herum. Vergleichsweise früh ziehen wir uns erschöpft nach Hause zurück.

Ich mixe uns noch einen Aperol Sprizz und wir setzen uns aufs Sofa und stöbern durch Spotify und als erstes wählt er „Das Beste" von Silbermond aus, das ich bis dahin nicht kannte und das er mir lauthals vorsingt und jedes Wort davon schlägt tief in meinem Herzen auf und gilt genau so auch von mir für ihn. Bis zwei Uhr nachts singen wir uns unter innigen Küssen durch den Kosmos der Liebeslieder und sind am Ende nicht nur vom Alkohol trunken und ich weiß, dass diese Sofasession definitiv einen Platz auf der Liste meiner Lebenshighlights hat.

23

Als er mir am nächsten Abend schreibt, dass sich beim Umtrunk mit seinem Team ein Ende abzeichnet, steige ich in die Straßenbahn und wir treffen uns an der Prager Straße und gehen hinüber zu seiner Wohnung, weil es wieder ein sehr warmer Tag ist und ich gern noch einmal mit ihm allein mitten in der Stadt nackt auf seinem Balkon stehen und den Sonnenuntergang beobachten möchte. Aber das Bett und das heute zärtliche Spiel unserer Körper darin ist auch erinnernswert und so sehen wir beim Aperol Sprizz nur noch das letzte Glühen der Sonne hinter dem Horizont verschwinden und statt dessen die ersten Sterne aufscheinen. Am Dienstag planen wir hier mit einem Paar aus Wesel, das seinen Urlaub in einem Swingerclub in Kamenz verbringt und bei dem beide bi-interessiert sind, einen gemeinsamen Abend, die Frau will aber am Wochenende noch mit mir telefonieren, bevor sie endgültig zusagen. Trotzdem räumen wir vorsorglich noch auf, bevor wir aneinander gelehnt mit der Straßenbahn nach Hause fahren.

Am Freitag beschliessen wir beim Frühstück, zu Mittag gemeinsam in meinem Stammlokal Café Neustadt essen zu gehen. Ich reserviere für uns den schönsten Tisch gleich vorne an den offenen Fenstertüren, sammle ihn am Pullman ein und als er das erste Mal meine Welt betritt und wir dort Platz nehmen, kommen nacheinander bestimmt fünf Leute an den Tisch, begrüßen mich herzlich und stellen sich ihm persönlich vor, was ihn ein wenig verwirrt und mich schmunzeln lässt. Ganz entspannt lassen wir das Essen mit ineinander verschränkten Händen, verliebten Blicken und einer Weißweinschorle ausklingen, gehen noch an der Elbe und durch den Rosengarten spazieren und fahren dann zu einem kleinen Mittagsschläfchen zu mir nach Hause, bevor ich ihn am Abend wieder zum Flughafen bringe.

Am Sonntag telefoniere ich mit SwingerpaarK12, er ist ganz entspannt, sie ein bisschen spröde und wortkarg. Sie haben schlechte Erfahrung mit Herren gemacht, die sich als Paar ausgeben, und nachdem ich meine Existenz bewiesen habe, haben wir für Dienstag, den 12. ein Date. Bis zu unserem Abschied am 21. werden wir uns jeden Tag sehen, weil er an dem dazwischen liegenden Wochenende nur samstags nach Stuttgart fliegt und am Sonntag Abend mit dem Auto zurück kommt, um seine Sachen transportieren zu können, und beide werden wir in diesen Tagen nicht sehr viel arbeiten. Ich feile an meinem Abschiedsbrief, den ich ihm am letzten Tag mitgeben will, und der nicht zu lang werden und doch alles enthalten soll, und überlege fieberhaft, wie wir diese Tage am Besten verbringen sollen. Auf der einen Seite möchte ich unser beider Gedächtnis mit möglichst vielen Erinnerungen für unser restliches Leben füllen und auf der anderen Seite ihn bis zum Anschlag mit

Oxytocin voll pumpen, damit eine minimale Chance auf eine Fortsetzung bleibt, obwohl ich weiß, dass die Wirkung natürlich wechselseitig sein wird, aber schon jetzt nicht, wie ich mein Leben ohne ihn ab dem 22. bewältigen soll.

Am Dienstag also das Paar, am Mittwoch natürlich die Oase, am Donnerstag wollen wir an einem Baggersee baden und vielleicht noch einmal in ein Pornokino gehen und am Freitag nach einer Firmenfeier, an der er noch teilnimmt, über die BRN schlendern, die Bunte Republik Neustadt, ein legendäres Straßenfest, dass alljährlich im Juni drei Tage lang in der Dresdener Neustadt gefeiert wird. Am Montag soll er mir das Paradise zeigen, das fußläufig von mir zu erreichen ist, ein Schwulenclub, der immer an diesem Wochentag offen für alle ist. Am Dienstag dann doch noch die Tempeloase in Berlin und am Mittwoch, dem letzten Abend, möchte ich mit ihm essen gehen und mich dann mit ihm auf dem Sofa betrinken. Ich schicke ihm meine Ideen und bitte um seine und er schreibt, dass meine Vorstellungen wunderschön sind und alles dabei ist, was wir beide mögen, und er mich liebt.

24

Am Dienstag bin ich schon um halb drei am Pullman. Um halb sechs wird jemand den Tisch und die Stühle aus der Wohnung abholen, was zwar traurig ist, aber uns später auch etwas mehr Bewegungsfreiheit gibt. Bis dahin wollen wir ein bisschen spielen, uns und die Wohnung wieder präsentabel herrichten, das Mobiliar übergeben, in der L`Osteria etwas essen gehen und dann entspannt unseren Besuch empfangen.

Das Paar braucht noch weniger Anlaufzeit als wir, aber sie ist keine Teamplayerin, genießt zwar unser aller Aufmerksamkeit, gibt jedoch wenig zurück und die

Beiden sind recht schnell wieder verschwunden, ohne dass es uns leid tut, wir greifen auf uns selbst zurück und ich kann doch noch meinen berückend schönen Sonnenuntergang vom Balkon beobachten. Als wir die Wohnung verlassen, blicke ich noch einmal wehmütig zurück, denn ich habe hier Unvergessliches erlebt und werde sie nicht wiedersehen, aber so lange er bei mir ist, ist alles gut. Am Mittwoch sind wir die ersten in der Oase und kosten den Nachmittag und Abend voll aus bis wir hinaus geschmissen werden und nach Hause fahren, wo wir wie immer tief und fest aneinander geschmiegt schlafen, bis uns pünktlich um fünf Uhr morgens das Begehren wieder zueinander treibt und wir nach dem gemeinsamen Frühstück ohne große Motivation pro forma für ein paar wenige Stunden an unsere Arbeit gehen. Es ist bewölkt und kühl, kein Tag, um Baden zu gehen und wir beschließen, uns dann doch lieber noch das Pornokino auf der Louisenstraße anzusehen, und während meiner Mittagspause fasse ich den Entschluss, dass ich uns danach etwas kochen und ihm beweisen werde, dass ich auch das kann. Das Kino ist innen größer als es von außen wirkt und seine Besucher sind genauso schüchtern wie die in den anderen, aber unsere Vorstellung zieht - in unseren Augen zu Recht - doch mehr Blicke auf sich als der Film auf der Leinwand. Für das Abendessen habe ich zu Hause schon alles vorbereitet, es gibt Spargel mit Schinken und zum Nachtisch Erdbeeren mit Sahne, und auch diese Form der Häuslichkeit meistern wir harmonisch, er geht mir unaufgefordert erst beim Tisch decken und später beim Abräumen zur Hand, wovon ich genauso begeistert bin wie er von meinem Essen, und es ist immer noch früh genug, um noch einmal in die Stadt zu gehen und ein paar Cocktails zu trinken und dabei nur uns interessierende logische Probleme zu lösen, bevor wir zu Bett gehen.

Seine Firmenveranstaltung beginnt am Freitag schon um halb zwei und er kann mir aus der Straßenbahn zuwinken, als er am Café Neustadt vorbeifährt, wo ich gerade mit dem Hund zum mittäglichen Spaziergang an der Elbe aufbreche und der Aufbau für die BRN bereits in vollem Gange ist. Am Abend gehe ich noch zu einer Vernissage, teils aus Interesse, teils weil ich ihn erst um kurz vor zehn von der Feier abholen kann, und wir schicken uns Bilder von unseren Veranstaltungen hin und her. Obwohl ich den ganzen Weg quer durch die Neustadt zu Fuß laufe, sitze ich doch noch etwas zu früh an der Haltestelle, an der wir uns verabredet haben, aber pünktlich kommt er über die Straße und gleich darauf auch eine Straßenbahn, mit der wir die zwei Stationen zum Café fahren und in das schon brodelnde Gewimmel der BRN eintauchen. Bernd ist völlig aus dem Häuschen vor Staunen. Bierwagen neben Ständen mit Essen aus aller Herren Länder, künstlerische Aktionen und akrobatische Einlagen, aus fast jedem Haus dröhnt ohrenbetäubende Musik der unterschiedlichsten Stilrichtungen, Anwohner verkaufen mittels irrwitziger Konstruktionen alkoholische Getränke auch aus den oberen Etagen, in den Hinterhöfen und auf den Straßen tanzen die teils auch kostümierten Menschen und die Mixgetränke sind extrem stark und unfassbar günstig. Wir trinken Caipirinha und Gin Tonic, lassen uns mit der Menge treiben und tanzen eng umschlungen auf der Straße und kommen irgendwann nach Mitternacht betrunken nach Hause.

Am Morgen bringe ich ihn zum Flughafen und freue mich über das bis morgen beim Abschied. Als ich ihm später schreibe, dass mit ihm zusammen zu sein mir immer als der natürlichste und ursprünglichste Zustand meiner selbst erscheint, findet er, dass das sehr schön klingt und es sehr gut trifft.

25

Einerseits fiebere ich dem Sonntagabend entgegen, andererseits kann ich das Bewusstsein, das er der Auftakt für unsere letzten Tage ist, nur noch ertragen, wenn Bernd bei mir ist. Im Café leihe ich mir beim nachmittäglichen Kuchenessen ein Weizenbierglas und kaufe im Kiosk bei mir im Viertel die entsprechende Füllung, damit Bernd sich nach der langen Fahrt artgerecht erfrischen kann. Wir stürzen uns ausnahmsweise nicht gleich aufeinander, als er kurz vor Mitternacht eintrifft, sondern sitzen noch eine Weile mit unseren Getränken auf dem Sofa und tauschen kuschelnd die wenigen Informationen aus, die wir uns seit gestern morgen noch nicht geschrieben haben, bevor wir uns im Bett einander hingeben und dann einschlafen.

Am Montag gehen wir am frühen Nachmittag ins Paradise hinüber. In diesem Club trägt man nur Badelatschen und vielleicht noch ein Handtuch, aber es ist ein heißer Sommertag und wir liegen, uns gelegentlich befummelnd, träge mitten in der Stadt nackt am Pool und ich muss grinsen, als hinter uns ein Zug entlang fährt, weil Bernd mir erzählt hat, das man beim Vorbeifahren einen guten Blick über den Zaun hinweg auf die Szenerie hat. Außer uns sind noch zwei Paare aus der Kaffeeklatschgruppe der Oase da und eine Frau, die ihren Begleiter am Pool kunstvoll bläst, der Rest der Gäste ist männlich und ich bin zuversichtlich, was den weiteren Verlauf des Tages angeht.

Von der Bar gehen auf beiden Seiten enge und verwinkelte Gänge ab, in denen man die Entgegenkommenden nahezu zwangsläufig berührt und die sich gelegentlich zu Räumen mit Liegemöglichkeiten erweitern. In der Richtung Sauna gelegenen Hälfte des Clubs herrscht Dunkelheit, aber diese Darkroom-Atmosphäre schätzen wir beide nicht, weil für uns das Beobachten von uns selbst und anderen unerlässliche

Zutat zu einem gelungenen Clubbesuch ist. Wir tauchen ein in das Labyrinth und ich entscheide mich für die Mitte einer großen Liegefläche und mustere die Ankommenden, während Bernd mich leckt und fingert. Die hier herrschende Nacktheit macht es mir einfach, unter den Zuschauern auszuwählen. Nicht jeder folgt meinem Wink und einen weise ich nach kurzer Zeit doch wieder zurück, weil ich seinen Geruch nicht mag, aber ich stelle mir eine schöne Gruppe zusammen, die ich abwechselnd blase und wichse und mich von ihnen ficken lasse, ohne je auch Bernds Amüsement aus den Augen zu verlieren. Um uns herum stehen andere dicht an dicht mit ihren Schwänzen in der Hand. Als ich schließlich genug habe, leert sich das Zimmer in Sekundenschnelle und ich kehre in Bernds Armen aus meinem Rausch zurück. Wir verlassen das Labyrinth zeitlich passend zum stündlichen Aufguss in der großen und gut geschnittenen Sauna und ich berste vor Lebendigkeit, als danach das eiskalte Wasser meinen Körper trifft. Wir wärmen uns in der Sonne auf und bestellen uns einen Knacker, den wir am Pool verspeisen und dösen vor uns hin, bis ich Bernd wieder an die Hand und ihn mit in einen Raum nehme, der mir bei unserem ersten Rundgang aufgefallen ist. Von der Decke hängt eine Lederschaukel, auf die ich ihn, dem nicht ganz wohl dabei ist, drücke und dann seine Füße in die dafür vorgesehenen Schlaufen stecke, so dass er mit weit gespreizten Beinen vor mir liegt und ich mich nur ein wenig vorbeugen muss, um seinen Schwanz in meinen Mund zu nehmen und die sanften Bewegungen der Schaukel meine Liebkosungen unterstützen, und seine leichte Irritation verwandelt sich schnell in Erregung und Genuss. Wir tauschen die Plätze, als er mich vögeln will und erst nur die Bewegungen der Schaukel nutzt, um seinen Schwanz in mir zu bewegen. Er überlässt einem der Zuschauer seinen Platz und ich beuge mich seitlich etwas aus der Schaukel, um ihn wieder zu blasen, aber dann wird mir langweilig bei dem phantasielosen rein-und-raus des fremden Schwanzes in meiner Möse und weil sich kein mutiger Ersatzmann mehr findet, befreie ich meine Beine aus den Schlingen und wir gehen zum nächsten Aufguss und dann wieder an den Pool und ganz zum Schluß ziehen wir uns in einen abschließbaren Raum zurück und ich bringe ihn blasend zum Höhepunkt. Wir gehen nach Hause und teilen uns hungrig auf dem Sofa die mit Frischkäse gefüllten Peperoni, die ich noch im Kühlschrank finde, die aber nicht mehr verhindern können, das der Alkohol aus dem Aperol Sprizz, den ich uns dazu mixe, in Sekundenschnelle Bernds Blutbahn flutet und ich ihm in seiner spontanen Trunkenheit fürsorglich ins Bett helfen muss.

26

Wir tauschen die Rollen und erstmals ist es Bernd, der mich am frühen Nachmittag am Café, wo ich Filou in die Obhut eines Freundes übergeben habe, einsammelt. Für diesen Abend sind für die Veranstaltung in der Tempeloase unter dem Motto Honigsauna so viele Gäste angemeldet, dass es uns lohnend erscheint, den Weg auf uns zu nehmen. Er ist ein ruhiger und sicherer Fahrer und ich denke bedauernd, dass er auch eine sehr vernünftige Seite hat. Wir sind so zeitig unterwegs, dass ich uns in Lübben von der Autobahn und durch die brandenburgische Landschaft nach Bad Saarow lotse. Fünfzehn Jahre bin ich in dieser Gegend heimisch gewesen und ich liebäugele kurz damit, ihm das Haus zu zeigen, das ich in einem Nachbarort einmal besessen habe, dirigiere ihn dann aber doch auf direkten Wege an den Scharmützelsee und wir sitzen eine Weile bei einer Cola am Strand und starren, uns an den Händen haltend, schweigend auf den See, bevor wir weiter

Richtung Potsdam fahren und einige Mühe haben, in Großbeeren den Club zu finden.

Vor uns an der Kasse stehen noch zwei Männer und amüsiert beuge ich mich zu Bernd und flüstere in sein Ohr, das der gerade Zahlende ein Kollege aus einer der Berliner Niederlassungen der Firma, für die ich arbeite, ist. Ich verneine seine erschrockene Frage, ob das ein Problem für mich ist, Bernd bezahlt und wir ziehen uns um und betreten den uns vergleichsweise riesig erscheinenden Club und trinken zum Ankommen erst einmal einen Prosecco. Für den Besuch in der Hauptstadt habe ich mich für ein eng anliegendes Minikleid entschieden, dessen Oberteil und lange Ärmel aus Spitze bestehen und das in einen extrem kurzen Rock in Lederoptik übergeht, der im rückwärtigen Teil gerafft ist und so gerade eben die Rundungen meines Hinterns bedeckt. Der Kollege, den ich anziehend finde, obwohl ich ihm ein Interesse an dieser Szene nicht zugetraut hätte, hat mich offenbar nicht erkannt und sitzt abseits allein in einer Nische. Wir schauen uns in Ruhe die sich über drei Stockwerke erstreckenden, geschmackvoll gestalteten Räumlichkeiten an, die alle noch leer sind, gehen in den Essbereich, der hier eher wie ein Restaurant wirkt und bedienen uns an dem reichhaltigen, gut gestalteten Buffet. Noch ein Getränk und dann will ich spielen gehen.

Wir gehen nach oben und ich wähle einen gegenüber der Treppe gelegenen Raum mit schmalem Zugang, der nur aus einer etwas erhöhten Liegefläche besteht, die nicht viel größer als ein Doppelbett ist und lege mich so hin, dass ich vom Eingang gut zu beobachten bin und Bernd, der von dort aus gesehen hinter mir liegt, fängt an, meine Brust zu streicheln und als er sich meiner Möse zuwendet, schließe ich genießerisch die Augen und öffne sie nur kurz wieder, als mein Plan aufgeht und er von der anderen Seite aus Unterstützung erhält. Natürlich ist es der Kollege und die Ungewissheit, ob er nun weiß, wer ich bin oder nicht, erhöht den Reiz, den seine Berührungen bei mir auslösen. Er erweist sich als gefühlvoller und mit einem prächtigen Schwanz ausgestatteter Liebhaber, der gut mit Bernd harmoniert und ich bin beiden gegenüber großzügig, als ich mich für ihre Aufmerksamkeit revanchiere.

Als wir später wieder hinunter gehen, hat sich der Club gefüllt und unsere Wege trennen sich an der Bar. Bernd und ich amüsieren uns über die Vollausstattung des Duschbereichs mit Pflegeprodukten eines Drogeriemarktes, der für uns ab sofort der offizielle Ausstatter deutscher Swingerclubs ist, gehen in die Sauna und im großzügigen Innenpool schlinge ich meine Beine um seine Taille und lasse mich von ihm durch das warme Wasser tragen. Wir naschen noch ein wenig am Buffet und schauen uns dann an der Bar sitzend unter den anderen Gäste nach Spielpartnern um, die uns interessieren, werden aber nicht fündig und machen uns wieder auf die Wanderung durch den Club. Im Keller sind lediglich zwei Herren, die sich in einer Wandnische intensiv um eine Dame auf einem Gynäkologenstuhl kümmern und wir gehen in die erste Etage und blicken durch Schlitze in der Wand mit anderen zusammen in den daneben liegenden Raum, in dem zwei Paare miteinander beschäftigt sind und Bernd beginnt, meinen Hintern zu streicheln. Wenig später ist der Kollege wieder an meiner Seite und flüstert mir ins Ohr, dass er sich nicht aufdrängen, aber gern noch einmal mitspielen möchte und ich lehne mich mit dem Rücken an die Wand und biete den beiden Männern meine Vorderseite an und zittere mich unter Ihren Händen von Höhepunkt zu Höhepunkt, bis ich mich an der Wand hinunter gleiten und ihre Schwänze zwischen meinen Händen und meinem Mund hin und her wandern lasse und die Männer sich flüsternd darüber austauschen, wie phantastisch sich das anfühlt.

Der Kollege verabschiedet sich und verläßt den Club und Bernd und ich rätseln bei einer zweiten Wellnessrunde, ob er mich wirklich nicht erkannt hat. Am Buffet finden wir noch ein paar schmackhafte Reste und albern an der Bar herum, bevor ich im Keller in der Mitte einer riesigen Liegefläche in unser fast schon rituell zu nennenden letzten Runde, die nur ihm gehört, meine Aufmerksamkeit ganz ihm widme und er danach für eine Weile tief in meinen Armen schläft.

Mitternacht ist schon vorbei, als wir die Tempeloase verlassen und während er meine Hand haltend uns stoisch durch die Nacht nach Hause fährt, fallen mir die Augen zu.

27

Der 20. Juni ist ein heißer und sonniger Tag und als er mich mittags abholt, gibt er mir die Nummer seines privaten Handys, weil er das der Firma schon abgegeben hat. Unseren mir unendlich kostbaren Nachrichtendialog habe ich zum Glück von Zeit zu Zeit ausgedruckt, weil die Vorstellung, diesen zusammen mit meinem Handy eventuell verlieren zu können, zwar falsch aber mir unerträglich war.

Ich habe uns einen Korb mit Getränken, ein paar Naschereien, Handtüchern und einer Decke gepackt und wir fahren nach Ottendorf-Okrilla an eine Kiesgrube, die im Internet für ihre Wasserqualität und die Möglichkeit von FKK gerühmt wird. Wir müssen uns vom Parkplatz aus ein ganzes Stück durch den Wald kämpfen und sind schon fast überzeugt, hier falsch zu sein, als ich zwischen den Bäumen Wasser aufblitzen sehe. Mitten in der Woche liegen nur vereinzelt Menschen an den Ufern der beiden großen, türkis schimmernden Seen und wir richten uns ganz allein an einer kleinen, buchtartig gewölbten Stelle direkt am Wasser ein und genießen erst die Wärme der Sonne und dann die Erfrischung des kalten Wassers auf unser nackten Haut und schwimmen gemeinsam in den See. Die Kälte treibt uns zurück auf die Decke und Bernd kann der Versuchung nicht widerstehen, meine ganz steifen Brustwarzen mit seiner Zunge zu liebkosen und mit seiner Hand die Sonne bei der Erwärmung meiner Möse zu unterstützen. Ich lasse mich ganz in die Schönheit dieses Moments fallen und erlebe einen wunderbaren Orgasmus und schlafe danach mit meinem Kopf auf seiner Brust ein, erwache hungrig und wir vertilgen die mitgebrachten Nüsse und trinken Alster und ich spiele ein bisschen mit seinem Schwanz, bevor wir uns wieder ins Wasser stürzen und ausgelassen wie Kinder toben. Irgendwann packen wir zusammen und ich mache ein Photo von unseren Schatten auf dem Wasser, in dem sich die dicken Cumuluswolken spiegeln und durch das man trotzdem bis auf den Grund schauen kann.

Zu Hause duschen wir und ziehen uns um und gehen ins Ocakbasi und teilen uns nebeneinander draußen auf einer Bank vor dem Lokal sitzend wieder die Grillplatte und beginnen dabei mit der Umsetzung des letzten Punktes auf der Liste und blicken uns von Zeit zu Zeit nur hilflos an. Wir beenden den Abend, uns immer wieder küssend, trinkend auf dem Sofa und schlafen ein letztes Mal eng umschlungen ein. Unser Sex am Morgen ist schön und innig vertraut, dann beginnt meine Haltung zu bröckeln und ich muss erst im Bad mich aus dem Fenster lehnend mit einer Zigarette gegen meine Verzweiflung anrauchen, bevor ich das Frühstück bereiten und ihm den roten Briefumschlag mit meinem Abschiedsworten und einem kleinen Bernstein, den ich in meinem letzten Urlaub in Polen am Strand gefunden habe, auf den Teller legen kann. Er fragt überrascht, ob er ihn gleich öffnen soll und ich winke ab und bitte ihn, ihn später allein, aber nicht erst kurz vor der Abfahrt zu lesen. Wir versuchen, etwas zu essen, aber es gelingt uns beiden nicht. Unter Tränen umarmen wir uns, reißen uns voneinander los und dann ist er fort.

28

Mein Herzallerliebster,

Ich möchte Dir zur Erinnerung an mich etwas kleines
und unauffälliges schenken und mir erscheint die
Wahrscheinlichkeit, diesen winzigen Bernstein am
Ostseestrand zu finden, vergleichbar damit, Dich und
alles, was Du mir bedeutest, in einem Swingerclub zu
treffen.

Ich möchte Dir auch wenigstens einmal gegen alle
Vernunft sagen: wenn Du jemals den Rest Deines Lebens
mit mir verbringen möchtest, kann ich meine Zelte hier
schneller abbrechen, als andere Leute Möbelwagen
sagen können. Ich kann überall mit Dir leben, aber ich
möchte nirgendwo ohne Dich sein.

Du bist wahrlich das Beste, was mir je passiert ist und
ich liebe Dich von ganzem Herzen, deswegen möchte
ich in allererster Linie, dass es Dir gut gehen wird und
nur Du kannst beurteilen, wie das am Besten möglich
ist. Bitte vergiss in jedem Fall nie wieder, was für ein
grossartiger Mensch und Mann Du bist - ganz
unabhängig davon, wie wundervoll unsere Anatomien
füreinander geschaffen sind.

An den wenigen Tagen, die wir jetzt nicht miteinander
verbracht haben, habe ich mich wie an die Schienen
gekettet gefühlt, auf denen sich der am Horizont
aufgetauchte Zug viel zu schnell nähert (extrem
melodramatische Metapher, ich weiss). Wegen der
wunderbaren Tage, die wir zusammen waren, wird es
auch immer die kostbarste Zeit meines Lebens sein und
ich danke Dir für jeden Moment, den wir miteinander
geteilt haben und für die Liebe, die Du mir entgegen
bringst.

Definitiv die Deine!

Sophie

Zweiter Teil

1

Die plötzliche Leere der Wohnung, des Tages und der Zukunft nageln mich bewegungslos auf das Sofa, bis ich den vor mir sitzenden Hund wahrnehme, der mich nicht aus den Augen lässt und mit ihm nach draußen gehe und laufe, laufe, laufe. Irgendwie muss ich diesen Tag herum bringen und dann den nächsten und den folgenden. Vor lauter Verdrängung habe ich vergessen, mir einen Plan für das Danach zu machen und jetzt ist mein Gehirn stumpf und ideenlos, nur die Erinnerungen flackern darin herum und sind bei aller Schönheit keine große Hilfe.

Um sechs Uhr abends reißt mich das vertraute Zischen einer ankommenden sms aus meiner Lethargie und er lässt seinen allerliebsten Schatz wissen, dass er gut angekommen ist und bei meinen Zeilen furchtbar heulen musste, und mir schießen Tränen der Erleichterung in die Augen. An diesem Abend betrinken wir uns jeder für sich allein und als uns die Müdigkeit beide früh ins Bett treibt, vermissen wir schmerzhaft die Gegenwart des Anderen, aber ich bin auch ein bisschen glücklich, dass wir uns weiter schreiben und er nicht ganz verschwunden ist.

Schon zwei Tage später gesteht er nachts, dass er mich liebt und verzweifelt ist und keine Sekunde vergeht, in der ich nicht durch seinen Kopf schwirre und ich, die genauso wenig schlafen kann wie er, antworte, dass ich bezweifle, dass es ihm ein Trost ist, dass es auch mir so geht und jeder seiner Gedanken einen Partner auf meiner Seite hat. Er schreibt, dass sich seine ursprüngliche Intention, durch den Jobwechsel sein Leben einfacher und glücklicher zu machen, genau ins Gegenteil verkehrt hat und er das noch einmal überdenken muss und ich atme auf.

Jetzt jagen die Nachrichten und Küsse und Herzen wieder hin und her, unsere Gedanken treffen sich nach unserer Berechnung ungefähr über Bayreuth und das oft noch mitten in der Nacht zur selben Zeit und wir bewegen uns in einer melancholischen Stimmung zwischen Verzweiflung und Hoffnung, berichten uns von den Ereignissen des Tages, schicken uns Bilder und Hinweise auf Dinge, die uns beide interessieren, kommentieren die Spiele der WM, die wir gemeinsam getrennt schauen und erholen uns langsam von den Ausschweifungen der letzten Wochen. Als ich ihm nach einer Woche schreibe, dass sich meine linke Brust am frühen Nachmittag nach seinen Händen gesehnt hat und ich jetzt am Abend so abgrundtief traurig bin, dass ich gerade den Pinot Nero öffne, den ich schon im März für einen seiner nächsten Besuche gekauft habe und der dann immer wieder von etwas anderem übertrunken wurde, antwortet er, dass er auch traurig und verzweifelt ist und mich bald wiedersehen muss, und ich entgegne, dass ich überall hin kommen kann, wo das möglich ist.

Nicht die Deutschen bei der WM werden Weltmeister, aber wir. Darin, immer wieder neue Formulierungen für unsere Sehnsucht nacheinander zu finden und obwohl ich zerrissen bin, weil ich den Gedanken nicht ganz verdrängen kann, dass unsere Leidenschaft füreinander und sein Leben nicht miteinander kompatibel sind, freue ich mich darüber, dass er jede Sekunde an mich denkt, aber nicht daran, damit aufzuhören.

Seine letzten freien Tage gehen zu Ende und auf seiner ersten Fahrt zum neuen Arbeitsplatz ruft er mich an und ich höre nicht nur endlich wieder seine Stimme, sondern auch, dass er so bald wie möglich eine Gelegenheit organisieren wird, um sich mit mir zu treffen. Als ich mich in der letzten Nachricht des Tages noch einmal darüber freue, dass das düstere ob einem wann gewichen ist, bekräftigt er noch einmal, dass er mich einfach wiedersehen muss und weil sein Arbeitsweg der gleiche ist wie vor sechs Jahren, als ob es diese nicht gegeben hätte, ist er glücklich, dass meine Existenz und Liebe ihn an etwas anderes erinnern.

2

Langsam kehre ich in mein Leben zurück. Die Theatersaison ist zwar vorbei, aber ich schaue Fußball mit Freunden, gehe mit meinen Freundinnen essen oder spazieren und trotz der Wärme gelegentlich ins Kino, mache meine Café-Besuche und fahre jetzt sehr oft nach Ottendorf-Okrilla zum Baden und schwelge in Erinnerungen. Der neue Job nimmt ihn voll in Beschlag und ich weiß, dass ein Treffen für ihn im Moment brutal schwer zu organisieren ist und ich geduldig sein muss und ich versichere ihm, dass ich das gerne bin, weil es nichts gibt, was mir wichtiger ist als er. Wenige Tage nach dem ersten Telefonat ruft er wieder an, diesmal auf dem Nachhauseweg, begierig, ein offenes Ohr für Alles zu finden, was in diesen ersten Tagen in der neuen Firma auf ihn einstürmt und zur Nacht schreibe ich ihm, dass ich es positiv erstaunlich finde, dass wir uns auch auf dieser sparsamen Basis unser Gefühl innigster Verbundenheit bewahren und uns trotz der räumlichen und natürlich sehr schmerzhaften körperlichen Trennung jeden Tag näher kommen können. Ich kämpfe zwar täglich mit heftigen Sehnsucht-Attacken, werde aber auch ein wenig ruhiger, weil er wieder ein bisschen mehr ein Teil von mir geworden ist. Er fühlt sich in seinen Gefühlen bestätigt und beschreibt die eigenartige Mischung aus dem Schmerz über die weite Entfernung zwischen uns und der positiven Energie, die er daraus zieht, dass es mich gibt und wir uns schreiben und miteinander telefonieren und aneinander denken, und er empfindet mich als stark und tapfer und ist froh, dass ich nicht sauer auf ihn bin, weil er sich aus dem Staub gemacht hat, und ich beschwichtige ihn damit, dass schließlich aus allen seinen Äußerungen ziemlich deutlich zu entnehmen ist, dass er die Kontrolle über das, was wir hier machen, in ähnlich schnellem Tempo verloren hat, wie ich, und er stimmt mir lachend zu und ist erstaunt, was sich zwischen uns in der kurzen Zeit entwickelt hat.

Wir telefonieren immer öfter, mal ruft er morgens an, mal abends, manchmal sogar zweimal, manchmal aber auch gar nicht - weil Wochenende ist, er Home Office macht oder mit einem Auto ohne Freisprechanlage unterwegs ist. Mir bedeuten unsere Gespräche unendlich viel, aber mein Inneres beginnt, gegen die Passivität, zu der ich dabei verdammt bin und die noch zusätzliche Ungewissheit zu rebellieren. Ich fühle mich überfordert und sehe nur zwei Möglichkeiten, um diesen Zustand zu verbessern: entweder die Situation oder mich zu verändern. Mich werde ich nicht verändern - zum Einen habe ich wirklich viel Zeit und Geld investiert, um im positiven Sinne selbstzufrieden zu werden, und zum Anderen gehören zumindest wir beide zu denen, die das Ergebnis zu schätzen wissen, und um uns geht es. Also ist die Frage, was mich an der Situation überfordert und was ich daran ändern kann. Dass ich ihn und unsere Gemeinsamkeit unendlich vermisse, steht außer Frage, aber damit kann ich durchaus vernünftig umgehen und vergleiche mich augenzwinkernd mit einer Seemannsbraut, die darauf hofft, dass das Schiff zusammen mit ihm schon irgendwann wieder einlaufen wird. Aber keine Wahl zu haben führt bei mir automatisch dazu, dass ich schon aus Prinzip bocke. Ich bin normalerweise immer der Macher und Entscheider und ich reibe mich daran, dass ich nur hinnehmen kann, dass in seinem Leben im Moment kaum genügend Platz für mich ist, dass es zum Atmen reicht, sehe aber auch, dass sich das ad hoc nicht ändern lässt und ich nach wie vor möchte, dass er Bestandteil meines Lebens ist. Ich schlage ihm ein Mitspracherecht vor bei der Wahl der Tageszeit, zu der wir telefonieren, das wird mir vielleicht ein wenig von meinem Ohnmachtsgefühl nehmen.

Er ist bestürzt über seinen Egoismus, von dem er weiß, dass er dazu neigt und freut sich über meine Offenheit und meine Selbstreflexion, und auch über die Vertrautheit und Verbundenheit, die er mit mir spürt und während des Telefonats, das wir für den nächsten Morgen um acht verabreden, weil ich am Nachmittag Termine habe, erzählt er mir, dass er am Ende des Monats von Dienstag bis Donnerstag geschäftlich in Darmstadt sein wird und wir uns sehen können.

3

Als ob sich eine verbotene Tür in unseren Köpfen geöffnet hätte, wechseln wir nahtlos und unabgesprochen die Gesprächsebene und wenden uns wieder dem Thema zu, das wir in den vergangenen vier Wochen ebenso wie uns nicht berührt haben und schwelgen in der Vorstellung davon, was wir endlich alles wieder miteinander anfangen werden. Nicht nur er fehlt mir, sondern auch unsere Abenteuer und ich frage ihn, ob wir angesichts der zwei Nächte, die uns zur Verfügung stehen, an einem Abend vielleicht einen Club besuchen wollen, was für mich aber nicht zwingend ist, weil ich definitiv keine Sorge habe, mich mit ihm zu langweilen. Er findet die Idee und meinen Vorschlag sehr gut und gibt zu, sich die Möglichkeiten schon einmal angesehen zu haben, und es entspinnt sich ein reger Dialog über die Vor- und Nachteile der Clubs vor Ort und ihre jeweiligen Veranstaltungen, die uns interessieren, und er findet es phantastisch, wie gut wir uns in allen Belangen verstehen und wie gleich wir ticken und überhäuft mich mit Komplimenten. Am Mittwochabend finden wir nichts, was uns gefällt und weil ich mir sicher bin, dass, wenn er um die Ecke biegt, es so sein wird, als ob wir uns gerade erst gesehen haben, ist es mir egal, an welchem der Tage wir gehen. Obwohl er meint, dass er anhänglicher als sonst sein wird, gibt er mir recht, weil am Dienstag scheinbar die besseren Clubs aufhaben. Ich treffe eine Vorauswahl und überlasse ihm die Entscheidung zwischen den beiden Möglichkeiten und entwerfe ein Buchstabenrätsel, dessen Lösung mein Tipp ist, für welche er uns anmeldet. Er findet es schwer und mit der trotzdem gelingenden Lösung auch heraus, dass wir uns in Bezug auf die Bi Party im Club 22 einig sind, aber am meisten freut er sich darauf, zwei Tage neben mir einschlafen und aufwachen zu dürfen. Bei der Buchung der Unterkunft entschuldigt er sich halb, dass es kein Wellnesshotel ist, aber für uns beide doch passt und ich erwidere lachend, dass mich in diesem Zusammenhang nur das Bett und vor allem sein Inhalt interessieren und wir die klassischen Wellnesselemente ohnehin woanders wahrnehmen wollen. Wir zählen die Tage und ich recherchiere, was ich in Darmstadt am Mittwoch tagsüber unternehmen kann, bringe den Hund unter und fahre das große Schönheitsprogramm, was er unnötig findet, weil ich immer hübsch bin und ihn immer überstrahlen werde. Dann ist es endlich wieder einmal Dienstag und ich steige ins Auto und bringe die 500 km quer durch Deutschland, die mich jetzt noch von der Erfüllung meiner Sehnsucht trennen, ohne Komplikationen hinter mich.

4

Ich stehe mit meinem Köfferchen und klopfendem Herzen vor dem ibis Budget Hotel, als die blauen Augen aus dem Eingang zur Tiefgarage brechen, sein Lachen aufstrahlt und wir im Bruchteil einer Sekunde ohne ein Wort oder eine Berührung beieinander sind. Erst im Fahrstuhl küssen wir uns und im Zimmer angekommen, entkleiden wir uns hastig, ich wende ihm wortlos meinen Rücken zu und sein Schwanz gleitet in mich und endlich sind da wieder diese fahrigen Bewegungen seiner Hände auf meinem Rücken, während er zustößt, bis ich mich umdrehe, weil ich ihn unbedingt küssen muss und wir fallen aufs Bett und ich setze mich auf ihn, um ihn ganz tief in mir zu haben. Wir teilen uns die enge Dusche, packen unsere beim Betreten des Zimmers fallen gelassenen Koffer aus und eine Tasche für den Abend zusammen und fahren Händchen haltend und jetzt auch redend die knapp 40 km nach Maintal, wo sich der Club 22 in einem Industriegebiet über die ganze zweite Etage eines Werkgebäudes erstreckt. Bernd entrichtet den Eintritt und wir ziehen uns um und stärken uns nach einer ersten Inspektionsrunde durch die noch leeren Spielzimmer im Essbereich an einem italienischen Buffet und genehmigen uns an der Bar einen Aperol Sprizz, während wir die anderen Gäste taxieren und dann wieder in den hinteren Bereich schlendern, wo wir uns auf einer großen Liegefläche zu zwei anderen Paaren gesellen, uns aber hauptsächlich durch das Sehen und gesehen werden in unserem eigenen Spiel animieren lassen. Erst in unser zweiten Runde lasse ich mich, während ich ihn blase, von zwei dazu kommenden Herren nacheinander vögeln und genieße dabei das Wissen, dass es ihn anmacht, wenn ich dadurch in meiner Konzentration auf seinen Schwanz nachlasse.

Wir ziehen uns mit einem Getränk auf eine der großen Couches zurück und beobachten halbherzig ein Trio, dass sich auf einem Podest inmitten der Sofalandschaft gegenseitig massiert, während er mir die Fibonacci-Folge erklärt, wir über Astronomie reden und uns aneinander kuscheln, bis unsere beiläufigen Liebkosungen wieder unsere Lust entfachen und wir uns auf eine Liegefläche im hinteren Bereich zurück ziehen. Es ist schon später und die Paare in unserem Alter sind jüngeren Besuchern gewichen und ich bewundere den Mut einer jungen Frau, deren Wurzeln ich im nahen

Orient vermute, die sich gegenüber unter lauten Lustschreien von mehreren Männern befriedigen lässt, während wir einander vollauf genügen und jeder dem anderen einen vollkommenen Höhepunkt schenkt.

Wir fahren zurück ins Hotel in das zum Glück klimatisierte Zimmer und er legt sich hinter mich und nimmt mich in den Arm und wir erwachen am Morgen in dieser Stellung und genießen die Möglichkeit, unsere morgendliche Lust wieder miteinander zu teilen. Nach dem Aufstehen frühstücken wir gemeinsam, dann muss er zur Arbeit und ich fahre zur Grube Messel, mache in der glühenden Sonne eine Führung mit und schwelge in der modern gestalteten Ausstellung in Fossilien und als ich ihm Fotos davon schicke, fragt er, ob mir ein geruhsamer Abend mit ihm denn heute genug ist, und ich antworte, dass das für mich die beste aller Möglichkeiten ist, aber ich durchaus bereit bin, mich nach ihm zu richten, aber auch er möchte den Abend sehr, sehr gern mit mir allein verbringen.

Auf dem Rückweg komme ich an einem Badesee mit FKK-Gelände vorbei und bin angenehm erfrischt, nachdem ich ihn einmal durchschwommen habe, kaufe in einem Weinladen in der Nähe des Hotels einen gekühlten Prosecco und eine Kühlmanschette, dusche und sitze lesend und Prosecco trinkend nackt auf dem Bett, als er um sechs Uhr eintrifft, seine Kleider abstreift und zu mir ins Bett kommt. Wir spielen ein wenig und leeren die Flasche und gehen dann Hand in Hand durch den Abend zu einem türkischen Restaurant ein paar Straßen weiter, das den durchweg positiven Bewertungen im Internet mehr als gerecht wird, und trinken noch gleich dort draußen in der lauen Sommernacht zwei Caipirinha, teilen uns die Rechnung und kehren leicht beschwipst ins Hotel zurück. Trotz des bevorstehenden Abschieds genießen wir unser Morgenprogramm, denn das Band zwischen uns ist fest und stark und ein nächstes Wiedersehen gewiss.

5

Der Zeitpunkt dieses Treffens steht jedoch in den von uns geliebten Sternen und unser Darmstädter Intermezzo hat die Begierden meines Körpers wieder voll entfacht und ich schreibe ihm von meiner Angst, dass wir momentan nicht eine Zwischenlösung, sondern den bleibenden Zustand unserer Beziehungsmöglichkeiten erleben und sein Verstehen und sein Geständnis, dass auch ihm bei diesen Gedanken sehr schwer ums Herz wird, liest sich für mich trotz der begleitenden Liebesbeteuerung wie eine niederschmetternde Bestätigung.

Ich frage mich, ob ich das mittragen kann und will und was dabei mit mir, unseren Gefühlen und mit ihm passiert. Nach dem Tod meines Freundes bin ich schon einmal meines Selbstwertgefühls komplett verlustig gegangen und weiß, dass ich die Reißleine ziehen muss, wenn ich jemals anfangen sollte, die Gründe für die Unangemessenheit unserer Situation bei mir zu suchen oder daran meine Lebenslust verliere, aber das ist die einzige Exit-Strategie, die ich aufbieten kann.

Und dann gibt es noch den Unterschied zwischen uns, dass er sein Leben unter vereinfachten Umständen fortführt und mich als Bereicherung hinzu nimmt, aber ich mein Leben, dass ich, auch bevor ich ihn kannte, genossen habe, um einen wesentlichen Bestandteil meiner Lebensqualität reduziere, indem ich das Ausleben meiner Lust auf das Mass beschränke, dass er sich zugesteht.

Was motiviert mich also, trotzdem zu versuchen, es auszuhalten, obwohl es Lichtjahre von dem entfernt ist, was ich eigentlich mit ihm leben möchte? Jeder Kontakt mit ihm macht mich glücklich, jeder Gedanke an ihn wird von Liebe getragen und ich fühle mich tief mit ihm verbunden. Er in seiner Gesamtheit und jedes Zusammensein mit ihm sind für mich einzigartig und wenig wird mich daran hindern, das - vielleicht auch bis zur bitteren Neige - auszukosten.

Er kämpft mit der Vielschichtigkeit meiner Nachricht und antwortet, dass er mich einfach liebt, was wohl sofort die Reaktion triggerte, er solle alles stehen und liegen lassen und zu mir kommen, was auch aus seiner Sicht konsequent wäre. Aber da ist seine Angst und sein Gewissen, die Familie zu verlassen, die ihn 25 Jahre getragen hat, was dann zu der Reaktion führe, warum wir noch Kontakt haben. Er empfindet das Ganze als ein riesengroßes Dilemma, mit dem er aber im Moment gut zurecht kommt, obwohl er sehr oft an mich denkt und sich vorstellt, wie wir die eine oder andere Situation wohl zusammen erlebten. Die Beschränkung meiner Libido versteht er nicht, weil ich ja auch mit anderen Sex habe, wenn er dabei ist. Ihm gehen noch viele Dinge durch den Kopf, aber die gibt es ein andermal, jetzt macht er das Licht aus und schläft.

Trotz des noch angefügten guten Wunsches für die Nacht und meine Träume kann der allerliebste Schatz nicht schlafen und erwidert noch in der Nacht, dass er meine Reaktionen falsch einschätzt, weil ich sein Verantwortungsbewusstsein und seine Loyalität als Eigenschaften an ihm schätze und das als rationaler Mensch allein schon im zeitlichen Vergleich ein bisschen viel verlangt fände, was nicht heißt, dass ich das zu irgendeinem Zeitpunkt verlangen würde, weil das eine Entscheidung ist, die nur Sinn macht, wenn er sie im wahrsten Sinne des Wortes für sich selbst trifft. Obwohl seine familiäre Situation nach wie vor eine Blackbox für mich ist, weiss ich, das sie etwas für ihn Wichtiges enthält. Ich kann seine Zerrissenheit zumindest teilweise nachvollziehen, aber ich muss sie in ihren Kon-sequenzen auch aushalten können, ohne selbst dabei Schaden zu nehmen.

Die Beschränkung, die ich mir auferlege, hat den Grund, dass Sex mit Anderen ohne ihn in gewissem Masse nur enttäuschend sein kann, ich mich aufgrund der vielen

Erinnerungen an die gemeinsamen Besuche nicht in die Oase traue und ohne sein Einverständnis das Gefühl hätte, ihn zu hintergehen.

Ich freue mich auch auf die anderen Dinge in seinem Kopf und kann endlich schlafen, aber erst, als ich am nächsten Abend noch einmal bekräftige, dass Nachfragen bei Vielschichtigkeit erlaubt sind und ich mein Gefühlschaos wieder im Griff habe, bedauert er, dass er keine schnelle Lösung parat hat und schreibt, dass er nicht glaubt, dass es seine tiefen Gefühle für mich verändern würde, wenn ich ohne ihn in einen Club ginge, weil er einfach schon zu oft gesehen hat, wie ich Sex mit anderen Männern und Frauen habe. Ihn würden wahrscheinlich eher meine Erlebnisse dabei interessieren, ob es mir dann genauso viel Spass wie mit ihm macht, muss ich schon selber herausfinden .

6

Mein kurz entschlossener Besuch der Oase am nächsten Abend wird ein Fiasko. Als ich meinen Schlüssel an der Bar abgebe, fragt mich die Bedienung, wo denn Bernd heute ist und meine Augen werden feucht und als ich nach dem Essen dort einen Sekt trinke, setzt sich ein uninteressanter Typ neben mich und quatscht mich voll. Weder durch gezieltes Desinteresse noch durch die Flucht in den Raucherraum oder durch die Flure kann ich ihn entmutigen und nach kaum einer Stunde im Club lasse ich mir den Schlüssel zurück geben und fahre wieder nach Hause. Als ich Bernd am nächsten Morgen davon berichte, ist er nun doch überrascht über meine Eile, aber er begreift, dass mir das wichtig ist und erkundigt sich für mich bei Katrin noch einmal genauer nach den Parties, die ihr Mann veranstaltet. Aktuell ist nichts in der Planung, aber sie lässt mich grüßen und empfiehlt mir zwei Männer aus Dresden, mit denen sie selbst schon gute Erfahrungen gemacht hat, und ich finde seine Bemühungen in einem kaum noch beschreiblichen Maße liebenswert, bin aber auch zerrissen, weil ich eigentlich nur seinen samtigen Schwanz zum Spritzen bringen will und Angst habe, mir selber weh zu tun, wenn ich mich, von einem anderen gefickt, nach ihm zu Tode sehne.

Beim Planen meiner Termine für den Außendienst kommt mir eine Erleuchtung. Zwei Wochen später bin ich an einem Dienstag mit einem Kunden in der Nähe von Berlin verabredet und ich finde im Intranet meiner Firma die Mobilnummer des Kollegen, den wir in der Tempeloase gesehen haben und schreibe ihm, dass wir uns vor einiger Zeit an einem besonderen Ort getroffen haben und ob er Lust hat, mich an diesem Abend dorthin zu begleiten. Bernd muss lauthals lachen, als ich ihm berichte, dass ich diesen in der Nachricht konsequent gesiezt habe, weil wir im normalen Leben nicht per Du sind. Erst zwei Tage später kommt die vorsichtige Antwort des Kollegen, dass er gern und oft an diesen Abend zurück denkt, aber wirklich sehr glücklich verheiratet ist und sich darauf verlassen können muss, dass ich keine größeren Erwartungen damit verbinde und absolute Diskretion wahre. Als ich ihn in beiden Punkten beruhige, sagt er zu.

Mit der Aussicht auf diese für mich sicher zu bewältigende Option und durch häufiges Masturbieren werde ich wieder etwas ruhiger, erstelle und teile mit Bernd auf Spotify eine lange Playlist mit Liebesliedern und als ich mir „Die Büglerin" von Heinrich Steinfest kaufe, über die er eine Rezension auf SWR3 gehört hat, und er feststellt, dass es das Buch leider nicht in der von ihm bevorzugten Variante des Hörbuchs gibt, entdecke ich die Sprachmemo-App meines Handys und lese es ihm Kapitel für Kapitel vor. Er findet meine Stimme total sexy und trotzdem so seriös und ich es tröstend, mich mit etwas zu beschäftigen, was ihm Freude bereitet.

Mittlerweile telefonieren wir an jedem Arbeitstag auf seinem Hin- und Rückweg jeweils fast eine Stunde und können an den sprachlosen Wochenenden kaum den Montagmorgen erwarten. Trotzdem finden wir noch genug Berichtenswertes, um das Zischen der Nachrichten nicht zur Ruhe kommen zu lassen. Als ich ihm eine Auflistung der Mond- und Sonnenfinsternisse der nächsten Jahre schicke, meint er, dass wir uns die zusammen anschauen sollten und findet meine Beschränkung auf den von uns aus wahrnehmbaren Teil dieser Ereignisse unnötig, weil es im Pazifik doch auch nicht schlecht ist und ich frage lachend, ob wir uns beim Rudern abwechseln.

7

Weil ich meine entspannte Müdigkeit nach einem gelungenen Clubabend nur zu gut kenne, buche ich zusammen mit der Anmeldung für die Veranstaltung eine Übernachtung in der Tempeloase. Als ich mich in dem einfachen Zimmer eingerichtet habe, fasse ich die melancholischen Gedanken, die mich auf der Fahrt nach Berlin bewegt haben, zusammen und schreibe Bernd, dass ich mir derzeit meinen Kopf an dem Paradoxon einrenne, dass ich ihn am besten liebte, indem ich ohne ihn glücklich wäre, weil ich mich nicht entscheiden kann, ob ich daran verzweifle, dass ich das nicht besser hinbekomme oder daran, dass das schlechterdings auch gar nicht machbar ist. Ich bin traurig, dass er jetzt nicht bei mir ist und wir ein bisschen vorglühen können, aber ich freue mich darauf, mit ihm am nächsten Morgen zu telefonieren, weil ich an unseren Gesprächen hänge wie ein Junkie an der Nadel und das für mich die Szenen des Tages sind, die in Farbe gedreht sind. Ich liebe ihn.
Er freut sich riesig über meine schöne, lange Nachricht und schreibt, dass ich auf jeden Fall den Abend genießen

soll, obwohl es sich für ihn doch komisch anfühlt, mich ohne ihn in der Tempeloase zu wissen, aber zum Glück habe ich ja eine nette und sympathische Begleitung. Er fühlt sich jetzt oft so, als ob er neben sich steht, mit seinen Gedanken bei mir und ich so fern, aber mit mir telefonieren zu können ist der beste Start in den Tag, den er sich vorstellen kann, obwohl er fast daran verzweifelt, mich nicht zu sehen. Er liebt mich, sehr sogar. Ungewöhnlich spät wünscht er mir um kurz vor eins eine gute Nacht und schöne Träume.

Frank, den ich um kurz vor acht vor dem Club treffe, ist zunächst auf eine ganz entzückende Art unglaublich nervös und wird erst ruhiger, als wir beim Essen ein wenig miteinander reden und ich mit wenigen Worten meine Motivation für diese Verabredung schildere. Auch er hat seine jetzige Frau in einem Club kennen gelernt, aber sie ist nicht ganz so sehr wie er auf dieses Vergnügen erpicht und so nutzt er trotz des Glücks, das ihm diese Ehe bedeutet, die mehrtägigen beruflichen Veranstaltungen, an denen er regelmässig teilnehmen muss, um sein Mehr an Bedürfnis heimlich zu stillen. Wir beenden unser Mahl und ich schlage einen Gang durch den Club vor.

Es wird ein guter und befriedigender Abend, der ohne weitere Mitspieler über drei Runden geht. Unsere Gespräche dazwischen sind ein bisschen zäh, aber auf der Matte bringt der magere Mann mit den schönen und geschickten Händen und dem prächtigen Schwanz mich ein ums andere Mal zur Ekstase. Zufrieden und ohne Bedauern verabschiede ich mich irgendwann in der Nacht von Frank, wünsche meinem Herzallerliebsten noch eine gute Nacht und berichte ihm am nächsten Morgen am Telefon auf seinen Wunsch detailliert von dem Abend.

Meine Termine führen mich an diesem Tag über Frankfurt an der Oder und Eisenhüttenstadt nach Neuzelle, wo ich im Laden der ansässigen Kloster-Brauerei den dort destillierten IMA*GIN entdecke und kaufe. Ich schicke Bernd ein Photo von mir und dem Gin und fordere ihn mit einem Augenzwinkern dazu auf, sich zu überlegen, wie er an diese Köstlichkeiten herankommt und er bewundert lachend meinen Trick.

8

Wenn Vermissen olympische Disziplin wird, sind wir ganz vorne mit dabei. Seit unserem Treffen in Darmstadt sind vier Wochen vergangen und eine neue Gelegenheit ist nicht in Sicht, weil er bei seinem nächsten Aufenthalt in Darmstadt in einem Tagungshotel permanent unter der Beobachtung seiner Kollegen stehen wird. Unabgesprochen entwickelt sich in unserer Kommunikation eine Zweiteilung, mit der wir beide gut zurecht kommen: am Telefon albern wir herum und lachen viel und unterhalten uns über das politische Geschehen, Sport, unsere Erlebnisse und vieles mehr, unsere Gefühle schlagen sich dagegen in den Nachrichten nieder, die wir im Laufe des Abends miteinander austauschen. Weil ich bei Themen, die mich emotional bewegen, nicht nur nah am Wasser gebaut, sondern das Meer bin, möchte ich morgens nicht darüber sprechen und ihn auf dem Nachhauseweg nicht damit belasten und mindestens mir kommt die Schriftform bei der Beschreibung meiner Empfindungen sehr entgegen, weil ich ihn dabei weder verletzen noch den schon auf ihm lastenden Druck erhöhen möchte und jedes Wort sorgfältig wiege, bevor ich es niederschreibe. Ich sehne mich so unbeschreiblich nach ihm, aber rebelliere auch dagegen, dass ich quasi mit dem Maserati permanent in der 30er-Zone unterwegs bin und mit meinem Leben in der Warteschleife hänge und ich reagiere mit dem für mich ungewohnten Gefühl von Angst darauf, dass ich das erste Mal die Entscheidungsgewalt über mein Leben einem anderen überlasse und schäme mich auch ein bisschen dafür.

Auch er könnte bei manchen Themen einfach losheulen und die Gefühlslage, in der er sich momentan befindet, diese Sehnsucht und die Verzweiflung darüber, hat er noch nie erlebt und er fühlt sich mir gegenüber auch schuldig, aber ich beruhige ihn, dass ich nur immer auf der Suche nach einer Form bin, mit der es uns beiden besser geht, weil ich es als traurig empfinde, dass wir miteinander so reich beschenkt und unsere Herzen dabei so schwer sind, wie ein Glück in Moll.

Beide schätzen wir die Offenheit und Behutsamkeit, mit der wir miteinander umgehen und als er mich fragt, an welchem Datum wir uns eigentlich kennen gelernt haben und auch ihm dabei auffällt, dass das ein halbes Jahr her ist, bedankt er sich für die vielen schönen Momente, die schöne gemeinsame Zeit und wünscht uns noch viele gemeinsame Stunden für die Zukunft.

9

Zwei Tage später fährt er zu seiner Tagung nach Seeheim-Jugenheim und als ich ihm Nachmittags „Take my Love with You" von Bonnie Raitt schicke und schreibe, dass ich erst nachschauen musste, wo das ist, damit meine Gedanken ihn orten und erreichen können, antwortet er mit „dann komm halt her" und sendet eine 10, als ich frage, wie ernst ihm das auf einer Skala von 1 bis 10 ist. Ich springe unter die Dusche und rasiere mich, packe schnell ein paar Sachen zusammen und den Hund, den ich so schnell nicht unterkriege, ins Auto und rausche durch den Abend und die beginnende Nacht Richtung Darmstadt und als wir unterwegs kurz telefonieren, bitte ich ihn, noch etwas Essbares für mich zu organisieren. Auf dem Weg, der den Berg hinauf zum Hotel führt, drehe ich noch eine schnelle Runde mit Filou, bereite ihm ein Lager im Auto, das ich in die Tiefgarage fahre und schreibe Bernd um kurz vor zehn eine Nachricht, dass ich da bin.

Mit einem dezenten Lächeln begegnen wir uns in der Hotellobby und die vergangenen Wochen und die ungewisse Zukunft schmelzen hinweg und lassen nur das Jetzt übrig. Wortlos wenden wir uns dem Fahrstuhl zu und als wir mit Anderen nebeneinander darin stehen, legt er seinen Kopf auf meine Schulter und ich weiß, dass ich diese Geste voller Zärtlichkeit und Vertrauen niemals vergessen werde.

Im Zimmer verschmelzen wir in intimer Intensität miteinander und danach verschlinge ich hungrig die Leckereien, die er für mich vom Buffet mit aufs Zimmer genommen hat, und wir probieren den Neuzeller Gin und können auch beim Reden und Lachen nicht die Finger voneinander lassen und nicht aufhören, uns zu küssen, bis wir uns aneinander kuscheln und einschlafen und uns am Morgen wieder ineinander stürzen. Wir können hier leider nicht zusammen frühstücken und müssen uns schweren Herzens schon wieder voneinander trennen. Filou liegt noch in tiefem Schlaf, als ich zum Auto komme und ihm versichere, dass das nicht wieder vorkommen wird. Wir spazieren durch den Wald und machen uns dann auf den langen Rückweg und erreichen Dresden am frühen Nachmittag.

10

D ie Intensität unserer kurzen Zusammenkunft und meine Verrücktheit, sie möglich zu machen, beeindruckt ihn sehr und es gelingt ihm, in der Firma durchzusetzen, dass er unbedingt auch das Berliner Team kennen lernen muss und als er mit seiner Familie zu einem kurzen Urlaub nach Österreich aufbricht, wissen wir schon, dass wir Mitte September drei Tage in Berlin zusammen verbringen werden und zählen in unseren Nachrichten und den Telefonaten, die er nachmittags aus dem Wellnessbereich des Hotels mit mir führt, die Tage, die uns noch voneinander trennen.

Um dem Lärm des Straßenfestes vor meiner Haustür zu entkommen, gehe ich am Samstag ins Ollywood und berichte Bernd noch in der Nacht amüsiert, wie ich in einer ersten Runde drei Herren souverän zur Befriedigung meiner Gelüste abkommandiert und dann noch zweimal mit einem attraktiven jungen Mann aus Österreich mein Spiel getrieben habe und er bewundert anerkennend meine Taktik und fragt sich, warum ihn das abseits aller Norm trotz seiner tiefen Gefühle für mich so scharf macht, was ich mit einem Brustbild von mir, als ich morgens aus der Dusche komme, noch unterstütze, denn entgegen den Angaben in seinem Joyclub-Profil findet er Bildertausch durchaus gut und revanchiert sich täglich mit einem zwar harmlosen aber perfekt vor dem Hintergrund der atemberaubenden Landschaft des Salzkammerguts in Szene gesetzten Selfie bei mir und schickt mir sogar ein kurzes Video, das ihn schwimmend im See zeigt, was meinen eigenen Vorlieben auch eher gerecht wird.

Da wir in Berlin wieder zwei Abende und Nächte und auch noch den Freitagnachmittag, bis ich ihn zum Flughafen bringe, miteinander verbringen können, erforschen wir nebenbei das Angebot der Berliner Swingerclubs und liebäugeln für den Nachmittag des letzten Tages, an dem wir im Hotel schon ausgecheckt haben werden, mangels anderer Möglichkeiten mit einem Pornokino. Ich plädiere für das Avarus, das ich im vergangenen Dezember schon einmal besucht habe und das am Mittwoch eine Veranstaltung unter dem verlockenden Titel „Die Orgie" anbietet und er empfiehlt das Ego24 auf dem Weg zum Flughafen und ich muss lauthals lachen über das Backdoor-Training-Kit mit vier hautfarbenen Analdildos, das auf der Internetseite des angeschlossenen Erotikmarkts offensiv beworben wird. Es ist Messezeit in Berlin und Bernd wundert sich über die Preise, die selbst einfache Hotels für die Übernachtung verlangen.

Noch im Urlaub und eine Woche vor unserem Wiedersehen hat er einen Alptraum, in dem er ein Flugzeug
beobachtet, das kurz nach dem Start in der Luft
explodiert und als ich im Internet googele, dass der das
Träumende sich nach etwas sehnt, ihm aber bewusst ist,
dass es schwer umzusetzen ist, bin ich schwer
beeindruckt - weil er es träumt und weil es ein Klassiker
ist.

11

Unseren Countdown bebildere ich mit Fotos von
Zahlen auf Hausnummern, Autoschildern oder
Kritzeleien auf dem Gehweg und lenke mich
mich mit dem Kauf eines iPads und dem Besuch des
Konzerts von Wanda in der Jungen Garde von der
Langsamkeit ab, mit der die letzten Tage vergehen. Ich
esse Wildbegehren mit geschmorter Sehnsucht an einer
Farce aus Vermissen und er schickt mir Bilder von
seinen selbst gemachten Cevapcici und schreibt, dass
meine süßen Nachrichten bei ihm viele Gedanken und
Fragen auslösen, die er mir aber persönlich stellen muss
und ich platze nun auch noch vor Neugier.
Wir schaffen es irgendwie bis zum Mittwoch und Bernd
freut sich auch darüber, dass er endlich wieder
Bonusmeilen sammeln und am Erhalt seines Viel-
fliegerstatus arbeiten kann und schickt mir ein Selfie aus
der Lounge und er sieht auch im Anzug hinreißend aus
und zusammen sind wir ein schönes Paar, als er mich in
meinem pinkfarbenen Leinenkleid um halb fünf in Tegel
in die Arme nimmt und wir, im Auto schon heftig
fummelnd, quer durch die Stadt nach Adlershof ins
Hotel fahren und in der obersten Etage in einem Zimmer
mit großer Fensterfront und Blick auf das gegenüberliegende Bürogebäude und die dahinter liegende
Silhouette der Stadt nach einem kurzem Fick im Stehen
auf das Bett und übereinander her fallen.

Wir duschen und nehmen bis auf einen kleinen Umweg wegen der Suche nach einer für Bernds exotische ec-Karte passenden Bank fast den gleichen Weg wieder zurück, und gelangen zum Avarus, das man mitten im Wedding im fünften Stock eines Geschäftsgebäudes über einen Lastenaufzug erreicht und in dem aufgrund eines besonderen Reinigungsvorgangs Sex auch im Whirlpool erlaubt ist. Es gibt nur ein, sehr geräumiges, Spiel-zimmer mit vielen großen Liegeflächen und darin noch eine kleine, mit einem durchsichtigen Vorhang abgetrennte Nische mit einer schlichten Liege, mehr Möglichkeit zur Intimität wird hier nicht geboten und nach einem schnellen Rundgang testen wir das nicht sehr üppige, aber schmackhafte Buffet und lassen uns an der Bar einen Aperol Sprizz mixen. Mein neues Outfit habe ich diesmal im Internet bestellt, ein sehr kurzes schwarzes Kleid mit asymmetrischem Saum und einem Bustier aus Spitze, aber im Vergleich zu der jungen Frau, die schon nackt mit weit geöffneten Schenkeln in der Mitte des Sofas hinter uns von Männern umringt ist und immer wieder laut und lustvoll aufstöhnt, fühle ich mich fast züchtig bekleidet und bin beim Beobachten der Szene froh über das Handtuch, auf dem ich sitze. Sie kniet jetzt auf dem Boden und wechselt blasend zwischen ein paar Schwänzen hin und her, während sie selbst gefingert und von einem unbeteiligt wirkenden Mann in Stoffhose und weißem Hemd beobachtet wird. Als die Gruppe ins Spielzimmer wechselt, ziehen wir hinterher und sehen zu, wie die Frau sich auf ein düsteres Himmelbett mit schweren Vorhängen kniet und die Männer der Gruppe anfangen, sie nacheinander zu ficken. Ihr noch immer kühl wirkender Begleiter liegt lässig und zusehend an einen der Pfosten des Bettes gelehnt und obwohl sie unter den Stößen lustvoll stöhnt, schwingt in der Szene ein Hauch von Benutzung mit und ich kann nicht einschätzen, ob das auf ihrem oder seinem Wunsch beruht.

Meine Aufmerksamkeit verlagert sich auf meine eigene Möse, als Bernd von meinen Brustwarzen ablässt und seine Finger in ihr versenkt und ein hübscher junger Mann verliert nebenan die Lust zum Anstehen und gesellt sich zu uns und ich nehme seinen Schwanz zwischen meine Lippen und als er prall und stahlhart aufrecht steht, drehe ich ihm meinen Hintern zu und blase nun Bernd, der seinerseits die Frau des Paares bedient, das sich zu uns auf die Matte gelegt hat und ich wende mich ihrem Mann zu, nachdem der Jüngling hinter mir mit schnellen Stößen und einem langgezogenen Schrei kommt.

Die Plätze im Whirlpool sind zu begehrt, um dort zu vögeln und wir gehen statt dessen in die Dampfsauna und probieren den Schokoladenaufguss aus, aber ich empfinde die beiden Herren, die die weiche Masse auf meiner Haut verteilen wollen, als zudringlich und die Angelegenheit an sich auch eher klebrig als erregend. Ohnehin kann ich eine kleine Pause vertragen und lachend finden wir in der Dusche unsere These vom offiziellen Ausstatter der deutschen Swingerclubs bestätigt und stopfen uns an der Bar mit Chips und Weingummi voll. Im Spielzimmer liegt nur noch eine sehr übergewichtige Dame wie ein gestrandeter Wal mit zwei in ihren Fleischmassen versunkenen Herren, eine Szenerie, die uns beide nicht anspricht und wir ziehen uns in die kleine Nische zurück, in die sich dann doch noch ein einzelner Herr nach meinem Geschmack verirrt und Bernd hervorragend unterstützt. Der Club hat sich geleert und es ist genügend Platz im Whirlpool, aber wir begnügen uns darin mit Küssen und Streicheln und ich fühle mich in Bernds Armen aufgefangen.

Nach einer durchkuschelten Nacht und early-morning-Sex frühstücken wir zusammen und brechen dann gemeinsam in den Tag auf, er in die Berliner Dependance seiner Firma und ich zu Kundenterminen im brandenburgischen Nirgendwo. Auf dem Weg zurück kaufe ich für den Abend noch eine Flasche

Rotwein und sitze wieder lesend nackt im Bett, als auch er Feierabend macht und sich zum Spielen zu mir legt. Für den Abend habe ich dank meines iPads, auf das er ein wenig neidisch ist, verschiedene Restaurants in nicht allzu großer Entfernung vom Hotel in Erwägung gezogen und wir entscheiden uns wegen des witzigen Namens Waldkater für eine Pizzeria in Grünau. Der Biergarten ist brechend voll, aber der Service ist gut organisiert und die Pizza hervorragend und als ich ihn erwartungsvoll an seine Frage erinnere, möchte er wissen, wie ich früher war, in meiner letzten Beziehung. Ich bin irritiert und antworte ausweichend und wir zahlen und kehren zurück ins Hotel und genießen den Wein mit Blick auf einen grandiosen Sonnenuntergang und hören Musik und überlegen, ob wir nicht bald wenigstens ein paar Tage gemeinsam Urlaub machen können.

Am Freitagmorgen freut sich Bernd über die seiner Ansicht nach bewundernden männlichen Blicke, die mein selbstbewusstes Betreten des Frühstücksraum auf sich zieht und ich schiebe die Verantwortung für meine Ausstrahlung lachend auf die mit ihm verbrachte Nacht. Wir deponieren unser Gepäck nach dem Auschecken in meinem Auto und Bernd geht in die Firma und ich fahre nach Mitte und besuche die Bestandsaufnahme Gurlitt im Gropius-Bau und hole ihn um kurz vor eins in Adlershof ab. Wir fahren nach Spandau und ich parke auf einem riesigen und leeren Parkplatz vor einem Gebäude in der Größe eines Baumarktes, an dessen Fassade in mannshohen roten Lettern Ego24 prangt. Wir stöbern ausgiebig durch den Erotikmarkt, bewundern das Trainings-Kit und albern unter den mißbilligenden Blicken der Verkäuferin bei der immensen Auswahl an Vibratoren herum und werden schließlich in das Pornokino eingelassen, dass sich über zwei Etagen erstreckt und von einem Swingerclub nur dadurch zu unterscheiden ist, dass in jedem Raum und auf den Fluren Pornos aller Stilrichtungen laufen. Wir suchen uns eine bequeme Liegefläche und geben unseren Körpern noch einmal alles, was sie voneinander wollen und lassen zuschauen, aber nicht mitmachen, weil für mich der letzte Eindruck eines Zusammenseins stets von ihm sein muss. Wir haben noch immer viel Zeit und finden eine Eisdiele und stellen lachend fest, dass es für uns beide nur eine Wahl, nämlich Spaghetti-Eis, gibt und er weiß ganz genau, dass es in Schwaben erfunden wurde. In einem kleinen und voll gerammelten italienischen Delikatessenladen ein paar Häuser weiter trinken wir noch einen Aperol Sprizz und fahren dann zum Flughafen und stehen bis zur letzten Sekunde wortlos eng umschlungen vor dem Gate herum. Auf der Fahrt zurück nach Dresden gehe ich der Ursache für meine Irritation am vorigen Abend auf den Grund.

12

In einer langen Nachricht greife ich das Thema am Samstag noch einmal auf und erkläre ihm meine Verwirrung damit, dass ich aus meiner Sicht eine ganz Andere bin als ich es in meiner letzten Beziehung war, weil es mir durch eine erfolgreiche Therapie vor drei Jahren endlich gelungen ist, die emotionalen Behinderungen zu überwinden, die ich aus meinem Elternhaus mitgenommen habe und ich heute anders und freier und qualitativ besser agiere und reagiere und ich es sehr genieße, dass er mit der Frau, die ich geworden bin, so gern zusammen ist, weil es in gewisser Weise meine erste Beziehung ist. Ich träume selten und dann leicht interpretierbar und hatte vor kurzem einen Traum, der mir eindeutig gezeigt hat, dass Bernd meinen verstorbenen Freund verdrängt hat und obwohl dieser einen großen Einfluß auf mich und mein Leben gehabt hat, habe ich Frieden gefunden mit der Beziehung und auch ihrem Ende und sie taugt nicht als Schablone für unsere. Im Gegenzug sprechen wir auch nicht über seine Frau, obwohl oder weil das etwas aktueller ist und zumindest ich umschiffe dieses Thema rücksichtsvoll so weiträumig, dass ich es für die Schwierigkeiten verantwortlich mache, die wir bei Gesprächen über ernste Themen beide manchmal empfinden, aber ich kann mich nicht festlegen, ob ich damit auf ihn oder auf mich Rücksicht nehme.

Beziehungen zu vergleichen, war nicht seine Absicht, weil er unsere ohnehin als etwas sehr Besonderes empfindet, weil das sichere Gefühl, mit mir ohne Probleme die nächsten 20 Jahre verbringen zu können, hat er zuvor noch nie gehabt. Mein Leben und meine Vergangenheit interessieren ihn, weil ich ihm wichtig bin, und er möchte aus dem Früher für die Zukunft schließen, weil sein Leben im Vergleich zu meinem sehr wenige Brüche hatte und er deswegen von einer hohen Kontinuität und stetigen Entwicklung ausgeht. Er weiss nicht, warum wir seine Frau als Thema meiden, vielleicht ist es ein gegenseitiger Schutzmechanismus, aber ob das gut oder schlecht ist? Aber sie lässt sich nicht ausblenden, wenn wir es ernst miteinander meinen.

Sein Interesse ist liebenswert, aber ich bin mir immer unsicher, wofür ich mich bei ihm interessieren darf. Das Gefühl, bei jemand, so wie ich bin, ganz zu Hause zu sein, hatte ich vorher auch noch nie und dass ich ihm das für den Rest unseres Lebens anbiete, habe ich ihm schon einmal geschrieben und er bestätigt, dass ihm spätestens da klar war, wie es um meine Gefühle für ihn steht, was er darin bestätigt findet, wie konsequent ich jede Chance nutze, ihn zu sehen und ich beruhige ihn, dass wir vielleicht einfach abwarten, bis wir beide soweit sind und es in der Zwischenzeit erst einmal ausreicht, dass er weiss, dass es meinerseits nicht mangelndes Interesse an ihm ist. Er ist das Wichtigste in meinem Leben und mein Angebot habe ich ihm in dem Bewusstsein gemacht, dass das, was es impliziert, in seinen Folgen nicht immer schön und für ihn eine große

Herausforderung sein wird, gerade weil sein Leben bisher kaum Brüche gehabt hat.

13

Nie habe ich Goethes Worte über die Erträglichkeit schöner Tage besser verstanden und auch Bernd findet die Zeit, nachdem wir uns gesehen haben, schön und grausam zugleich. Schön wegen des Schwelgens in den positiven Erlebnissen der letzten Tage, grausam, weil er weiß, dass ich in den nächsten Tagen nicht um ihn sein werde und er mich schrecklich vermissen wird. Er läßt mich bildlich und inhaltlich ein Stück mehr an seinem familiären Leben teilhaben, das aus Arbeiten in Haus und Garten, Fernsehen, Fahrradtouren, Restaurantbesuchen mit Freunden oder dem erweiterten Familienkreis und auch einmal einer Ausstellung im nahen Tübingen besteht und ich analysiere jedes Photo ganz genau, bin von seinem Weber-Grill gebührend beeindruckt und über die unpersönliche Sterilität der Wohnungseinrichtung insgeheim bestürzt. Trotzdem ihm in den Augen seiner Frau oft Fehler dabei unterlaufen, fällt der Wochenendeinkauf in seinen Zuständigkeitsbereich und ich begleite ihn telefonisch durch den Supermarkt und amüsiere mich liebevoll über den Kakao, der den Vorgang jedes Mal zwingend krönt und wir stellen uns vor, wie wir eines Tages zusammen einkaufen. Wir erzählen uns die Filme, die wir sehen und er teilt seinen Mathematik-Podcast mit mir und ich revanchiere mich vorlesend mit einem Thriller von Ross Thomas, der ihm gut gefällt.

Wenige Tage nach Berlin fragt er mich morgens schelmisch am Telefon, ob ich Anfang November Zeit habe, vier Tage im Schwarzwald mit ihm zu verbringen und ich bin sprachlos vor Freude und sage natürlich sofort zu. Wir lachen ein wenig über das Spießerimage unseres Ziels und durchforsten die einschlägigen Portale und finden in Bad Wildbad eine gut aussehende Ferienwohnung, die uns beiden zusagt und deren Buchung der nötigen Diskretion wegen ich übernehme. Es ist noch nicht einmal Oktober und wir schwelgen schon in Vorfreude auf die Möglichkeit, einmal miteinander ausschlafen oder auch liegenbleiben zu können und zu prüfen, ob wir auch ganze Tage miteinander aushalten, obwohl wir in dieser Hinsicht beide keine Bedenken haben.

In Bad Wildbad selbst gibt es eine wunderschöne Therme aus der Zeit des Jugendstils, die man textilfrei nutzen kann und wenn das Wetter schön ist, wollen wir auf jeden Fall auch wandernd die Umgebung erkunden. Bernd beschäftigt auch die Auswahl unseres Abendprogramms schon sehr und wir sind von der Anzahl der offenbar immer gut besuchten Veranstaltungen im Umkreis von Stuttgart begeistert. Von den vier für uns gut erreichbaren Clubs kennt er nur das La Huitre, das Donnerstags sogar ein Swingerfrühstück anbietet und wir überlegen uns, dass wir uns kurzfristig und entspannt Dienstag und Donnerstag für eine der Optionen entscheiden können, aber zur Orientierung entwirft er eine Excel-Tabelle, in die er Woche um Woche die Gästezahlen und die Anzahl der Männer, Frauen und Paare einträgt.

Ich fahre ein paar Tage nach Leipzig, ein Incentive meiner Firma, an dem auch Frank teilnimmt, der mich seit unserem Treffen dort bei jedem seiner Besuche der Tempeloase um meine Begleitung bittet, aber es passte nie in meinen Terminkalender und an dieser Reise nehmen auch die Lebenspartner teil und ich streife ohne Bedauern oft alleine durch die Stadt, um ihn gegenüber seiner Frau nicht unbedacht in Schwierigkeiten zu bringen. In einem hübschen Spirituosenladen kaufe ich gleich vier verschiedene Gin-Sorten in den von Bernd so geliebten Probiergrößen und lasse ihn bildlich an allem teilhaben und vermisse ihn in meinem großen und komfortablen Hotelbett unendlich. Seine Sehnsucht steht der meinen in nichts nach und er fragt, ob wir uns in der kommenden Woche auf halber Strecke treffen können und bucht eine Pension in Eltmann am Main, als ich antworte, dass ich mir für ihn die Zeit immer organisieren kann und meine Lust bei ihm im Modus 24/7 ist. Im Maileingang unseres Joyclub-Profils entdecke ich bestürzt die Buchungsbestätigung eines Clubs für diesen Abend und ich verstehe zwar gut, dass er gern in einen Club gehen möchte, aber ich fürchte zum einen die Hektik, die mit der Realisierung dieses Besuches verbunden wäre und möchte ihn einfach in der kurzen Zeit für mich haben, weil ich schon wieder eine Riesensehnsucht nach ihm habe und ich mich in der letzten Zeit mit den Berührungen Fremder schwer tue, solange mein Körper noch nicht satt ist von ihm. Er war auch im Zweifel, ob wir das überhaupt machen sollen und nicht lieber einen gemütlichen Abend miteinander verbringen, aber mein erfolgloses Interesse für die Clubs in Leipzig am vergangenen Wochenende hat ihn dazu motiviert und wir haben ja auch beide Spass daran. Ich kläre die Details der Anreise mit dem Pensionsbesitzer und entgegen meinem Versprechen wird Filou wieder eine Nacht im Auto verbringen müssen.

14

Es ist einer von den guten Dienstagen und ich kaufe für den Abend ein bisschen Käse und Nüsse und Tonic für den Leipziger Gin, weil in Eltmann nach unser Begrüßungszeremonie wahrscheinlich schon die Bürgersteige hochgeklappt sein werden, und mache mich auf den Weg. Als auch Bernd unterwegs ist, telefonieren wir lange und amüsieren uns über einen Chat, den er am vorigen Abend mit jemanden geführt hat, den das Tragen von Windeln sexuell erregt, sind uns aber auch bewußt, welche Herausforderung für eine

Partnerschaft das ist und schätzen uns glücklich, dass unsere auch nicht normgerechten Vorlieben so gut zueinander passen. Nach meiner Ankunft mache ich mit Filou einen langen Spaziergang am Main entlang und richte es ihm im Auto unter einer Straßenlaterne gemütlich ein, finde die Angaben des Pensionswirtes bestätigt und den Schlüssel in der Tür zum blauen Zimmer stecken und habe noch Zeit, das karge, aber saubere Zimmer mit meinem kleinen Buffet ein wenig gemütlicher und mich frisch und schön zu machen, bis auch Bernd ankommt und ich leicht bekleidet durch den Flur zum Hauseingang schleiche, um ihm die Tür zu öffnen. Wir schlüpfen nahtlos in unsere Vertrautheit und kaum im Zimmer ineinander, vertilgen später den Proviant und kosten den Gin und dann wieder uns, lachen und reden und sind beieinander zu Hause und beginnen eine to-do-Liste mit Dingen, die wir unbedingt miteinander erleben wollen und schreiben als erstes die Sonnenfinsternisse und ein Whisky-Tasting in Schottland auf. Am nächsten Morgen machen seine Finger in mir etwas Neues, dass sensationelle Empfindungen in mir auslöst und ich frage später lachend, ob er in seinen Chats auch erotische Fortbildung macht, aber er hat diesen Punkt schon länger gesucht und nur noch nicht richtig erwischt und bekommt auch einfach ein immer besseres Gefühl dafür, was mir gefällt, was ich nur bestätigen kann, und nach meinem Empfinden reagiert mein Körper auch immer intensiver auf das, was er mit ihm anstellt. Viel zu schnell ist unser Intermezzo vorüber und während er schon auf dem Weg zu Arbeit ist, spaziere ich mit dem Hund durch den kleinen Ort und ergattere in einer Bäckerei einen passablen Kaffee und ein belegtes Brötchen.

Ein paar Tage später lasse ich mich beim morgendlichen Masturbieren von seiner Experimentierfreude der letzten Woche inspirieren und weiche mit sehr befriedigendem Ergebnis von meinem lange erprobten und immer sicher zum Ziel führenden Vorgehen ab und stille detailliert seine Neugier darüber, was ich anders gemacht habe. Ich finde es wunderschön und bereichernd, wie experimentierfreudig er ist und obwohl schon der erste Sex mit ihm Suchtpotential hatte, merke ich, wie sich meine Reaktionen auf manche Dinge verändern und ich geniesse es sehr, mich immer wieder von ihm überraschen zu lassen und von seinem Verwöhnbuffet zu naschen, aber ich mache mir auch Gedanken darüber, dass ich mit ihm mehr oder weniger immer das gleiche anstelle und obwohl er darauf stets sehr gut anspricht, frage ich mich, ob es mir noch unbekannte Variationen gibt, ihm Freude zu bereiten. Er empfindet das ganz anders und meine Handlungen an ihm fühlen sich für ihn immer wieder neu und komplett anders an und er erinnert sich schwärmerisch an die Art, wie ich ihn am Mittwochmorgen gewichst habe, der Rhythmus, die Stärke und die Technik waren für ihn einfach perfekt und ein einmaliges Erlebnis und er liebt es, wie ich ihn langsam und stetig zum Höhepunkt bringe.

15

Am Wochenende ist er zu einem Geburtstag eingeladen und während er diesen sozialen Verpflichtungen sonst wegen der ständig gleichen Gespräche über die Entwicklung der Kinder oder die Krankheiten der Eltern nur mit Unlust nachkommt, berichtet er noch in der Nacht von dem gelungenen Fest, dessen Erfolg den anderen Gästen zu verdanken war, bei denen man das Gefühl hatte, dass sie sich für ihr Gegenüber wirklich interessieren und auch ich hätte mich dort bestimmt sehr wohl gefühlt und er wäre gern mit mir dort hingegangen und ich freue mich für ihn und über diese schöne Liebeserklärung. Unsere Nachrichten sind voller Fürsorge, als er sich am Finger verletzt und ich eine schwere Erkältung bekomme und als mein Vater einen Unfall hat und seine Mutter sich einer Operation unterziehen muss, erkundigen wir uns liebevoll nach dem Befinden der uns unbekannten Elternteile, obwohl wir bei aller Tragik doch darüber lachen müssen, dass jetzt auch wir bei den elterlichen Krankheiten gelandet sind.

Er reist geschäftlich ein paar Tage nach Indien und schickt mir Selfies aus dem Flugzeug und Photos von der beeindruckenden Lounge in Abu Dhabi und dem Kreisel vor dem Hotel in Pune und wir telefonieren via FaceTime, wenn er abends im WLAN des Hotels ist und schätzen uns glücklich, dass wir bei aller Sehnsucht im Vergleich zu Liebenden früherer Zeiten so viele Möglichkeiten haben, sie wenigstens teilweise zu stillen. In der letzten Nacht träumt er, dass er mich vom Flughafen in New York abholen will und sich ihm unzählige Hindernisse in den Weg stellen und er einfach nicht dort hin kommt. Seine ausufernde Müdigkeit nach der Rückkehr schiebt er auf den Jetlag und den beginnenden Herbst.

Am 23. hat er Geburtstag und macht mit seiner Frau und seiner Tochter einen Ausflug an den Bodensee und kaum verständlich ruft er mich morgens mit dem Kopf unter der Bettdecke an, damit ich ihm auch persönlich gratulieren kann. Ich finde, dass man diesen Tag gar nicht genug feiern kann und Lenny Kravitz singt für ihn, dass meine leider nur sms-fähigen Geschenke „filled with all the love I have for you and all my individual thoughts" sind, von seiner Geburtstagskarte lächle ich ihn verführerisch mit entblößter Brust an und die Audiodatei mit Martin Suters „Montechristo" habe ich elektronisch mit einem Rätsel verpackt, mit dessen Lösung sich die Datei öffnen lässt. Dank der Karte muss er heute nicht auf einen Orgasmus verzichten und ich wünsche ihm einen schönen Tag und behalte den stillen Schmerz über die Nachrichtenlosigkeit des Tages für mich.

Der Countdown für unsere Auszeit nähert sich der heißen Phase, aber draußen ist es kalt und regnerisch und meine Libido tigert wie ein Raubtier durch ihren Käfig und rüttelt an den Stäben und als mir Bernd am Sonntagnachmittag vom Saunagang in seinem Fitnessstudio schreibt, fällt mir die Sauna der Oase ein und ich melde mich zum Wochenendausklang im Club an. Beim ersten Saunagang komme ich mit einem sympathischen Herrn ins Gespräch und fordere ihn nach einem kurzen Zwischenstopp an der Bar zu einem kleinen Rundgang auf und fange mit ihm auf der Matte ein vielversprechendes Spiel an, zu dem sich ein zweiter Herr gesellt, der aber schnell übergriffig wird, was ich bisher noch nie erlebt habe und damit quittiere, dass ich ihn mit der Kraft meines aufwallenden Zorns auf den Boden stoße. Zum Bedauern des anderen Herrn ist meine Erregung verflogen und erst als wir nach einem zweiten Saunabesuch durch die Glastür des Raucherraums im Keller den Barmann dabei beobachten, wie er auf dem Sofa eine magere Rothaarige vögelt und er dabei seine Hand von hinten unter mein kurzes Kleidchen und dann zwischen meine leicht gespreizten Schenkel schiebt, erwacht meine Lust wieder in voller Stärke und wir gehen in den Nebenraum, wo ich mein Kleid abstreife und mich über das Fußteil des Bettes beuge. Seine Finger fahren an meinen Schamlippen entlang und ein kleiner, älterer Mann betritt den Raum und stellt sich neben mich und ich nicke ihm nach einem kurzen Seitenblick zu und er reibt erst eine Weile an meinen Brustwarzen und schiebt dann seine Hand von vorne zwischen meine Beine, während der Andere mich von hinten fingert. Mit einem entrüsteten Seitenblick will ich das Bett als mein Revier gegen eine füllige Blonde in einer schwarzen Lack-Corsage verteidigen, aber sie kniet sich vor mich auf das Bett und nimmt meinen linken Nippel zwischen ihre Lippen und saugt mit den Fingern ihres Mannes in ihrer Möse immer heftiger daran und ich ziehe ihren Kopf nach oben und küsse sie gierig und befreie ihre Brust aus dem Oberteil und sauge an ihrer großen und steifen Brustwarze. Sie legt sich quer über das Bett und bedeutet mir, meinen Schoss über ihr Gesicht zu schieben und leckt mich, während ihr Mann sich um ihr Geschlecht kümmert und ich die Schwänze meiner beiden Begleiter in den Händen halte und im Rhythmus meiner lustvollen Zuckungen wichse und sie dadurch bald zum Kommen bringe. Ich tausche die Position mit der Dame, die sich aus den Zuschauern einen jungen Blonden greift und ihr Mann versenkt seine Finger jetzt in mir und als meine Erregung schon fast unerträglich ist, lasse ich mich von dem Blonden vögeln und blase dabei ihren Mann, während sie sich unter den Beobachtern zwei neue Kandidaten auswählt. Ich habe noch eine nette Unterhaltung mit dem unkomplizierten Paar aus Wien und wir essen und rauchen zusammen, dann hole ich meinen Schlüssel an der Bar ab und fahre nach Hause. Mein ausführlicher Bericht an Bernd erregt uns beide und wir freuen uns umso mehr auf das Wechselspiel zwischen unser intimen und intensiven Erfüllung und Nähe und dem Spaß und der ungezügelten Geilheit im Club in der nächsten Woche.

16

In meiner Wahrnehmung schnurren die knapp 600 km am Dienstag mühelos dahin und schon um zwei Uhr am Nachmittag erreiche ich den Edeka-Markt am Ortseingang von Bad Wildbad, den ich mir im Internet für die Einkäufe für die nächsten Tage ausgesucht habe, die ich aufgrund meiner größeren zeitlichen Flexibilität übernommen habe. Den Wein habe ich schon in Dresden beim Weinhändler meines Vertrauens und den Gin bei einem neuerlichen Besuch in Neuzelle erstanden, seinen Tee wird Bernd mitbringen und hier besorge ich nur noch all die Leckereien, die wir beide gerne mögen, und natürlich Nutella für ihn. Ich übernehme die Ferienwohnung, die in der Realität genauso schön und hell und sauber wie im Buchungs-portal ist, verstaue die Lebensmittel und meine Kleidung, schicke Bernd die Adresse und eine Warnung vor den vielen Blitzern in jedem Dorf auf der Strecke, nehme ein Bad und vervollkommne meine Rasur vom Vorabend, ziehe eines aus der reichen Auswahl meiner mitgebrachten Outfits an und überbrücke die Zeit bis zu seiner Ankunft lesend auf dem bequemen Sofa. Er plant einen frühen Feierabend, in der Firma wird er sich die nächsten beiden Tage krank melden, zu Hause wähnt man ihn in Darmstadt und heute Abend wollen wir nach Stuttgart in den Wildpark gehen, für den Donnerstag haben wir noch keine Entscheidung getroffen.

Er kommt schon um fünf und tatsächlich zeige ich ihm erst die Wohnung und wir freuen uns wie Kinder über unser schönes Nest und finden bei unser Begrüßungs-zeremonie auch die Qualität des einzigen Kingsizebettes des Schwarzwaldes hervorragend. Wir packen unser Täschchen und fahren nach Stuttgart und finden unterwegs eine passende Bank, bei der Bernd Geld abheben kann. Der etwas abseits der B14 im Wald gelegene Club gewährt uns als aktivem Paar Rabatt und wir nehmen das umgebaute Forsthaus in Augenschein, an das sich ebenerdig ein großer, aber nur an den Wochenenden geöffneter Saal anschließt. Im Erd-geschoss befinden sich der Umkleideraum, einige Sitzgelegenheiten, ein winziges Speisezimmer und eine kleine Bar, der gegenüber man über steile und enge Treppen in das Obergeschoss mit mehreren Spiel-zimmern oder den Keller mit den Duschen und mit einem großen, nur schummrig beleuchteten und mit Matten ausgelegten Raum gelangt. Das Essen ist schwäbisch und lecker und der Aperol Sprizz an der Bar gut, und entspannt gehen wir in die erste Runde, in der ich auf einer Liege im Obergeschoss in dem über mir an der Decke hängenden Spiegel fasziniert meinen ersten echten Gangbang beobachten kann. In der zweiten Runde haben wir viel Spass mit einem jungen Paar, dessen weiblicher Part ein wild quasselndes, witziges Unikum ist und als wir eigentlich schon gehen wollen, entdecken wir im Keller einen Mann und zwei Frauen und gesellen uns jeder mit jedem spielend dazu. Wie immer halten wir uns auf der Rückfahrt im Auto an der Hand und mir fallen nach dem langen Tag die Augen zu, aber wir trinken vor dem Zubettgehen noch einen Gin Tonic und schlafen im Bett sofort ein und nach dem Morgenspiel unbekümmert weiter.

Bernd holt Brötchen und ich mache das Frühstück, das wir ausgiebig genießen und dabei überlegen, was wir heute machen wollen. Das Wetter ist herbstlich schön und ich habe im Internet von der neuesten Sehenswürdigkeit des Ortes gelesen, einer Fußgänger-Hängebrücke, die sich 380 m lang in 60 m Höhe über dem Schwarzwald erstreckt und einen phantastischen Ausblick bieten soll und wir entscheiden uns, dieses technische Kleinod in Augenschein zu nehmen. Vom Parkplatz aus schlendern wir, den Wegweisern folgend, Hand in Hand redend, uns neckend, lachend oder auch einmal schweigend durch den herbstlich verfärbten Wald, stehen staunend als einzige Besucher vor der beeindruckenden Brücke und lösen trotz meiner Höhenangst eine Eintrittskarte, und dicht hinter ihm, mich beidseits an den Handläufen festhaltend, kann ich sowohl den Ausblick als auch die aufregenden Bewegungen der Brücke unter unseren Schritten und im Wind genießen. Ein paar hundert Meter hinter der Brücke ist den Hang hinunter eine Schneise in den Wald geschlagen und zwei Gleitschirmflieger bereiten hier ihren Abflug vor. Wir kuscheln uns auf einem breiten Holzsessel aneinander, genießen die noch warme Herbstsonne und unsere Küsse und beobachten die beiden, bis dem einen der erfolgreiche Absprung von der Kante des Hangs gelingt. Wir verfolgen sein langes Gleiten in der Thermik des Tals und als er aus unseren

Augen verschwindet, machen wir uns auf den Rückweg und die Überquerung der Brücke gelingt mir schon etwas leichter. Auf der anderen Seite des Waldes finden wir in einer Hütte oberhalb des Skiliftes eine Gaststätte und lassen uns das leckere Essen und ein kühles Bier auf einer Bank in der Sonne schmecken und ich bitte ihn, mich über seine schönen Liebesbekenntnisse hinaus ein wenig mehr an seiner Gefühls- und Gedankenwelt teilhaben zu lassen, damit ich nicht die Orientierung verliere, und er will sich Mühe geben. Auf dem Rückweg kaufen wir uns zwei fertige Käsefondues für die Mikrowelle und ein paar Oliven und ein Baguette für den Abend und schlüpfen in der Wohnung zu einem zärtlichen Mittagsschlaf ins Bett und schlafen danach ein Stündchen ein. Noch im Bett prüfen wir noch einmal die Optionen für den Donnerstagabend und entscheiden uns aufgrund der wenigen Anmeldungen im La Huitre, das Bernd zudem schon kennt, für den Herren-überschussabend des Atemlos in Rheinstetten bei Karlsruhe. Wir duschen und bereiten zusammen das Abendessen und trinken dazu Rotwein und er überreicht mir feierlich ein in Papier gewickeltes Päckchen mit einem kleinen bunten Elefanten aus Keramik, den er mir aus Indien mitgebracht hat, und ich bin gerührt. Wir quatschen und surfen im Internet und schauen dann zusammen Snooker auf einem Sport-sender, weil ich die einzige Frau bin, die er kennt, die sich dafür interessiert und ich es schon lange nicht mehr gesehen habe, weil ich keinen Fernseher besitze. Bernd macht uns noch einen Gin Tonic und wir kriechen glücklich ins Bett.

Beim Frühstück am nächsten Morgen entscheiden wir uns für die Therme. Er wird zwar mittags trotz seiner vermeintlichen Krankheit an einer kurzen Telefon-konferenz teilnehmen müssen, aber das in der Umkleidekabine erledigen können. Wir fahren ins Stadtzentrum und an der Kasse der Therme muss ich mich dezent im Hintergrund halten. Bernd hat mir bis jetzt seinen Anteil an den Kosten nicht gegeben und die Höhe meiner Auslagen haben meine Möglichkeiten, kurz vor der monatlichen Provisionsabrechnung, schon arg strapaziert.

Das Bad ist eine wunderschöne Mischung aus dem in reinstem Jugendstil gestalteten historischen Bauteil mit gekachelten Becken mit verschieden temperiertem Wasser, und einer modernen Ergänzung mit mehreren Saunen und einem Thermalbad im Freien und kann komplett textilfrei genutzt werden, was unser Abneigung gegen Badesachen sehr entgegen kommt. Wir planschen uns durch die warmen Becken im Erdgeschoss und probieren eine der Saunen aus und lassen uns dezent fummelnd draußen durch das große Bad treiben, dann geht Bernd telefonieren und ich in den Ruheraum. Mir wird langweilig und ich stromere durch die schönen Räume, setze mich in ein warmes Becken und wandere missmutig durch die Flure, bis Bernd endlich wieder auftaucht und sich lachend für die Langatmigkeit seiner Kollegen entschuldigt. Wir probieren eine andere Sauna, schmusen und treiben im Wasser und fachsimpeln über die Brustwarzenqualität in unserer Umgebung, machen noch einen letzten Saunagang und kehren ins Nest zurück, um vor der Fahrt nach Karlsruhe ein kleines Mittagsschläfchen zu machen und ich mache aus den Resten des Baguettes vom Vorabend schnell ein paar Brote gegen unsere Unterzuckerung. Weil mir die Situation am Vormittag noch immer leicht peinlich ist, nehme ich auf der Fahrt zum Atemlos meinen Mut zusammen und sage, dass ich davon ausgegangen bin, dass wir uns die Kosten für unseren Urlaub teilen und aufgrund meiner Vorleistungen ihn die Ausgaben von gestern und heute habe begleichen lassen und er murmelt ein ach ja und fragt nach einer Pause, ob ich denn jetzt so zurecht komme und ich winke ab, weil ich mir kleinlich vorkomme und mir scheint, dass er für einen Mathematiker ziemlich schlecht rechnen kann.

Im Atemlos, einem umgebauten Einfamilienhaus am Rande eines Industriegebietes, werden wir von einer attraktiven Blondine herzlich begrüßt und erhalten freien Einlass, weil wir heute das erste Paar sind. Das in der Veranstaltungsankündigung als einfach und zweckmäßig beschriebene Buffet erscheint uns mehr als ausreichend und die Bar öffnet sich in einen großen, loungeartig eingerichteten Raum mit angeschlossener beheizbarer Terrasse. Im Keller befinden sich zwei auch für SM-Spiele nutzbare Räume, eine kleine Sauna und Duschen, im Obergeschoss mehrere Räume unterschiedlicher Größe und Helligkeitsstufen und weitere Duschen. Die zahlreich anwesenden Herren erweisen sich als motiviert, begabt und respektvoll und ich bin schon sehr entspannt, als wir in der dritten Runde in einem kleinen Raum auf ein etwa gleichaltriges Paar aus dem Elsass stoßen. Bernds Gesicht verschwindet zwischen ihren Beinen und ich sauge ein wenig an ihrer Brust bis ihr Mann mich mit gespreizten Schenkeln kniend vor sich positioniert, mir mit einer Hand an meiner Schulter Halt gibt und mich mit leichtem Druck auf die Vorderseite meiner Vagina mit schnellen Bewegungen fingert und ich nach kurzer Zeit mit einem phantastischem Gefühl und knurrendem Aufschrei abspritze, was ich bis dahin erst einmal erlebt habe, aber er hört nicht auf und bringt mich noch zweimal an diesen Punkt, dann bin ich völlig erschöpft und lehne mich an die Wand und er und ich schauen seiner Frau dabei zu, wie sie Bernd blasend zum Höhepunkt bringt. Er spricht ein gutes Deutsch und übersetzt für sie, als wir uns anschließend noch ein wenig unterhalten und als wir aufbrechen, ist der Club leer. Auf der Rückfahrt werten wir meine neue Erfahrung lachend detailliert aus und ich kämpfe erfolgreich gegen die Müdigkeit an, um Bernd auf der kurvenreichen Fahrt durch den dunklen Schwarzwald zu unterhalten. Wir trinken unseren Gin Tonic im Bett und schlafen erschöpft und aneinander gekuschelt ein, bis der Wecker uns aus dem Schlaf reißt, aber unsere Morgenroutine lassen wir uns auch heute nicht nehmen. Nach dem Frühstück bricht er zur Arbeit auf, ich räume auf und gebe den Schlüssel zurück und unsere wunderschöne Auszeit ist vorbei.

17

Die Rückkehr in unser tägliches Leben ist für uns beide irritierend und er mag sich gar nicht mit dem Gedanken beschäftigen, wie es jetzt weitergeht und obwohl wir uns bereits zwei Wochen später in Hamburg sehen können, wo Bernd zu einem Kongress eingeladen ist, empfinden wir beide die Fallhöhe nach diesen perfekten Tagen als schwindelerregend und ich gestehe ihm, dass ich aus diesem Grund lange daran gezweifelt habe, ob ich den Mut aufbringen würde, in den Schwarzwald zu fahren. Meine Verzweiflung ähnelt der nach seinem Weggang aus Dresden, trotzdem bin ich froh, wie immer das Risiko gewählt und diese wunderschönen Tage mit ihm verbracht zu haben und ich hoffe, dass das regelmäßige Gefühlschaos nach unseren Treffen ihn nicht irgendwann von weiteren abhält. Er ist bestürzt über die von ihm unvermutete Gefahr des Ausfalls unserer Reise, aber er möchte nicht, dass ich ein Risiko eingehe, sondern dass es mir gut geht und er fände es eher unnatürlich, wenn ich von unseren Erlebnissen nicht bewegt wäre, ganz im Gegenteil hat er Angst, dass ich die Reißleine ziehe.

Ich halte unsere Verbindung noch immer für etwas Einzigartiges, dass mindestens viele Mühen wert ist, aber ich gebe zu, dass mir in meinem grenzenlosen Selbstvertrauen nicht klar war, dass ich mich oft davon überfordert fühlen würde, mich zu bescheiden, mich den Möglichkeiten unterzuordnen, mich der Ungewissheit auszusetzen und weite Strecken so zu leben, als ob nichts passiert wäre, obwohl doch alles Kopf

110

steht. Auch wenn wir aus unterschiedlichen Gründen in diese Situation geraten sind, frage ich mich, ob ihm das nicht eigentlich ähnlich geht. Ich bin durchaus schon in Versuchung geraten, die Reißleine zu ziehen, aber habe immer an einen erträglichen Punkt zurück gefunden und dabei Vertrauen in ihn, in uns und in mich gewonnen und halte das für eine gute Entwicklung, weil nur die Angst vor seinem Verlust das wirklich Unerträgliche ist. Ich denke, dass manche Dinge einfach reifen müssen und wir eines Tages einfach wissen werden, was zu tun ist, und wenn es gut läuft, wird es zeitlich und inhaltlich zueinander passen, soviel Vertrauen und Demut müssen wir aufbringen.

Er findet wunderschön, was ich geschrieben habe und wir wenden unsere Aufmerksamkeit wieder einem interessanten mathematischen Problem und dem Preisrätsel seiner Computerzeitschrift zu, telefonieren und schicken uns unzählige Bilder, Küsse und Herzen und meine Freundinnen beweisen bei der Auswahl unserer Gesprächsthemen große Geduld mit mir. Er hat wieder einen Flughafentraum und ich erfreue meine Eltern, die in der Nähe von Hamburg wohnen, mit der Aussicht, auf Filou aufpassen zu dürfen und mich nach langen Jahren wieder einmal zu sehen und einen Tag zu Gast zu haben.

18

Die Hamburger Clublandschaft haben wir vorab kurz überflogen und uns spontan für die exklusivste aller möglichen Abendveranstaltungen entschieden, die uns zur Verfügung stehende Zeit für uns zu behalten. Ich fahre schon am Mittwoch nach Norden, übernachte bei meinen Eltern und breche gegen eins nach Hamburg auf und bin viel zu früh am Hauptbahnhof und stehe in meinem bodenlangen schwarzen Armani-Mantel hibbelig auf dem Bahnsteig herum, bis sein Zug um kurz vor drei einläuft und das große Lachen mir um den Hals fällt. Das Unternehmen hat ein schickes Hotel in der Nähe des Millerntorplatzes gebucht und wir brauchen nicht lange, um die hervorragende Qualität des Bettes zu überprüfen. Wir schauen uns im Internet die Restaurants in der Umgebung an und wählen ein Lokal mit koreanischem Barbecue aus, reservieren für später einen Tisch und schlendern über den schon geöffneten Weihnachtsmarkt und durch die Nebenstraßen der Reeperbahn, stöbern durch einen Erotikmarkt und retten uns schließlich vor dem nasskalten Wetter in das Restaurant. Bernd grillt für uns die reiche Fleischauswahl auf der Platte in der Mitte des Tisches und wir sind von dem damit verbundenen Spaß und den würzigen Soßen und der bunten Auswahl an Beilagen begeistert. Er zahlt mit der Kreditkarte der Firma und wir gehen die wenigen Schritte hinüber zum Hotel und nehmen meinen Primitivo mit ins Bett und Bernd sucht und findet den in Eltmann entdeckten Punkt und weil es sich wieder so sensationell schön anfühlt, bitte ich lachend immer wieder und immer nochmal um Wiederholung und er stellt anschließend lächelnd und bewundernd fest, dass er noch nie eine Frau zwei Stunden lang befriedigt hat. Mit nur wenig Ermunterung zählt er mir selbstironisch und humorvoll alle seine Freundinnen auf. Bei der ersten hat er mehr Zeit als bei sich zu Hause verbracht, eine andere wechselt heute noch die Straßenseite, wenn sie ihn sieht, weil er da einfach nicht mehr hingegangen ist und Kathrin ging nach Frankfurt, er ist noch ein paar Mal hingefahren, dann hat es sich auseinander gelebt. Ich überschlage seine Zahlen und stelle amüsiert fest, dass er seine Silberhochzeit im Juni vor mir verheimlicht hat und seine Frau bei der Hochzeit schon hochschwanger gewesen sein muss. Während der Ehe hatte er in Stuttgart schon einmal eine Affäre mit einer Kollegin, die dann ins Ausland gegangen ist und als er allein in Potsdam gelebt hat eine weitere, die er wegen ihres

Wunsches nach einer festen Beziehung beendet hat. Ich höre auf mit meinen Fragen und fange an, mit seinem Schwanz zu spielen und revanchiere mich ausgiebig für seinen Liebesdienst, dann schlafen wir ein. Nach dem gemeinsamen Frühstück bricht er zu Fuß in Richtung der Landungsbrücken auf und ich hole Filou bei meinen Eltern ab, esse mit ihnen zu Mittag und fahre ohne Pause nach Dresden zurück.

Seine späte Heimreise mit der Bahn verbringen wir telefonierend und in den Funklöchern schreibend und er ist fasziniert davon, wie ruhig und entspannt er mit mir in einem Bett schläft, weil er sich immer rundum sicher und geborgen fühlt und für mich ist das Zusammensein mit ihm der schönste Zustand, den ich in meinem Leben kennengelernt habe, weil dann alles genau da ist, wo es hingehört.

19

Der Dezember naht und er muss einen Tag frei nehmen, um zu Hause die Weihnachtsbeleuchtung anzubringen. Mir graut bei dem Gedanken vor den Feiertagen. Das Fest an sich bedeutet mir zwar nichts, aber er wird dann lange nicht zur Arbeit gehen und wir werden nicht telefonieren und nur wenig schreiben können. Eine Gelegenheit für unser nächstes Treffen ist noch nicht in Sicht, weil der Jahresabschluss ihn beruflich sehr fordert, und die nasskalten und dunklen Novembertage tragen auch nicht zu meiner Heiterkeit bei. Ich brauche eine Aussicht und frage ihn, ob wir an meinem 50. Geburtstag im nächsten Jahr nicht wieder ein paar Tage Urlaub zusammen machen können und er findet die Idee schön, muss aber noch nachschauen, für wann der Familienurlaub in Florida im nächsten Jahr geplant ist.

Als wir das Telefonat beenden, bricht mein Elend über mich herein und ich weine und schluchze und komme mir mit meiner romantischen Idee wie ein Idiot vor. Ich bin den ganzen Tag nicht in der Lage, ihm eine meiner kleinen Nachrichten zu schreiben und kann seine in immer kürzeren Abständen eintreffenden nur mit drei Küssen beantworten, als Zeichen, dass ich ihn liebe, aber nicht sprechen kann. Erst spät am Abend entschuldige ich mich für meine Sprachlosigkeit damit, dass mir bei unserm morgendlichen Gespräch erschreckend deutlich geworden ist, dass der Verlauf meines Lebens für unsere Beziehung mehr oder weniger komplett bedeutungslos ist, obwohl ich das vom Intellekt her eigentlich weiß. Er hat sich große Sorgen und unser Gespräch dafür verantwortlich gemacht, aber meiner Einschätzung muss er widersprechen und er findet meinen Gedanken auch romantisch und es tut ihm leid, dass er mich so ernüchtert hat. Die Worte sind noch nicht wieder meine Freunde, aber in meinem Kopf herrscht endlich Frieden, auch zu seiner Freude, obwohl in seinem das Chaos gerade erst losbricht. Einmal mehr ist ihm bewusst geworden, wieviel ich ihm bedeute.

Am Morgen des ersten Dezember habe ich die Erleuchtung, dass ich mich am besten wieder mit etwas tröste, was ihm Freude bereitet und beginne mit einem schönen Brustbild einen erotischen Adventskalender für ihn und das Aussuchen der Kleidungsstücke, Szenen und Posen, seine Begeisterung über die Bilder und die oftmals tragikomischen Bemühungen, mit dem Selbstauslöser ein vorteilhaftes Bild zu machen, heitern mich tatsächlich auf. Beim Nachdenken über ein sms-fähiges Weihnachtsgeschenk für ihn komme ich auf die Idee, erotische Geschichten für ihn zu schreiben und sie ihm vorzulesen. Ein paar Tage später melde ich mich zum Recherchieren für den Montagabend im Paradise an, aber als ich meine Sachen zusammen suche, kommen mir wieder die Tränen und ich bleibe zu Hause. Er vermisst meinen Bericht und ich gebe zu, dass ich meinen Rekonvaleszenzfortschritt überschätzt habe und er ist bestürzt und niedergeschlagen, wegen der

Unklarheit unseres nächsten Treffens und weil er nicht den Mut aufbringt, sich kompromißlos für mich zu entscheiden. Während im realen Leben mein alter Stuhl unter mir zusammen bricht, schreibe ich, dass das Unterbewusstsein sehr viel über Tragfähigkeit weiss und es ihm den Mut geben wird, wenn er es auch bewältigen kann, aber seine Flughafenträume und seine ständige Müdigkeit mir zeigen, dass er seine Kraft im Moment anderswo braucht. Er ist dankbar für meine Rücksichtnahme, aber er möchte auf keinen Fall, dass ich mich in meinem Leben so wie gestern einschränke und ich antworte, dass ich nicht seinetwegen zu Hause geblieben bin, sondern weil mich die Situation, trotz vom Verstand und vom Herzen befürworteter und auch gern geübter Rücksichtnahme, periodisch überfordert und ich mich den Ratschlägen meines klugen Unterbewusstseins konsequent verweigere und die Traurigkeit dann manchmal größer als die Lebenslust ist, und ich bitte ihn, mir auch zu sagen, wenn er sich für das Bleiben entscheidet. Wenn es dazu kommen sollte, wird er das tun. Am nächsten Tag organisiert er einen Besuch in Darmstadt für den 18. Dezember.

20

Von den reichlich genossenen alkoholischen Getränken auf dem Geburtstag meiner Freundin und der wilden Party im Café am Tag danach lasse ich mich zu einer kleinen Denksportaufgabe inspirieren und frage ihn, der alkoholischen Getränken fast noch mehr zugeneigt ist als ich, ob es Mixgetränke gibt, mit denen ich mich auf der Basis von 4 cl Spirituose pro 0,2 l Longdrink genauso betrinken kann wie mit Freixenet Cordon Negro Seco, und ob es einen Unterschied gibt zwischen der Menge der getrunkenen Gläser und der getrunkenen Flüssigkeit und ob das Gleiche für Fürst Metternich extra trocken gilt. Wie immer beklagt er sich zwar über die Schwere meines Rätsels, aber beharrt darauf, es selbst zu lösen und wir diskutieren ein paar Tage später lachend die Lösung.

Beschwingt von der Aussicht auf unser nächstes Treffen melde ich mich erneut im Paradise an und gehe auch hin, und es wird ein ganz wilder Abend. In meinem Bericht an ihn schlägt sich deutlich die Übung nieder, die ich durch die Arbeit an meinen erotischen Geschichten gewonnen habe und seine Nachrichten überschlagen sich fast vor begeisterter Erregung und er ist fasziniert davon, dass ich immer hemmungsloser werde und ich finde es erleichternd, jemand an meiner Seite zu haben, der nicht denkt, dass das alles ein bisschen viel ist. Auf seine Nachfrage hin präzisiere ich, dass ich es als befreiend empfinde, dass ich für ihn liebenswert und respektabel bin, obwohl ich in diesem Punkt ganz offensichtlich die Norm verfehle und auch für ihn ist es eine Befreiung, dass wir diesen Weg gemeinsam gehen und uns nicht voreinander verstellen müssen, und es gefällt ihm einfach, wie ich den Sex genieße und wie vorsichtig wir miteinander umgehen.

Als er am nächsten Abend seine Hemden bügelt und mir von seiner modernen Dampfbügelstation vorschwärmt und ich ihn damit necke, dass diese wie alle seine Geräte bestimmt auch Daten an sein Handy liefert, erzähle ich ihm lachend von der beeindruckenden Größe des 7cm langen Penis der selbst nur maximal 2 cm großen, gemeinen Seepocke, über die ich gerade in meinem neuen Buch gelesen habe. Er neckt zurück, dass ich mich dadurch wohl an den Mann aus der ersten Runde am gestrigen Abend erinnert fühle und ich beantworte seine scherzhafte Frage nach dessen Größe damit, dass ich, wie immer schlecht vorbereitet, mein Maßband nicht dabei gehabt hätte, mir aber die Länge sehr bekannt vorkam, ich beim Umfang aber noch einen Zentimeter drauf legen würde und der Typ bestimmt noch nie Analverkehr hatte, weil das schon beim Blasen grenzwertig - aber interessant - war und mich erregt die

116

Vorstellung, wie Bernd mir dabei zusieht. Das ist auf seiner Seite nicht anders und als ich auch noch das heutige Türchen in seinem Adventskalender öffne, schreibt er mir seine Phantasien und ich antworte mit meinen, die ich mühevoll mit links tippe, weil ich nur mit der rechten Hand masturbieren kann, und wir haben unseren ersten sms-Sex und vermissen uns anschließend nur noch mehr, weil wir uns nach dem kleinen, gemeinsamen Tod nicht aneinander kuscheln können.

Aber der Countdown läuft und obwohl er nur einen Tag in Darmstadt sein kann, wollen wir noch einmal in diesem Jahr in einen Club gehen und entscheiden uns aufgrund der vielen dort schon angemeldeten Paare für das Emmanuelle in Frankfurt. Das Thema Herrenüberschuss habe ich in der letzten Zeit etwas überreizt und wird mir langweilig und unsere letzten Erlebnisse mit Paaren empfanden wir beide als spannend und ausbaufähig und wir chatten am Samstagabend gemeinsam und unterhalten uns mit einem Paar, das am Dienstag auch in diesen Club gehen will. Sie ist etwas umständlich und er schlicht langweilig und ich fasse meinen Eindruck anschließend lachend kurz damit zusammen, dass die Kompliziertheit eines Paares direkt proportional zu der Länge seines Profiltextes ist. Er schickt mir als Vorabinformation über unser Ziel einen im Emmanuelle gedrehten Porno, der ein realistischeres Bild zeigt als der Polizeiruf am Sonntag, der zu unserem Amüsement teilweise in einem Swingerclub spielt und eine in unseren Augen absurde Darstellung bietet, aber seine Frau hat seinen irritierten Blick damit kommentiert, dass sie ihn erschießen werde, wenn sie ihn dabei erwischt, dass er in so einen Club geht. Ich kommentiere diese psychologisch für mich sehr interessante Bemerkung damit, dass ich mich schützend vor ihn stellen werde und stelle lachend fest, dass ihn das offensichtlich nicht sehr beeindruckt hat, als er uns noch an diesem Abend anmeldet.

21

Am Dienstag ist endlich real-life-Tag in seinem Adventskalender und der Weg nach Darmstadt ist mir schon vertraut und wir stürzen in einem anderen Zimmer desselben Hotels ineinander und fahrend quatschend durch den schon dunklen Abend nach Frankfurt und finden das Emmanuelle in einem umgenutzten Wohnhaus in einem Mischgebiet am Rande von Frankfurt. Im Umkleideraum treffen wir auf ein Paar, in dem wir unsere Chatpartner erkennen und unsere amüsiert aufblitzenden Augen signalisieren uns, dass die Beiden absolut nicht in unser Beuteschema passen und wir verlassen ohne Zeichen des Erkennens den Raum und schauen uns um. Das angekündigte Fingerfood-Buffet besteht aus knapp bemessenen Hähnchenflügeln, Pommes und kleinen Frikadellen, aber das Essen ist schließlich nicht die Hauptattraktion des Abends und die zahlreichen Gäste sind hochmotiviert. Ein Tanz mit zwei weiteren Herren und ein Intermezzo mit zwei Paaren später treffen wir auf der großen Liegefläche in einem Raum im Obergeschoss auf eine langbeinige Schwarzhaarige, die die Schwänze und Hoden der beiden vor ihr liegenden Männer auf eine fast schon brutale Weise mit den Händen bearbeitet und gesellen uns dazu. Ich lasse mich von einem der beiden vögeln und Bernd nimmt seinen Platz ein und fickt sie dann ein bisschen, während sie sich weiter dem anderen widmet, der dabei mit meinen Brüsten spielt und dann legt sich Bernd wieder hin und sie bläst ihn und schlägt seine Hoden mehr als sie sie streichelt, während ich seine Brustwarzen stimuliere und der zweite Mann unsere Mösen fingert, während der schon fertige Dritte sie tatkräftig bei Bernd unterstützt. Unsere letzte Runde ist zwar eigentlich meine, aber endlich steht auch er einmal im Mittelpunkt vieler Hände und seine Erregung ist so gewaltig, dass ich an meinem Platz der Szenerie mein Bestes zur ihrer Vollendung gebe und sein langgezogenes Brüllen gibt mir Recht. Als die anderen gehen, schläft er noch ein wenig in meinen Armen und dann brechen wir auf. Wir sind noch etwas hungrig, bekommen aber in dem australischen Restaurant im Erdgeschoss des Hotelgebäudes nur noch einen großen Caipirinha und gehen dann zu Bett. Ein letztes Mal in diesem Jahr schlafen wir am nächsten Morgen miteinander, frühstücken zusammen und dann geht er zur Arbeit und ich fahre wieder heim.

22

Von Mitte Dezember bis Mitte Januar passiert in meiner Branche nichts und wie jedes Jahr kaufe ich beim Buchhändler meines Vertrauens einen großen Stapel Bücher und fräse mich in nicht an Tageszeiten gebundener Begleitung von Rotkäppchen Rosé trocken genüßlich hindurch, schaue unzählige Filme und höre mir meine Lieblingssendungen auf Deutschlandfunk Kultur an. Ich frühstücke lange und koche abends gut, poliere die Möbel und putze das Silber, besuche und empfange Freunde und Filou als natürlicher Gegenspieler des inneren Schweinehunds sorgt für Bewegung. Es sind unterhaltsame und vergnügliche Tage und trotzdem vermisse ich Bernd, aber meine schlimmsten Sorgen waren unbegründet - obwohl auch er jetzt frei hat, schreiben wir zu jeder Tages- und Nachtzeit und der offenbar schon festtäglich herunter gefahrene Familienalltag lässt es zu, dass er mich morgens noch im Bett oder auf dem Weg zum Bäcker oder ins Fitnessstudio oder beim Einkaufen anruft. Wir fiebern uns durch die Darts-WM, hören uns die Weihnachtsvorlesung von Professor Weitz an, er berichtet von seinen Fortschritten beim Schreiben eines Programmes, mit dem er seine Radios von seiner Apple Watch aus bedienen kann, wir fotografieren unser Essen und die Etiketten der begleitenden Weine füreinander und erholen uns. Seine Nachricht, dass diese Entspannung mit mir zusammen noch viel schöner wäre, kreuzt sich mit meinem Bedauern, dass wir das nicht zusammen machen können und er erinnert sich schwärmerisch an Bad Wildbad, aber ich möchte mich heute nicht in diesen Gedanken vertiefen, statt mich im spröden Nordfriesland meiner Lektüre zu verlieren, weil mir sonst das Herz bricht.

Ich vollende die letzte meiner fünf Geschichten für ihn und nehme sie auf und habe Mühe, die damit einhergehende Erregung selbst in Schach zu halten und verursache bei ihm mit den letzten Bildern seines Adventskalenders das gleiche Problem und als wir am Sonntagmorgen in unseren weit entfernten Betten lachend noch einmal die schon eher pornographische Komposition des Bildes vom Vorabend würdigen und uns unsere Assoziationen dazu schildern, strafen wir beide die in unseren Profilen geschilderten Vorlieben Lüge und probieren es doch einmal mit Telefonsex und diese Variante ist ein bisschen tröstlicher als via sms, weil unsere Stimmen und unser Atem beieinander sind.

Am Heiligabend holt er traditionell seine Mutter zu sich und geht in die Kirche und ich koche und spiele Karten mit meiner barmherzigen Freundin und ihrem Freund und Bernd wünscht mir schon um acht ein schönes Weihnachtsfest und ich sende ihm aus dem Nebenzimmer um elf seine erotische Weihnachtskarte und die Audiodateien und er bedankt sich überschwänglich, als er sich spät in der Nacht die erste Geschichte angehört hat und beantwortet meine Bitte um ehrliche Kritik mit dem Hinweis, dass diese schon die Bettdecke wölbt und ich finde lachend, dass doch nichts über unbestechliche Kritiker geht. Die Selbstbefriedigung am Weihnachtsmorgen teilen wir wieder telefonisch miteinander, aber mindestens ich bekomme dabei nur noch mehr Lust auf reale Erlebnisse und melde mich am Freitag nach Weihnachten für die Abendveranstaltung in der Oase an.

Unter den Anwesenden interessiert mich nur ein sehr attraktives Paar, beide sehr groß und nahezu mager, beide mit kurzen Haaren, sie blond, er grau meliert, aber bei der Ansprache von Paaren, noch dazu allein, bin ich noch immer unsicher. Nach all der Weihnachtsseligkeit da draußen empfinde ich erst einmal schon die gedämpfte Clubatmosphäre als beruhigend genug. Ich zähle hier schon zu den Stammgästen und unterhalte mich am Tresen mit der Barfrau namens Mexx, mit der mich mittlerweile fast ein freundschaftliches Verhältnis verbindet und habe die Sauna und den Pool für mich. Ein junger und sehr hübscher Mann betritt den Raum, als ich mich abtrockne, wirkt aber so verunsichert, dass ich ihm lachend meine Hilfe anbiete und dankbar lässt er sich mit zur Bar nehmen und weicht wie ein Welpe nicht mehr von meiner Seite. Es ist sein erster Clubbesuch und er möchte eine ruhige Ecke und ich gehe mit ihm in das Einzelzimmer und wichse ihn, aber es ist nicht sein Wunschkonzert, und so führe ich ihn an seinem erigierten Schwanz in das gegenüberliegende Zimmer, in dem sich die Frau des interessanten Paares über die Matte gebeugt im Stehen von hinten vögeln lässt, während ihr Mann zuschaut und es sich dabei selber macht. Ich knie mich neben ihn und nehme seinen Schwanz in den Mund und seine Frau beugt sich noch weiter vor und steckt einen Finger in seinen Anus und mein junger Begleiter legt sich zwischen meine gespreizten Beine und leckt mich sehr gekonnt. Ich stimuliere den Mann jetzt mit der Hand und sauge an den Nippeln seiner Frau und wir küssen uns lange und intensiv und ihr Mann wechselt mit meinem Welpen die Position und fickt mich von hinten und seine Frau und ich kümmern uns um den Schwanz des Neulings und wenn sie bläst, reibe ich ihren Kitzler, während sie noch immer recht monoton von hinten gestoßen wird. Nach dem Orgasmus des Mannes wollen die beiden eine Pause und auch ich gehe duschen, dann etwas essen und rauchen und an den Tresen, den jungen Mann immer im

Schlepptau und so entferne ich mich mit dem Hinweis, gleich wiederzukommen, trickreich von der Bar und treffe im Keller auf den Mann, den schon Mexx als in mein Beuteschema passend klassifiziert hat. Seine Fingerfertigkeit gibt ihr Recht und ich verschleiße ihn und noch drei weitere und fahre dann nach Hause und ich kann in Bernds Nachrichten seine Atemlosigkeit bei meinem Bericht lesen und verneine lachend seine Frage, ob ich mir einen solchen Abend vor einem Jahr hätte vorstellen können. Ich weiß mittlerweile sehr genau, was gut und richtig für mich ist, aber ich komme am besten mit ihm allein zu vollkommener Befriedigung und dann bereitet es mir mit ihm und zwei weiteren Mitspielern, deren Geschlecht mir egal ist, viel Vergnügen, aber ohne ihn ist Erfüllung nicht möglich. Ich bin so süß und er liebt mich und ich ihn.

23

Ich gebe verschämt zu, dass ich meine kulturellen Aktivitäten des Jahres auswerte und die Anzahl der gelesenen Bücher und der besuchten Filme, Konzerte, Theateraufführungen und Ausstellungen mit denen der Vorjahre vergleiche, und er findet es nicht peinlich, sondern bewundernswert und ich überrasche ihn immer wieder und immer positiv und meine in diesem Jahr drastisch auf 30 reduzierte Anzahl von Büchern, im Vergleich zu 71 des Vorjahres, findet er noch immer viel und wir machen lachend die ungezählten Clubbesuche dafür verantwortlich.

Für Filou ist Silvester der schlimmste Tag des Jahres, aber dank seiner zunehmenden Schwerhörigkeit schaffe ich noch fast 9.000 Schritte, bevor uns der zunehmende Lärm der Silvesterknallerei ans Haus fesselt und ich gegen zwei Uhr anfange, Tier-Dokus auf ARTE zu schauen und dann mit Musiker-Porträts weitermache. Bernd geht mit Unlust auf eine Party bei Freunden und macht noch einen Mittagsschlaf und schickt mir das Foto einer Grußkarte mit dem Spruch „Ich brauche kein Silvester-Feuerwerk! Ich bin das ganze Jahr der Knaller !!", die mich in meiner sensiblen Stimmung etwas irritiert, bis er später ergänzt, dass 2018 deshalb der Knaller war, weil er mich kennen lernen durfte.

Um Mitternacht drücke ich auf die Senden-Taste des Handys und schreibe meinem Herzallerliebsten, dass meiner persönlichen Erfahrung nach die Sekunden, in denen sich das Leben ändert, nicht auf den 31. Dezember fallen und ich die schönste denkbare Bestätigung meiner These im vergangenen Jahr an dem Tag erfahren habe, als ich ihn getroffen habe und ich deswegen die Wunderkerze noch ein wenig aufspare. Damit aber das Spektakel da draußen ein bisschen an Bedeutung gewinnt, danke ich ihm für all die schönen Momente des Einsseins auf allen Ebenen mit ihm, mit denen er das vergangene Jahr für mich bereichert hat. Vom nächsten wünsche ich mir als Einziges, dass ich viele, viele Stunden mit ihm verbringen kann, ihm wünsche ich von allem nur das Beste und freue mich, wenn ich dazu beitragen kann. Dass es ihm an Liebe nicht fehlen soll, dafür will ich gerne Sorge tragen. Erst um zwei kann er antworten, aber spontan nicht mit so vielen wunderschönen Zeilen und er liebt mich.

Als erstes Buch des neuen Jahres wähle ich „Die Kunst des Liebens" von Erich Fromm und Bernd erklärt mir das Reglement beim Neujahrsspringen und es tut mir für ihn leid, dass seine Auszeit am nächsten Tag zu Ende geht, aber ich bin auch ganz egoistisch froh, dass damit die Zeit vorbei ist, vor der ich mich total gefürchtet habe und die dank seines heldenhaften Einsatzes dann doch zu ertragen war und freue mich auf ein entspanntes und langes Telefonat auf seinem Weg zur Arbeit und er findet sich nicht wirklich heldenhaft und gibt zu, dass er auch vom Egoismus getrieben war. Auf dem Hinweg erzählt er mir aufgrund meiner Nachfrage vom Weihnachtsgeschenk seiner Frau, einem Buch mit dem

Titel „Leben²" und dem Untertitel „Wie Sie mit Mathematik Ihre Ehe verbessern" und auf dem Rückweg, dass er vom 22. bis zum 24. Januar in Darmstadt ist und wir uns sehen können.

24

Ich bedaure, dass die erste Mondfinsternis des Jahres sich leider schon am 21. ereignen wird und schicke ihm eine Darstellung vom Ablauf und er tröstet mich mit dem Hinweis, dass wir zum Zeitpunkt des Geschehens gegen fünf Uhr morgens ohnehin gewöhnlich unabkömmlich sind und schreibt, dass er jetzt doch damit liebäugelt, mein Weihnachtsgeschenk zur Post zu bringen, statt es mir in Darmstadt persönlich zu geben und ich verberge meine späte aber angenehme Überraschung und finde das Überreichen schöner.

Wir finden heraus, warum ein Würfel Hefe 42 g wiegt, entdecken ein neues Video über Fibonacci und die Mandelbrot-Menge, er bekommt die Programmierung seines Radios in den Griff und ich beginne „Mit Wein Staat machen" von Knut Bergman und unterhalte ihn mit dem sensationellen Randwissen, von dem dieses phantastische Buch strotzt, und gemeinsam lachen wir darüber, dass Gustav Stresemann 1901 mit einer Arbeit zur „Entwicklung des Berliner Flaschenbiergeschäfts" promoviert wurde, und ich entdecke „Mathematik zum Anfassen" auf YouTube und bastele eine Pyramide.

Ich möchte mich ohnehin beruflich verändern und schlage ihm vorsichtig vor, dass ich das auch in Baden-Württemberg machen kann, weil er ein echter Schwabe ist und mindestens seine Tochter ihm irgendwann Enkelkinder schenken wird und er ist gerührt und schickt mir am nächsten Tag ein Foto von einem Zeitungsartikel über Stuttgart und will mich über die Großstadt in meiner neuen potentiellen Heimat informieren. Ich schreibe das erste Mal seit 25 Jahren

Bewerbungen und er schickt mir einen Auszug eines italienischen Liedtextes und ich finde im Internet die Übersetzung der Zeilen aus Eros Ramazottis „Adesso tu", „und jetzt bist Du da, meinen Tagen einen Sinn zu geben; alles geht gut, ab dem Zeitpunkt, an dem Du da bist".

Manchmal scheint mir, dass ich ihn am meisten vermisse, wenn ich mit anderen Leuten unterwegs bin und er kennt das Gefühl, mit Anderen weg zu gehen und sich trotzdem einsam zu fühlen, gut und auch seine Sehnsucht wird dann noch größer, als sie ohnehin schon ist. Aber Samstag und Sonntag vergehen ohne einen Anruf von ihm und sein loving Sensibelchen schreibt, dass er mich in den vergangenen Wochen auf seinen Wegen mit den wenigstens kurzen Telefonaten auch am Wochenende verwöhnt hat und er das natürlich auch wieder einstellen kann, aber er möchte es mir bitte sagen und es mich nicht herausfinden lassen und bestürzt gibt er zu, gestern eine Möglichkeit gehabt zu haben, aber Angst hatte mich zu stören. Doch er stört mich nie, weil es für mich nichts Wichtigeres gibt, als jede Kontaktmöglichkeit mit ihm zu nutzen und er wird die Gelegenheiten wieder beim Schopfe packen.

Wir können die restlichen Tage jetzt schon an den Fingern einer Hand abzählen und werfen einen kurzen Blick auf die angebotenen Veranstaltungen, aber ich möchte ihn diesmal zum dringenden Auftanken ganz für mich haben und ich mag neben ihm sitzen und mit ihm essen und ziemlich viel mit ihm im Bett herum liegen und er stellt fest, dass die einzige interessante Veranstaltung am Mittwoch ohnehin gestrichen wurde und wird sich um ein schönes Lokal in Frankfurt kümmern. Meine Vorfreude ist unbeschreiblich groß und ich verzehre mich bei aller Lust auf den Sex mit ihm am meisten nach den Kuschelmomenten und auch er hat seine erotischen Phantasien, aber dominant ist die Vorstellung, in meinen Armen einzuschlafen und aufzuwachen.

Am Dienstag bummle ich schon ohne Hilfe des Navis gemütlich nach Darmstadt, weil er nach der Arbeit noch zu einem Geschäftsessen muss. Die Karte für das Zimmer hat er für mich an der Rezeption hinterlegt und meinen Namen in seiner Schrift auf dem Umschlag zu sehen, rührt mich und ich stelle in meiner Ankunftsmeldung lachend fest, dass unsere aktuelle Zimmernummer als Produkt zweier Primzahlen einen schönen Bezug zu einem unserer Lieblingsthemen hat. Ich packe meinen Koffer aus, stelle diesmal einen argentinischen Rotwein bereit und gehe unter die Dusche und dann ist er da und wir stürzen uns mit dem ganzen Hunger der letzten fünf Wochen aufeinander und landen selig über unsere endlich auch wieder körperliche Nähe im Jetzt und nach dieser Bescherung holt er eine große, mit einem schwarzen Band verschnürte, violette Schachtel aus seinem Koffer und ich entdecke darin einen Bausatz für eine Armillarsphäre, ein astronomisches Gerät zur Darstellung der Bewegung von Himmelskörpern, und ein fast noch größeres Geschenk ist die Anerkennung der Eigenheiten meiner Person, die für mich darin liegt und er freut sich über meine große Freude. Wenn unsere Hände nicht über unsere Körper wandern, halten sie sich und wir trinken den Wein und schwelgen in unserem Lachen und schmieden Pläne und schlafen, uns in den Armen haltend, ein.

Unsere innere Uhr vergißt unsere zärtliche Verabredung am Morgen nicht und in diesem Frühstücksraum haben wir schon etwas Routine und dann geht er zur Arbeit und ich ins Hessische Landesmuseum, wo ich mir eine wunderbare Ausstellung über Episoden des Lebens und die umfangreiche Sammlung von Objekten des Jugendstils anschaue und ihm zur Überbrückung des Tages ein Foto von einer nackten weiblichen Statue schicke, aber er hat andere Brüste im Sinn. Ich bummle durch die Fußgängerzone, kaufe mir im Schlussverkauf zwei Pullover, stöbere durch einen Buchladen und lese in einem Café die Zeitung und erschlage den Rest der Zeit mit einem kleinen Nachmittagsschläfchen im Hotel und lasse mich und meine Lust gern von ihm wecken. Wir suchen uns im Internet ein vietnamesisches Lokal aus, duschen und machen uns schön, finden in der Frankfurter Innenstadt einen Parkplatz und bekommen nach kurzer Wartezeit einen Tisch in dem kleinen Restaurant und trinken vietnamesisches Bier aus Flaschen und genießen die originelle Atmosphäre und das phantastische Essen und er zahlt wieder mit der Kreditkarte der Firma. Wir schlendern noch eine Weile durch die Stadt, finden aber kein ansprechendes Lokal und müssen auch noch die Rückfahrt bewältigen und so trinken wir unseren Cocktail in Darmstadt in einer Gaststätte, die ich auf der Rückfahrt google und ein bisschen abseits des Zentrums liegt, weil Bernd Begegnungen mit Kollegen fürchtet.

Wir haben noch genug Energie für ein mitternächtliches Spiel und ich erinnere mich an meine Recherche zur Prostatamassage und stelle am nächsten Morgen erleichtert fest, dass nicht alle im Internet gewonnenen Informationen mit der Realität übereinstimmen und dieses gewaltige Erlebnis eine Morgenlatte nicht ausschließt. Nach dem gemeinsamen Frühstück trennen sich unsere Wege, Bernd bleibt wegen eines Firmen-jubiläums am Abend noch einen Tag länger in Darmstadt und ich beginne, kaum zurück in Dresden, mit dem Zusammenbau meines Geschenks und schreibe ihm, dass ich mich jedes Mal immer noch mehr in ihn verliebe.

Ich dokumentierte den Baufortschritt meines Modells für ihn und er beginnt eine neue Programmierung, ich gehe zu einer Ballettvorführung in die Oper und er schaut Handball und Damenbiathlon, wir stellen fest, dass wir beide die Tatorte mit Maria Furtwängler bevorzugen, aber diese wahrscheinlich nicht daten können und er schickt mir ein Rezept von Tricky Tine für einen Bloody Gin Tonic und ich ihm einen taz-Artikel über die Klitoris. Ich mag die ungezwungene Harmonie, in der wir uns bewegen und auf dem Rückweg vom 60. Geburtstag einer Freundin in Berlin überwältigt mich im Bruchteil einer Sekunde das Bewusstsein, wie viel er mir bedeutet und ihm kommen die Tränen und gerade gestern hat er erstaunt festgestellt, dass wir uns schon fast ein Jahr kennen und das Einzige, dessen ich mir an jedem Tag komplett sicher bin, ist, dass er derjenige ist, mit dem ich mein Leben teilen möchte.

Ich fahre das erste Mal seit Jahren und dank eines Sonderangebotes 1. Klasse mit der Bahn nach Bonn zu einer Firmenveranstaltung, treffe auf der gelungenen Abendveranstaltung Kollegen, die im Lauf der Jahre zu Freunden geworden sind und fliehe aus der langweiligen Nachmittagsveranstaltung heimlich in die Kunsthalle und wandere durch die Stadt. Auf der dem Ruf der Bahn gerecht werdenden Rückfahrt schaue ich Fußball mit meinen Mitreisenden und chatte pausenlos mit Bernd und fühle mich dabei auserkoren, weil ich so viel zu sehen bekomme und Sekt trinken im Speisewagen so etwas schön antiquiertes hat. Ich erfreue mich daran, dass eine Notwendigkeit mich zu Dingen wie Bahnfahren und einem Bonnbesuch animiert, auf die ich selber nicht gekommen wäre, und ich dann großen Spass dabei habe und er bestätigt, dass es nicht viel braucht, um ein zufriedenes Leben zu führen, aber ich ihm zum glücklich sein fehle. Für Zufriedenheit braucht es nach meiner Philosophie tatsächlich nur die Bereitschaft dazu und zum Wahrnehmen und ich erwarte von mir, diesen Zustand auch allein erreichen zu können, um dann mit ihm glücklich zu sein, aber er fehlt mir immer, wenn ich ihn nicht gerade anfassen kann, denn dann scheint für mich die Luft dünner zu sein. An diesem Abend gehen wir beide ins Theater, er in Stuttgart, ich in Dresden, und weit nach Mitternacht probieren wir es noch einmal mit dem sms-Sex und seine mittlerweile sehr präzisen Beschreibungen meiner Vorlieben sind so erregend, dass ich ein paar Tage nicht genug davon bekommen kann.

Er schickt mir ganze Ordner mit Bildern von sich als Kind, bei der Bundeswehr, als Nationalspieler und auf Geschäftsreisen nach Amerika und Japan und er sieht auch in jungen Jahren einfach nur hinreißend aus und ich necke ihn damit, dass auf ihnen schon zu erahnen ist, dass einmal ein sehr gut aussehender Mann aus ihm wird, weil ich weiss, dass ihn sein Altern schmerzt und mein eigenes Interesse ohnehin schon immer nur Männern in ihrer zweiten Lebenshälfte galt und er für mich der schönste Mann ist, den ich je getroffen habe. Ich selbst besitze gar keine Bilder von mir und revanchiere mich statt dessen mit Bildern von meiner letzten Reise nach Polen, weil er seiner Mutter zum 80. Geburtstag mit einer Reise mit ihm nach Danzig den Wunsch nach einem Besuch der Heimat ihrer Kindertage erfüllen möchte. Mein Vater ist nur wenig südlicher geboren und wir beginnen beide auf einem Internet-portal halb scherzhaft mit der Ahnenforschung und während er in der Familie seines Vaters in Schwaben die Linie zweihundert Jahre zurück verfolgen kann, scheitern wir beide in Pommern schon in der Generation der Urgroßeltern an den spärlichen Quellen.

Unseren Jahrestag wollen wir zusammen feiern und Bernd hat für den 28. schon eine Pension auf halber Strecke gebucht, aber 10 Tage vorher schreibt er nachmittags aus dem Büro, dass ich ihm sofort Bescheid geben soll, wenn ich meinen Termin beendet habe und erzählt mir dann aufgeregt ganz im Vertrauen am Telefon, dass er sich überlegt hat, für die nächste Woche Home Office zu beantragen und nach Dresden zu kommen und schon am nächsten Tag ist alles klar und die 9 im Countdown dreht sich um und aus einem Abend werden drei und er weiss ganz genau, dass er am Montag zu mir kommen und sich zu Hause fühlen wird und freut sich unbeschreiblich auf die gemeinsamen Tage in der uns vertrauten Umgebung und ich koche Blutorangensirup nach dem Rezept von Tricky Tine und bin unsagbar glücklich.

27

Am Montag macht er früh Feierabend und sich auf den Weg nach Dresden und unterwegs verliert sein Reifen Luft und er muss zweimal anhalten, aber um kurz nach neun fallen wir uns in meiner Küche in die Arme und erinnern uns ohne Probleme daran, wie wir schon immer unser Wiedersehen hier gefeiert haben und er braucht keinen Wegweiser, um mich ins Schlafzimmer aufs Bett zu ziehen und Filou muss seine Wiedersehensfreude hintan stellen, bis wir die Muße haben, den Bloody Gin Tonic zu testen. Ich stecke noch schnell Bernds Clubwear in die Waschmaschine, ein unschuldiges Ensemble aus schwarzen Boxershorts und passendem Oberteil, das in der häuslichen Wäsche als Reiseschlafanzug durchgehen mag und noch aus dem Dezember in seinem Koffer liegen geblieben ist, weil wir uns für den Dienstagabend zu einer relativ neuen Veranstaltung in der Oase angemeldet haben, eine private Party der HÜ- und GB-Gruppe Dresden, die wir lachend als den Ortsverein der Herrenüberschuss- und Gangbang-Freunde Sachsens eingestuft haben. Aber heute genießen wir die Häuslichkeit, die Wechselmöglichkeit zum Sofa in einem anderen Raum, das Wissen, wo die Dinge sind und das vertraute Zusammensein und die Möglichkeit, jeden zärtlichen Gedanken sofort auszusprechen und in die Tat umzusetzen und im Bett ganz umschlungen einzuschlafen.

In Teefragen noch immer ungebildet habe ich mich in der Lebensmittelabteilung von Karstadt einfach für den teuersten Darjeeling entschieden, als ich wegen des umfangreichen Ginsortiments dort einkaufen war und freue mich beim Frühstück über seinen Genuss und er belächelt liebevoll, dass mein Haushalt mittlerweile auch über den von ihm geliebten Süßstoff verfügt. Einander gegenüber sitzend richten wir uns im Home Office ein, aber mein Arbeitspensum bleibt übersichtlich, weil ich sonst immer alleine arbeite und meine Augen kaum von dem konzentrierten und Großraumbüro-gewöhnten Arbeiter auf der anderen Seite des Tisches abwenden kann und gegen Mittag bringen wir Bernds Auto in die Werkstatt und essen danach in der Nähe seiner ehemaligen Firma in einem vietnamesischen Lokal eine hervorragende Pho Bo, von der er mir schon oft vorgeschwärmt hat. Er geht wieder an seine Arbeit und ich mit Filou nach draußen, dann genieße ich auf dem Sofa lesend einfach nur seine Anwesenheit und seine gelegentlichen Küsse, bis er den Rechner zuklappt und mir Gesellschaft leistet bis wir zur Oase aufbrechen.

Mexx registriert fast anerkennend und überrascht meine Begleitung und freut sich für uns. Es gibt heute kein Buffet, sondern liebevoll dekorierte Schnittchen, Halloren-Kugeln und Chips und die Anwesenden stehen noch ein wenig wie im frühen Stadium einer Betriebsfeier herum. Die Gastgeberin, die unsere Voranmeldung nach uns unbekannten Kriterien für gut befunden und uns auf die Gästeliste gesetzt hat, ent-puppt sich als unaufhörlich plappernde Endfünfzigerin, bei der nach Abzug des Gewichts von der Größe in cm wahrscheinlich nichts übrig bleibt und wir amüsieren uns königlich, weil uns dieses Szenario neu ist und wir gespannt die Entwicklung beobachten und derweil leicht bekleidet entspannt aneinander rumfummeln können. Die Hausherrin scheucht uns irgendwann resolut in die Spielzimmer und einmal in Gang gesetzt entwickeln sich in allen Räumen interessante Spiele und wir machen überall mal mit oder schauen zu und heben uns die letzte Runde für zu Hause auf.

Bernd holt Brötchen und ich gehe erst nach dem Frühstück mit Filou nach draußen, als er mit Indien telefoniert und nach dem Ende einer Telefonkonferenz am Mittag macht er Feierabend und wir essen vor dem Eiscafé am goldenen Reiter in der fast schon frühlingshaften Wärme ein Spaghetti-Eis, gönnen uns in der Sonne noch einen Aperol Sprizz und gehen mit dem Hund an der Elbe spazieren, holen das Auto aus der Werkstatt ab und runden den Nachmittag mit einem Mittagsschlaf ab und brechen dann wieder zur Oase auf und erleben einen normalen und sehr befriedigenden Clubabend, den wir nicht zu lange ausdehnen, weil Bernd am nächsten Morgen sehr früh nach Stuttgart aufbrechen muss. Während er duscht, mache ich ihm Brote und koche ihm Tee für die Fahrt und nach einer letzten innigen Umarmung ist er schon wieder weg und erst als ich am Mittag das Café betrete, stelle ich erstaunt fest, dass es außer uns noch andere Menschen gibt und die Erde sich unbeeindruckt weiter dreht.

28

Jede Minute des Zusammenseins weniger hätte uns weh getan und in nur zweieinhalb Wochen werden wir uns wiedersehen. Der Familienurlaub ist erst im April und in der Woche meines Geburtstages am 21. habe ich mich wegen der Weite des Weges von Stuttgart aus gegen meinen Traum, mit ihm nach Wien zu fahren, und nach einigen Recherchen für Freudenstadt ent-schieden, weil es dort ein Viersternehotel aus der Zeit des Jugendstils gibt und es interessanterweise eine Retortenstadt ist. Meine Zerknirschung über die dominante Durchsetzung dieses Plans hat Bernd damit besänftigt, dass es schließlich mein Geburtstag ist und ich habe für uns von Dienstag bis Freitag eine zu günstigen Konditionen angebotene Juniorsuite gebucht, weil nur diese über die von uns so geliebten Kingsize Betten verfügen.

Jetzt aber fahre ich nach Hilden zu meinem ersten Vorstellungsgespräch für eine leitende Aufgabe im Vertrieb im Großraum Stuttgart. Auf der Hinfahrt treibt mich der Hunger von der Autobahn nach Gotha hinein, aber in der überraschend interessanten historischen Altstadt finden sich nur fünf italienische Restaurants und nicht das Thüringer Rostbrätl, auf das ich Appetit hatte. Am Ziel lande ich kulturgeschockt mitten im rheinischen Karneval und nach dem Abendessen im Hotelrestaurant überkommt mich in der Hotelbar Verzagtheit, aber meine kleinlaute Nachricht an Bernd bleibt lange unbeantwortet und erst nach Mitternacht kann ich ihm meine Furcht vor dem morgigen Tag und der Zukunft gestehen. Die Arbeitssuche und die damit einhergehende Befreiung von meiner erzwungenen Passivität tut mir zwar gut, aber jetzt habe ich Angst davor, es zu verbocken und vor dem, was auf mich zukommt, wenn es klappt und andererseits scheine ich auch hier wieder ziemlich eigenmächtig und wenig partnerschaftlich vorgeprescht zu sein. Er beruhigt mich, dass ich das Gespräch mit meiner Art und Offenheit bestimmt souverän meistere und auch die im Falle des Erfolgs auf mich zukommende berufliche Herausforderung und den Umzug und ich habe das doch auch mit ihm besprochen und er es für gut befunden, weil die einzige Alternative ist, dass er sich wieder einen Job im Osten sucht und das habe ich tatsächlich immer ausgeschlossen, weil er im Unterschied zu mir ja Wurzeln hat. Ich esse noch die Gummibärchen vom Kopfkissen auf und kann beruhigt einschlafen. Das

Interview mit gleich drei hochrangigen Mitarbeitern läuft aus meiner Sicht gut, aber man lässt durchblicken, dass es noch einen jüngeren Kandidaten mit geringeren Gehaltsvorstellungen gibt. Trotzdem desillusioniere ich in einem Sechs-Augen-Gespräch die Führungskräfte meines derzeitigen Unternehmens schon einmal mit der Aussicht, dass ich mich im Laufe des Jahres aus privaten Gründen regional verändern möchte, weil wir immer einen offenen Umgang miteinander gepflegt haben und ich unter Umständen ihre Unterstützung für eine auch kurzfristige Aufhebung meines Vertrages brauche. Ich kontaktiere einen ehemaligen Vorstand meiner Firma und lasse mich von ihm beraten, mit welchen Unternehmen unserer Branche ich wie in Kontakt treten soll.

Bernd entdeckt im Bücherregal seines Sohnes die Känguru-Bücher, über deren Lesung durch den Autor wir neulich so herzhaft gelacht haben und ich tröste seinen Ärger über die schlechten Leistungen des VfB Stuttgart mit dem Versprechen, ihm bei dessen Abstieg in die 2. Bundesliga für das Auswärtsspiel gegen Dynamo Dresden in der nächsten Saison zwei Karten zu schenken. Wir finden alles über die Herstellung von Gin und die Feinheiten bei der Entstehung und Benennung von Cognac und seinen Verwandten heraus und ich entdecke einen interessanten Artikel über die Geheimnisse der Holzfasslagerung und wir überlegen, welchen Club wir im Urlaub besuchen wollen. Die Bilder der Profile im Joyclub sind nur für Premium-Mitglieder unverpixelt sichtbar, und weil nur mein eigenes Profil über diesen Status verfügt, gebe ich ihm mein Kennwort. Bei unserem Gespräch am nächsten Morgen wirkt er etwas einsilbig, aber erst am Abend gesteht er mir beschämt, meine vor Urzeiten gelöschten Nachrichten gelesen zu haben, die vom System in einem besonderen Ordner archiviert werden und über die Anzahl dieser zu Anfang des letzten August und einem darin offensichtlich beschriebenen Treffen bestürzt war.

Ich bin in erster Linie froh über sein Geständnis, weil mir unsere Offenheit miteinander heilig ist, aber ich muss erst selber nachschauen und erinnere mich dann an diese Zeit der Ungewissheit und meine holprigen Versuche, nach seiner Freigabe einen Weg aus meiner Enthaltsamkeit zu finden, weil ich zwar Sex, aber eigentlich niemanden an mich heran lassen wollte und unsicher war, ob seine entspannte Haltung den Härtetest eines realen Dates wirklich bestehen würde und tatsächlich erinnere ich mich jetzt an das unschuldige Treffen mit einem der Bewerber in einem Biergarten, der aber ganz offensichtlich nicht sehr beeindruckend war. Aber es war auch spannend, herauszufinden, wie ich mit der Situation am besten umgehe und schön, die Freiheit dazu zu haben, sowohl von ihm als auch von mir und wir sind mit der Art, wie wir unsere Herausforderungen meistern, sehr zufrieden und unser vorsichtiger Umgang miteinander bedeutet uns unendlich viel.

29

Vor meiner Abfahrt am Dienstag schicke ich ihm den Link zum Hotel und bin schon auf der Autobahn, als wir unsere Vorfreude telefonisch teilen und er mir vorschlägt, meine Fahrt in Sindelfingen zu unterbrechen und seine Mittagspause mit ihm zu verbringen. Um zwei Uhr fallen wir uns auf dem Parkplatz des Breuningerlands in die Arme und gehen Hand in Hand in das riesige Shoppingcenter und essen in einer der oberen Etagen ein köstliches Spaghetti-Eis, dann geht er noch einmal ins Büro und ich bringe die letzte Etappe hinter mich. Für morgen hat er wieder Home Office eingetragen, aber am Donnerstag, meinem Geburtstag, hat auch er Urlaub. An der Rezeption zögere ich bei der Angabe seiner Personalien kurz, weil die Welt manchmal so klein ist, aber es wird schon gutgehen und ich beziehe unsere Suite und packe aus, stelle den

Cremant für das festliche Ereignis auf dem Balkon kalt, dusche und setze mich in einem der flauschigen Bademäntel mit einem Buch von Jörg Fauser und einem Glas von dem mitgebrachten Primitivo auf die Couch und genieße das Urlaubsfeeling und schon bald sehe ich von meinem Rauchplatz auf dem Balkon sein Auto die langgezogene Auffahrt hinauf kommen und die Qualität des Bettes, die wir wenig später testen, gibt dem Leichtsinn meiner Buchung Recht.

Ein Stück die Straße hinunter essen wir bei einem Italiener und kehren gleich anschließend ins Hotel zurück und Bernd holt aus seinem Koffer eine schwarze Plastiktüte ohne Werbeaufdruck, weil er uns auf dem Weg hierher in einem Erotikmarkt einen hübschen kleinen Analplug gekauft hat, dessen Platzierung in meinem Anus bei unserem nächsten Akt uns beiden großes Vergnügen bereitet. Nebenan auf dem Sofa leeren wir noch den Rotwein und kuscheln uns dann zum Schlafen im Bett selig aneinander.

Das Frühstücksbuffet ist großartig und ich bleibe bei Kaffee und Zeitung noch ein bisschen sitzen, als Bernd aufs Zimmer geht, um sein Home Office einzurichten, und bringe ihm noch einen Tee mit, bevor ich mich zum Sightseeing in das Städtchen aufmache, mir die Kirche mit zwei Schiffen anschaue und die nach Plan an-gelegten Straßen durchwandere und die hübschen Details der Fassaden studiere. In einem schönen Buchladen finde ich das Buch über Vogelbeobachtung, das auf der Hinfahrt im Radio besprochen wurde, trinke in der Sonne auf dem Marktplatz einen Cappuccino, kaufe in einem Souvenirladen eine Probe des im Schwarzwald hergestellten Monkey Gins für Bernd und kehre müde ins Hotel zurück und lege mich mit meinem Buch ins Bett, bis er mich bei Feierabend zärtlich weckt und wir zum SunMoon in Sachsenheim nördlich von Stuttgart zum Darkroom mit Bi-Zone aufbrechen, immerhin eine Fahrt von anderthalb Stunden. Der Club liegt in einem Industriegebiet im Keller eines Gebäudes, das im Erdgeschoss noch eine Autowerkstatt und im Obergeschoss eine Diskothek beherbergt. Wir ziehen uns um und der Inhaber zeigt uns den großen Raum mit der Bar und den vielen hübsch dekorierten Stehtischen und einem kleinen Essraum dahinter und führt uns den Flur entlang, von dem die verschiedenen Zimmer abgehen. Bevor wir am Ende durch den Duschbereich wieder an die Rezeption gelangen, weist er uns noch auf die zweite Bar in einem Raum hin, der auch zwei mit Gitterstäben abgetrennte Abteile für die Freunde des SM enthält. Wir gehen zum Buffet, das reichhaltig und gut ist und mustern beim obligatorischen Aperol Sprizz die eintreffenden Gäste, finden einen Platz auf einer Matte und nehmen noch einen Herren dazu. Ein dritter, sehr kompakter Mann mit geschickten Händen kommt dazu, aber eigentlich hat er es auf Bernd abgesehen, der das Blasen des Mannes erst genießt, sich aber dann seiner stürmischen Art kaum mehr erwehren kann und ich übernehme Bernds Schwanz und lasse mich von dem Dritten vögeln, der noch unter der Dusche seine Avancen frech aber gerecht unter uns beiden aufteilt. In der zweiten Runde gesellen wir uns zu einem anderen Paar, das sich in einen der Käfige im letzten Raum zurück gezogen hat, weil man die Gittertür verschließen kann, und die Damen spielen miteinander und die Herren mit uns und in der Schlussrunde haben wir gern das große Paarezimmer ganz allein für uns. Als Bernd im Umkleideraum seine Uhr anlegt, ist es kurz vor zwölf und um Mitternacht schließt er mich gratulierend und zärtlich in seine Arme und als ich nach der langen Fahrt im Hotel den Cremant öffne, überreicht er mir eine schwarze Schachtel, in der ich an einer langen Silberkette ein aus Ornamenten gebildetes Herz finde, in dem sich ein zweites goldfarbenes Herz befindet, dessen Schönheit mir den Atem raubt.

Wir erwachen in einen sonnigen und auch offiziell freien Tag, genießen ein üppiges Frühstück und brechen auf in Richtung der Allerheiligen-Wasserfälle, die ich mir als

Ziel ausgesucht habe. Auf den Höhen des Schwarzwaldes liegt noch reichlich Schnee und wir halten bei einem Hinweis zu einem Aussichtspunkt an und stapfen durch den Wald zu einer Plattform, deren winterliche Absperrung wir waghalsig überwinden, um den weiten Blick auf den tiefblauen Himmel und die Hügellandschaft mit den bräunlich-grünen, immer gleichen Bäumen in uns aufzunehmen. In Oppenau ist die Klosterruine schnell besehen und wir folgen ohne große Erwartungen den Wegweisern zu den Wasserfällen an einem kleinen Bach entlang und sind dann von der Großartigkeit des Schauspiels des herabstürzenden Wassers überrascht und beeindruckt und klettern die glitschigen Stufen bis zum Grund der Schlucht hinunter. Bernd macht Selfies von uns beiden und unserem glücklichen Lächeln und immer wieder greife ich an das schöne Herz an meiner Brust, um mich zu versichern, dass es noch da ist. Wir gehen zurück und trinken in der Gaststätte am Parkplatz kaltes Bier aus grauen Krügen und nehmen für den Rückweg eine andere Route und staunen von einem anderen Aussichtspunkt aus durch leichten Dunst über ein weites Tal mit Spielzeugdörfern. Wir ziehen die flauschigen Bademäntel an und gehen in den Wellnessbereich und pendeln zwischen Pool und Sauna hin und her und gehen statt in den Ruheraum ins Bett und schlafen zärtlich miteinander und aneinander gekuschelt tief und fest ein und verharren nach dem Aufwachen noch lange in unser intensiven Nähe und wieder einmal rührt mich sein unendliches Zärtlichkeitsbedürfnis. Für den frühen Abend habe ich einen Tisch in einem Restaurant mit Blick über einen See reserviert und nach der vorzüglichen Vorspeise verliebe ich mich in Maultaschen und der regionale Wein schmeckt zart nach Birnen und wir sprechen behutsam über unsere gemeinsame Zukunft und den bevor stehenden Familienurlaub und meine Angst davor und als ich zahlen will, winkt Bernd ab und übernimmt die Rechnung. Wir stellen das Auto am Hotel ab und gehen zu Fuß in die Stadt zu einem recht karg eingerichteten Lokal, das laut Internet als einziges in Freudenstadt die Möglichkeit zum darten bietet und wählen statt der Automaten eine klassische Scheibe und rechnen unter den Augen der staunenden Dorfjugend lieber im Kopf. Nach einigen Spielen mit wechselndem Geschick kehren wir zurück zum Hotel und gehen in die Bar und probieren aus den zahlreichen Gins jeder einen anderen aus und lassen uns gegenseitig kosten. Unbeschreiblich glücklich und müde liegen wir schon um elf im Bett und ich fühle mich mit diesem wunderbaren Tag reich beschenkt.

Nach dem Frühstück am nächsten Morgen fragt Bernd beim Zusammenpacken, wie wir das mit der Rechnung machen und ich antworte, dass das mein Geburtstagsgeschenk an mich war und er bedankt sich und bringt seine Sachen zum Auto und kehrt für eine letzte Umarmung zurück und unser schöner Kokon absoluten Wohlgefühls reißt.

30

Sobald er nicht mehr greifbar ist, fühle ich mich völlig desorientiert und er leidet von Mal zu Mal schneller und stärker unter dem Entzug von mir und bereitet mir damit auch Sorgen, denn während ich nach meiner Rückkehr beim Abholen des Hundes mit meiner Freundin essen und über meine Erlebnisse sprechen kann, hat er keine eigenen Freunde, nur die vermeintlich gemeinsamen des Paares, mit denen sich ein Gespräch von selbst verbietet und die zudem mehr den Neigungen seiner Frau entsprechen und von dieser gepflegt werden. So groß wie jetzt war seine Sehnsucht und seine Gewissheit, dass wir füreinander bestimmt sind, noch nie und er trifft mit dieser Einschätzung meine eigene genau. Das Bewusstsein, komplett und bedingungslos die Seine zu sein, dass mir am Anfang unserer Beziehung manchmal Angst machte, hat sich von Mal zu Mal verstärkt und mittlerweile habe ich das für mich vollkommen akzeptiert und auch nichts in ihm gefunden, weswegen mir das Sorgen bereiten müsste. Lachend schickt er mir die Auswertung eines psychologischen Tests über die vermeintlich dunklen Seiten des Charakters, den die Familie nicht ohne höhnische Seitenhiebe seiner Frau am Abend gemeinsam gemacht hat und ich folge dem Link und absolviere den Test und wir vergleichen lachend unsere Ergebnisse. Bei der moralischen Enthemmung liegen wir zu unserem Amüsement beide weit unter dem Durchschnitt, bei Selbstbezogenheit und Anspruchlichkeit nicht überraschend weit darüber. Mehr Dunkles habe ich nicht zu bieten und seine starken Ausschläge bei Gier und Machiavellismus kann ich aus meinem eigenen Erleben genau so wenig nachvollziehen, wie seine niedrigeren, aber immer noch weit überdurchschnittlichen Werte bei Egoismus und Narzissmus. Ganz im Gegenteil habe ich oftmals den Eindruck, dass er sich seines eigenen Wertes nicht richtig bewusst ist.

Er bereut seinen Jobwechsel tief und ich muntere ihn damit auf, dass bei seiner Entscheidung mit uns noch nicht zu rechnen war und wohl jeder in seiner Situation das Gefühl, nicht richtig glücklich zu sein, mit dem aus-dem-Koffer-leben in Verbindung gebracht und zu ändern versucht hätte. Das Einzige, was mich an seiner Handlung immer verwundert hat, ist die Frage, wie er sich das mit der Erfüllung seiner sexuellen Bedürfnisse vorgestellt hat. Über den Punkt hat er gar nicht nachgedacht und die Freude seiner Frau über das Angebot als Zeichen einer möglichen Annäherung gesehen, aber das Nebeneinander ist einfach weitergegangen und vielleicht war es gut, der Sache noch eine Chance zu geben und die Erfolglosigkeit zu sehen. Eine so bedingungslose Liebe wie die unsere hat er vorher nie für möglich gehalten und auch für mich ist diese ein total seltenes Geschenk und ich bin dankbar, dass mit ihm erleben zu dürfen.

Ich trete jetzt nach den Ratschlägen des Vorstandes direkt telefonisch mit den bei den in Frage kommenden Unternehmen für Personalfragen Verantwortlichen in Kontakt und vereinbare für den 12. April gleich mit drei Firmen Vorstellungsgespräche in Stuttgart und er bewundert mein Organisationstalent. Aber wir werden uns nicht sehen können, weil in wenigen Tagen sein Urlaub beginnt und beide wissen wir nicht, wie wir diese drei Wochen überstehen sollen, weil mindestens schon durch die Zeitverschiebung das Telefonieren schwierig wird und er sich in den meisten Unterkünften das Schlafzimmer mit seiner Frau wird teilen müssen. Kurz vor seinem Urlaub stirbt eine Kollegin, mit der er schon in anderen Unternehmen zusammen gearbeitet hat, und bis tief in die Nacht tauschen wir Nachrichten über seine Empfindungen dazu. Am nächsten Morgen berate ich ihn zur Inszenierung der Kondolenz in der Firma und er ist begeistert, wie gut seine Kollegen auf die Umsetzung meiner Vorschläge reagieren und schickt mir ein stimmungsvolles Bild davon, aber das Dreiergespann aus der Sehnsucht nach mir, dem bevorstehenden Urlaub und dem überraschenden Todesfall führt selbst bei ihm einmal zu Schlaflosigkeit.

Die Preise der Hotels in Stuttgart sind erschreckend, selbst eine Unterkunft im Mehrbettzimmer der Jugendherberge liegt im dreistelligen Bereich, und auf Bernds Empfehlung quartiere ich mich in Reutlingen im Achalm Hotel ein und werde auf der Rückfahrt einen Zwischenstopp bei einer Freundin in der Nähe von Augsburg einlegen. Er findet es spannend, dass ich seine Stadt ohne ihn erkunden werde und ich gebe scherzhaft zu, mir erst einmal einen objektiven Eindruck verschaffen zu wollen und entlocke ihm noch eine Restaurantempfehlung, weil ich ja eigentlich nur der Maultaschen wegen nach Schwaben ziehen will, und revanchiere mich auf seinen Wunsch mit einer Liste von Büchern, die ich ihm für den Urlaub empfehlen kann.

Am Abend vor der Abreise muss er mir versprechen, gut auf sich aufzupassen, weil er der und das Allerwichtigste ist, und er verlangt das Gleiche von mir. Am Morgen schreiben wir noch einmal und geraten dabei ins Masturbieren und ich schreibe meiner most important person zum Flughafen, dass ich nicht nur verrückt bin nach den schönen geilen Dingen, die wir vor dem Aufstehen machen, sondern vor allem nach ihm, meinem schönen geilen Herzallerliebsten, und dass ich ihn von Herzen liebe und er immer in meinen Gedanken ist und er weiss tatsächlich, dass ich ihn ganzheitlich liebe und es beruht auf Gegenseitigkeit.

31

D as kleine Flugzeug auf meinem Bildschirm ruckelt über den Atlantik und landet sicher, und auf der langen Fahrt von Georgia nach Florida denkt er über die TopTen unser sexuellen Erlebnisse nach. Als er sie nach seiner Ankunft am Zielort in Florida in unseren gemeinsamen Ordner auf OneNote ablegt, steht auf dem ersten Platz unser erstes Zusammentreffen in der Oase, auf dem zweiten sein erster Besuch bei mir, auf dem dritten mein Besuch in Seeheim und auf dem vierten jeder Sex mit mir am Nachmittag, erst auf den restlichen Plätzen finden sich einige unserer Abenteuer, die auch mir sehr gut in Erinnerung geblieben sind. Weil er wegen der Zeitverschiebung schlecht schläft und im gemeinschaftlichen Schlafzimmer zum Entspannen nicht onanieren kann, zieht er in das nicht sehr schöne, aber noch freie Einzelzimmer der Unterkunft und ich beginne, meine Tageserlebnisse auf Band zu sprechen und ihm die Audiodateien zu schicken, weil er meine Stimme so gern hört und in seinen frühen Morgenstunden kann er mich manchmal über Skype anrufen.

Ich fahre nach Reutlingen und bin angenehm überrascht. Mit der Hotelempfehlung hat er sich das dritte Mal in Folge den Badge für die beste Idee des Monats gesichert und nach den Maultaschen im Gerberstüble kann ich der von ihm gut verstandenen Versuchung nicht widerstehen, ohne Gefahr der Entdeckung einmal langsam an seinem Haus vorbei zu fahren und endlich auch zu wissen, wo er wohnt. Der Himmel zaubert entzückende Wolkenformationen über die sanften Hügel der Schwäbischen Alb und bietet mir einen grandiosen Sonnenuntergang, als ich den schönen Außenpool des Hotels durchschwimme, und die Hotelbar ist gut sortiert, aber er fehlt mir nur noch mehr in dieser schönen Umgebung und ich tröste mich nur wenig mit dem Sprechen meines Tagesberichts. Ich habe eine unruhige Nacht, aber das Frühstücksbuffet ist großartig und gestärkt mache ich mich auf den Weg nach Stuttgart. Gerade noch rechtzeitig vor meinem ersten Gespräch kommt seine Morgennachricht und wünscht mir viel Erfolg und die mittägliche Mutlosigkeit, die mich seit seiner Abreise plagt, schwindet.

Alle meine Gespräche enden mit dem Wunsch der Unternehmen, mich schnellstmöglich einzustellen und mindestens zu der einen Position sagt mein Bauchgefühl ja. Der Freund und ehemalige Kollege von mir, der den Kontakt vermittelt hat, ist hier sehr zufrieden und die Aufgabe unterscheidet sich nur minimal in den Produkten und der Klientel von meiner jetzigen Tätigkeit. Im Stau auf der A8 nach Augsburg berichte ich Bernd per sms von den Neuigkeiten und er freut sich mit mir über die vielversprechende Option und noch mehr darüber, dass ich Anfang Mai wieder mit den Unternehmen verabredet bin und wir uns dann sehen werden. Ich verbringe einen schönen Abend mit meiner Freundin und spreche ihm vor dem Schlafengehen aus dem Gästebett einen leicht angetrunkenen Bericht auf Band.

Meine geographischen Kenntnisse des amerikanischen Südens wachsen mit jedem seiner Urlaubstage. Von jeder Station und jedem Ausflug schickt er mir zahlreiche Bilder und vergisst nie das Selfie von dem immer brauner werdenden Objekt meiner Begierde und ich studiere die Fotos und zoome mich auf Google Earth an die Orte heran und recherchiere im Internet alles über die dort von ihm besuchten Restaurants und Sehenswürdigkeiten und befrage ihn zu den Details, die mir auf seinen Bildern ins Auge stechen. Mit seiner GoPro-Kamera dreht er ein Video vom Ausflug in die Everglades und ganz genau betrachte ich den Abstand zwischen ihm und dem Block seiner eng zusammen gekuschelten Familie. Auf keinen Fall will ich seinen Urlaub durch Jammern verderben, aber meine Sehnsucht und die seltenen Telefonate, die der Urlaubssituation geschuldete Wortkargheit seiner Nachrichten und die Bilder der vielen Erlebnisse unter der strahlenden Sonne Floridas zermürben mich. Als ich gestehe, dass ich mich von unserem normalen Informationsfluss komplett abgeschnitten fühle und mich später schuldbewusst für das komplett entschuldige, beginnt endlich auch er, mir Berichte von seinem Tag per Audiodatei zu schicken und nun habe ich mein Methadon immer dabei. Ein weiteres bewährtes Mittel gegen Traurigkeit kommt mir in den Sinn und wie immer frage ich ihn vorher, ob es ihm etwas ausmacht, wenn ich ins Paradise gehe und als ich mit seinem Einverständnis dort einen entspannenden und befriedigenden Abend verbringe und ihm meinen gesprochenen Bericht sende, überrascht er mich in seiner Antwort mit dem Geständnis, dass er anfangs trotz der Erregung, die meine Schilderungen schon immer in ihm ausgelöst haben, unter meinen Solotouren sehr gelitten hat, aber mittlerweile einfach nur die Vorstellung und meine Berichte genießen kann.

144

Von meinem Buch über die Oder inspiriert mache ich am Karfreitag einen Ausflug zu einer Klosteranlage in Lubiaz und fahre anschließend nach Breslau weiter und kann mich endlich einmal mit schönen Bildern revanchieren und auf der Fahrt meiner aktuellen Gemütslage auf den Grund gehen. Gelegentlich verliere ich den Boden unter den Füßen, weil ich momentan keine der Fragen sicher beantworten kann, die wahrscheinlich auf die meisten Menschen stabilisierend wirken - wo, wie und von was werde ich in einem Vierteljahr leben - und ihn unendlich vermisse. Aber ich erinnere mich daran, dass ich bisher auch die dramatischsten Situationen in meinem Leben immer gemeistert habe und daran gewachsen bin und baue mich mit der wichtigsten Antwort auf, dass wir uns auch dann lieben werden und alles andere unwichtig ist. Wie sehr wir unser Leben jetzt umkrempeln werden, findet auch er krass und insbesondere von mir mutig, aber gerade der Urlaub zeigt ihm, dass es für ihn der richtige Schritt ist und er erinnert mich daran, wie verzweifelt wir im vergangenen Juli waren und wie anders und optimistisch wir jetzt in die Zukunft blicken können. Ich kündige meine Wohnung und beginne, mich ohne Wehmut von manchen Orten und Dingen zu verabschieden und mich voller Neugier auf unsere gemeinsame Zukunft zu freuen, und er bewundert täglich mit großer Freude meine wilde Entschlossenheit und ist gespannt auf das, was wir beide noch vor uns haben, und findet, dass wir trotz des gemeinsamen Wohnens in Schwaben gelegentlich ein Wochenende in Dresden verbringen müssen.

Ich buche vom 6. bis 8. Mai eine Ferienwohnung in Beuren und wann immer es geht, skypen wir, oftmals mitten in der Nacht, und natürlich überprüfen wir auch diese Qualität des sexuellen Austausches und dann ist sein Urlaub endlich zu Ende und wir genießen beide die Sprach- und Lachtherapie unser jetzt wieder regel-mäßigen Gespräche und die stetig wachsende Vorfreude auf unser Treffen und er versteht gut, dass ich für den geplanten Aufenthalt keinen Clubbesuch planen möchte, weil mit der Dauer der Trennung auch sein ausschließliches Bedürfnis nach mir wächst. Einen Tag vor unserem Wiedersehen findet seine Frau am Sonntag während seines Besuchs des Fitnessstudio in seiner Arbeitstasche meinen Brief vom letzten Jahr und die Visitenkarte, die ich ihm an unserem ersten Abend gegeben habe, und bei ihm zu Hause bricht die Hölle los.

32

Ich sitze mit meiner Freundin im Café, als er aus dem Haus flieht und mir telefonisch von der Entwicklung berichtet. Frau und Tochter haben penibel die Facebook-Seite der Ost-Tussi studiert und jedes meiner Postings mit seiner Abwesenheit von zu Hause abgeglichen und so von jedem unserer schönen Treffen erfahren und während der Bericht von der Katastrophe aus ihm herausprudelt, sitze ich sprachlos und im Schock erstarrt. Er will weiter durch die Gegend rennen und sich später wieder melden und ich gehe mit meiner Freundin an die Elbe und überlege, was nun weiter passiert. Bernds Nachrichten halten mich auf dem Laufenden über die geworfenen Gegenstände und die wüsten Beschimpfungen und das familiäre Entsetzen über den Ort unseres Kennenlernens, aber nie hätte er diesen Brief voller Liebe und Zuneigung wegwerfen können. Als Frau und Tochter zu seiner Mutter fahren, um auch diese über die Entdeckung zu informieren, telefonieren wir wieder und er kann den ihm entgegen gebrachten Hass durchaus nachvollziehen und ich lasse ihn reden und beruhige ihn mit der Bestätigung, dass wir auch diese Herausforderung meistern werden und er in wenigen Stunden erst einmal der Situation entfliehen kann. Als ich zu Bett gehe, schaut er noch etwas Golf zum Abschalten.

Zum Schlafen kommt er nicht in dieser Nacht. Seine Alkohol nicht gewöhnte Frau betrinkt sich und bricht randalierend in sein Zimmer ein und er muss ihr zur Toilette helfen, damit sie sich übergeben kann, und erst am Morgen schläft sie ein. Er berichtet mir auf dem Weg zur Arbeit davon und freut sich mit mir aber nur noch auf den Abend und unser Wiedersehen. Ich gebe ihm die Adresse der Ferienwohnung und schicke ihm von meinen Pausen unterwegs kleine Meldungen zum Ablenken, gehe einkaufen und übernehme die Wohnung und richte mich ein und kann ihn am Abend endlich in die Arme nehmen und nichts kann unser Begrüßungs-ritual verhindern. Ich mache uns ein schönes Abendbrot und wir reden und gehen wieder ins Bett und kaum, dass ich ihn in den Arm genommen habe, schläft er ein und ich genieße still sein Gewicht in meinen Armen, bis ich mich vorsichtig befreie und in der Küche noch ein Glas Wein trinke und dann auch schlafen kann, bis wir irgendwann in der Nacht erwachen und das abendliche Spiel nachholen.

Nach dem Frühstück quälen wir uns beide durch den morgendlichen Berufsverkehr und ich finde bei einem sehr erfreulichen Termin mit dem Geschäftsstellenleiter des einen Unternehmens in Filderstadt sofort einen guten Draht zu diesem und er macht mir ein gutes Angebot. Ich schaue mir noch zwei Wohnungen in Reutlingen an und am Nachmittag habe ich Zeit, durch die Umgebung von Beuren zu streifen und die phantastische Wolkenbildung über der schwäbischen Alb zu bewundern. Für den Abend habe ich bei seinem Lieblingsgriechen im Nachbarort einen Tisch reserviert und ich kann nun selbst den Marathonteller bestellen, von dem er mir schon so oft geschrieben hat und seine deutlich gelöstere neue Art gefällt mir sehr. Als wir nach einer zärtlichen Nacht am Morgen frühstücken und ich in seine Augen blicke, bin ich mir sicher, dass ich mit diesem Mann den Rest meines Lebens verbringen will. Wir brechen entspannt auf, denn die Zeit der Trennungen wird bald vorbei sein und ich verbringe einen ebenfalls erfreulichen Tag bei dem anderen Unternehmen und erhalte auch von diesem ein gutes Angebot und komme spät am Abend wieder in Dresden an. Bernd hat sich an diesem Abend bei einem früheren Kollegen aus seiner sportlich aktiven Zeit einquartiert und spricht dort dem Rotwein reichlich zu. Am nächsten Abend hat seine Frau ein Gespräch mit ihm verabredet und als wir auf dem Weg von seiner Arbeit dorthin miteinander telefonieren, ist er zuversichtlich, diese Verhandlung über die Modalitäten der Trennung schnell hinter sich zu bringen, aber erst nach Mitternacht liegt er im Bett und wünscht mir eine gute Nacht. Er wird seinen allerliebsten Schatz morgen früh anrufen und er liebt mich. Wie so oft erwischt er mich auf meiner Morgenrunde mit Filou und wir plaudern miteinander, bis ich ihn nach dem gestrigen Abend frage und er berichtet, dass seine Frau ihn vor die Wahl zwischen einer sofortigen Trennung und einem kompletten Neustart mit begleitender Paartherapie gestellt hat und ihm vorgeschlagen hat, dass er sich an diesem Wochenende in ein Hotel zurück zieht und seine Entscheidung trifft. Erst als ich mit beginnendem Entsetzen noch einmal nach seiner Meinung dazu frage, wird seine Stimme brüchig und er gesteht, dass er noch etwas für seine Frau empfindet und die Sicherheit der letzten Wochen ihn auf einmal verlassen hat und es tut ihm leid, dass sich der Boden unter meinen Füßen gerade in Nichts auflöst. Am Mittag bestätigt er mir seine Hotelbuchung und ich weiß, dass dies sein Wochenende ist und ich nicht stören darf, so schwer es mir auch fallen wird, aber wenn er mich braucht, bin ich nur einen Telefonanruf entfernt und ich liebe ihn jetzt und immerdar und über alles und bedingungslos. In völliger Taubheit lasse ich das zähe Verrinnen der Stunden dieses Wochenendes geschehen und verlängere ein ums andere Mal den maximal möglichen Zeitpunkt seiner Meldung, aber erst am späten Montagnachmittag, als mir schon lange niederschmetternd klar ist, wie seine Entscheidung ausgefallen ist, ruft er mich an und bestätigt mir unter Tränen meine Vermutung und ich verspreche ihm, dass ich seine Wahl akzeptieren und ihn in Ruhe lassen werde.

Dritter Teil

1

Das erste Mal in 20 Jahren Selbstständigkeit sage ich Termine ab. Nicht einen, nicht zwei, sondern alle der nächsten beiden Wochen. Ich laufe, 12.390 Schritte, 17.786 Schritte, 11.598 Schritte, jeden Tag, der Hund immer an meiner Seite und mein Blick in den Wolken. Sie und der Alkohol sind das Einzige, was mir für Momente Ruhe verschafft. Am Abend schlafe ich drei, vier Stunden, dann liege ich den Rest der Nacht unruhig und grübelnd im Bett herum und sorge mich um ihn. Meine Freundinnen wechseln sich mit meiner Betreuung ab und mittags hänge ich wie ein Zombie im Café herum und versuche, wenigstens die Hälfte des Mittagessens herunter zu würgen.

Mit jedem Tag wird das Brüllen in meinem Bauch lauter, dass ich die begonnene Bewegung in den Süden nicht stoppen kann. Meine Wohnung ist gekündigt und die ersten Abschiede sind gemacht und ich kann nicht glauben, dass diese nebeneinander gelebte Ehe mit ihren zwei diametral entgegen gesetzten Standpunkten zu Bernds zentralem Thema Sex zu retten ist und er nach allem, was ich von ihm gelesen und mit ihm erlebt habe, dauerhaft der Versuchung meiner räumlichen Nähe widerstehen kann. Niemals werde ich Ruhe finden, wenn ich diesen ultimativen Versuch nicht wage und wenn er nicht gelingt, dann ist er auch nicht mein Mann und mir stehen alle Möglichkeiten eines neuen Jobs und einer neuen Umgebung offen. Nach einer Woche loggt er sich das erste Mal wieder im Joyclub ein und ich buche meinen Portugiesisch-Kurs auf Babbel wegen der Nähe Stuttgarts zu Frankreich auf Französisch um, wechsle von Wein und Gin zu Schlaf- und Nerven-Tee und fahre am 19. zum AC nach Stuttgart.

Als ich am Montag Nachmittag auf dem Weg zu dem von mir gebuchten Quartier mit schmalem Einzelbett in Altdorf an seinem Büro in Sindelfingen vorbei fahre, fasse ich an das um meinen Hals hängende Herz und denke mit aller Intensität und Liebe, derer ich fähig bin, an ihn. Als ich kurz hinter Böblingen die A81 verlasse und auf die B464 wechsle, informiert mich der Joyclub per Mail darüber, dass ich soeben eine Nachricht von Nobby408 bekommen habe und auf dem Parkplatz einer Gaststätte in Holzgerlingen lese ich die mit Küssen verzierte Bestätigung, dass ich Recht habe. Keine Beziehung geht nicht, gedanklich schon gar nicht, und sofort freue ich mich, dass mein intensiver Gedanke, als ich bei ihm vorbei gefahren bin, sein Ziel erreicht hat. Es ist für ihn ein komisches Gefühl, mich in der Nähe zu wissen und nicht bei mir zu sein, aber ich bin gedanklich immer bei ihm und frage, ob wir auf seiner Heimfahrt telefonieren können oder es besser lassen sollen.

Natürlich können wir und als er anruft, sprudelt meine Sorge um sein Ergehen aus mir heraus und er berichtet mit freudiger Stimme, dass sie jetzt viel miteinander reden und er wieder im Ehebett und sogar mit ihr schlafen darf und im Moment hält er nichts für unmöglich, vielleicht sogar einen gemeinsamen Club-besuch mit ihr. Erst ein Aufschluchzen, das ich nicht mehr unterdrücken kann, stoppt seinen begeisterten Redefluss und er traut der Sache auch noch nicht so ganz und ist sich nicht sicher, dass dieser Zustand anhalten wird, und ihm war klar, dass ich meine Pläne nicht ändern würde und wir telefonieren wieder. Nach meinem Befinden fragt er nicht.

Ich stürze aus meinem Zimmer und laufe im Regen durch den kleinen Ort und stürze am Tresen eines Restaurants in der Ortsmitte zwei Gläser Rotwein hinunter, die mir nach der Abstinenz der letzten Tage ein paar Stunden Schlaf bescheren. Am nächsten Tag absolviere ich erfolgreich mein AC und schaue mir am Nachmittag mit einer Maklerin wieder zwei Wohnungen in Reutlingen an, aus meiner Sicht jetzt keine besonders kluge Wahl mehr, aber die Mieten in Stuttgart sind unerschwinglich und bei allen anderen Angeboten muss ich den Ort erst auf der Karte suchen und verspüre dann keine Lust, in Plochingen oder Kirchheim unter Teck mein Leben zu fristen. Als ich mein Tagespensum erledigt habe und wieder in der Pension bin, schreibe ich auf, was mir seit gestern durch den Kopf geht und sende Bernd eine Nachricht.

2

Lieber Bernd,

Ich finde es schwer, mir in meiner radikal geänderten Erfahrungswelt meine Urteilsfähigkeit zu bewahren, zumal ich erkennen muss, dass ich permanent nicht über genügend Informationen verfüge. Trotzdem möchte ich Dir einige Gedanken zu unserem gestrigen Telefonat mitteilen - ich brauche immer ein bisschen, bis Gesagtes in mich einsickert.

Wer sich nicht entscheiden kann, über den wird entschieden.
Ich spreche da erst einmal aus meiner Erfahrung. Schwer wiegende Entscheidungen müssen auch in mir reifen, aber in der Regel gilt mir nur keine Entscheidung als eine schlechte. Trotzdem oder wegen der Schwere konnte ich mich im vergangenen Jahr nicht gegen unsere Beziehungsform entscheiden, weil jeder Kontakt mit Dir, ganz gleich ob stimmlich, schriftlich oder körperlich, ein vollendeter Genuss war, wir uns Stück für Stück fortentwickelt haben und ich mich im Schmerz über die Pausen mit Dir vereint gefühlt habe.
Nun hast erst einmal Du auch über mich entschieden und ich habe Dir versprochen, dass ich Deine Entscheidung akzeptieren werde, wozu für mich bei allem Schmerz gehört, Dir ihr Tragen nicht schwer zu machen.
Auch wenn sich in Deiner Bedürfnisbefriedigung jetzt eine gewisse Beliebigkeit zeigt, die andererseits

psychologisch leicht zu erklären ist, glaube ich schon, dass der Verlust von uns und die Beschneidung Deiner selbst, Dir heute oder morgen auch Schmerz zufügt oder bereiten wird. Zu diesem Gewicht kannst, aber musst Du nicht, noch den Schmerz und die Anstrengung Deiner Frauen, die ja aber auch für sich selbst in Verantwortung stehende und entscheidungsfähige Menschen sind, addieren.

In Anbetracht der Höhe des Preises, finde ich die Fortsetzung Deines Lavierens zwischen den Möglichkeiten würde- bzw. respektlos gegenüber Dir selbst, Deiner Frau und mir. Das Vertrauen, dass Dir Deine Frau in der jetzigen Situation entgegen bringt, ist entweder Berechnung oder eine enorme Anstrengung und letztere verdiente, dass Du Dich auf das vereinbarte Experiment auch vollumfänglich einlässt, weil sowohl zum Scheitern als auch zum Gelingen einer Beziehung immer zwei gehören. Das Erlebnis unserer Gemeinsamkeit, Deine Wertschätzung meiner Person und die Kraft, die mich das alles kostet, verdiente, dass Du mich nicht als Notausgang für das Experiment Eherenovierung missbrauchst und auf dem niedrigsten aller Level für den Fall des Scheiterns warmzuhalten versuchst. Was Dein Opfer verdiente, musst Du selbst einschätzen - nicht dass ich da nicht Anregungen hätte, aber die stehen mir mindestens derzeit nicht zu.

Du wirst immer geliebter Bestandteil meines Lebens sein und mein Entscheidungsspielraum ist ja sehr übersichtlich, aber für die Beziehungsform „ich schau mal, ob meine Frau durchhält und rufe Dich vielleicht irgendwann an" bin ich mir dann doch zu viel wert und ist mir mein Leben zu schade.

Trotzdem die Deine

Sophie

3

Nach diesen Zeilen und einem Tee schlafe ich gut und breche am nächsten Morgen wieder nach Dresden auf. Unterwegs bekomme ich eine sms von einer mir unbekannten Nummer und lese, dass seine Frau heute Morgen meine gestrige Nachricht gelesen hat und im Moment weder mit Berechnung noch mit Anstrengung ihre Ehe renoviert, sondern mit Liebe zu retten versucht. Sicher verstehe ich nicht, dass eine langjährige Beziehung nicht immer im Honeymoon in irgendwelchen Hotelbetten, sondern vor allem in begegnender Liebe im Alltag lebt, bis es Frauen wie mich gibt, die sich an verheiratete Männer heranmachen und sie auf perfide Art und Weise manipulieren und ihnen mit Sex Liebe und Zuneigung vorgaukeln. Bernd ist im Grunde seines Herzens ein guter und aufrichtiger Mensch, aber ich habe ihn mit meinen sexuellen Eskapaden seiner Familie entfremdet. Für sie selbst wäre es undenkbar, so egoistisch und frei von Moral und Gewissen vorzugehen, aber die Liebe, die sie beide verbindet, stimmt sie trotz allem Schmerz und aller Qual zuversichtlich. Wahrlich kann sie nicht sagen, ob ich zu meinem Wort stehe und im Stande bin, Bernds Entscheidung zu akzeptieren und von ihm und seiner Familie in jeglicher Form Abstand nehme.

Obwohl mir beim ersten Lesen die Röte ins Gesicht steigt, während ich im Geiste die zahlreichen Rechtschreibfehler korrigiere und über die geschwollene Ausdrucksweise den Kopf schüttele, denke ich sofort, dass Bernd nicht nur im Grunde seines Herzens, sondern generell ein guter Mensch, aber auf keinen Fall aufrichtig ist, und dass meine Nachricht wohl eher eine Auseinandersetzung mit ihm als mit mir rechtfertigt und mein Zorn auf ihn verraucht. Ich begreife, warum er mich am Montag über den Joyclub kontaktiert hat und sende ihm eine Kopie der Nachricht unter dem Titel „Mangel an Informationen" an seine geschäftliche

Mailadresse und schreibe, dass nun zum Glück alle wissen, dass ich den habe, seine Frau aber offensichtlich stellenweise das gleiche Problem hat. Damit es wenigstens ihm nicht so geht, schicke ich ihm meine Post und hoffe, dass er meine Nachricht besser als sie verstanden hat.

Sie hat ihn vorher gefragt, ob er es ihr verübeln würde, wenn sie mir schreibt und er hat es für keine gute Idee gehalten, aber er findet es schön, dass ich sie ihm weitergeleitet habe und bedankt sich dafür. Er hat das gleich gewußt und schätzt meine absolute Verlässlichkeit und zweifelt keine Sekunde an meinem Anstand. Es tut ihm sehr leid, was gerade passiert, und er ist nun wieder verwirrt und verzweifelt. Ihre Wahrnehmung bei den sexuellen Eskapaden ist natürlich selektiv, er hat ihr klar gesagt, dass er großen Spass daran hatte und er hat mich in unserer Beziehung nie als berechnend, mutwillig oder zerstörend empfunden, aber das weiß ich sicher.

Ich beruhige ihn, dass ich nicht den Verstand verloren habe, obwohl es sich manchmal so anfühlt. Ich hätte natürlich selbst darauf kommen können, dass er nicht grundlos diesen ungewöhnlichen Nachrichtenweg gewählt hat, aber ich war wütend auf ihn, weil er ohne Not auf meinem Herzen herum getrampelt ist und ich will mich zwar inhaltlich nicht zu der Nachricht seiner Frau äußern, aber er hat das richtig als Fehler von ihr eingeschätzt, denn meine mit ihr empfundene Solidarität und die Wut auf ihn sind passé und ich bin wieder im Love & Understanding-Fahrwasser. Ich habe kein Bedürfnis, seiner Frau meine Sichtweise verständlich zu machen und sehe dabei auch keine Aussicht auf Erfolg, aber ich bin versucht, gelegentlich mal in Reizwäsche um ihr Haus zu tanzen, um meinem Image gerecht zu werden.

Ihm ist leider erst während des Gesprächs aufgefallen, dass das Telefonat mit mir in der aktuellen Situation eine undurchdachte Aktion war. Er wollte mich nicht verletzen, aber die Idee mit der Reizwäsche findet er lachend spannend. Dann herrscht wieder Ruhe zwischen uns, nur Nobby408 besucht gelegentlich mein Profil.

4

Der Mai neigt sich seinem Ende zu und ich werde am 1. Juli bei dem Unternehmen in Stuttgart anfangen. Die Einzelheiten der Beendigung meiner jetzigen Tätigkeit sind ebenso wie meine zukünftige Wohnsituation noch ungeklärt, für meine Wohnung in Dresden suche ich einen Nachmieter und ich will noch alle vielver-sprechenden Anbahnungen zu einem guten Abschluss bringen, weil das alles auch Geld kostet und noch kosten wird und meine Rücklagen ein Opfer der im April geleisteten Steuernachzahlungen geworden sind, aber dem Geld will ich meinen Traum nicht opfern. Die Wohnungssuche wird neben dem Mangel an bezahlbarem Wohnraum und der schlechten Erreich-barkeit der Vermittler auch durch Filou erschwert, denn Hundehaltung wird bei den Angeboten fast immer schon in der Anzeige und spätestens im Gespräch ausgeschlossen. Am 3. Juni werde ich in Stuttgart meinen Arbeitsvertrag unterzeichnen und möchte danach bis zum Beginn des Vertrages nicht noch einmal den weiten Weg auf mich nehmen. Es gelingt mir, von Sonntag bis Dienstag sechs Besichtigungs-termine zu vereinbaren und ich buche wieder ein Zimmer im Achalm Hotel und jage bis dahin von Kundentermin zu Kundentermin.

Bei der Anreise habe ich mittags noch Zeit, schon einmal bei der Adresse der für den Abend vereinbarten Besichtigung in Bad Urach vorbei zu fahren und sage dann angesichts des baulichen Zustands des Hauses und der Anfahrtsituation den Termin ab. Die Wohnung, die ich mir am frühen Nachmittag in der Innenstadt von

Reutlingen anschaue, ist ein Traum und ich fühle mich sofort wohl in ihr. Die Miete liegt knapp unterhalb meiner Schmerzgrenze und die Wohnung mitten im Herzen seiner Stadt und die Vermieterin lässt sich auch vom Alter meines Hundes und seiner ruhigen Art nicht dazu bewegen, seinen Einzug zu gestatten. Aber ich kann die Wohnung haben und ich kann mir in diesen Räumen ein zu Hause schaffen und mit den anderen Terminen im Hinterkopf sage ich erst einmal zu und wir verabreden uns für den morgigen Abend im Hotel zur Unterzeichnung des Vertrages. Den Rest des Tages verbringe ich auf der Terrasse meines Hotelzimmers in der Sonne und starre melancholisch und mit den Tränen kämpfend über das Tal und erinnere mich an den Optimismus meines letzten Besuches hier im April. Immer wieder versuche ich, das Haus auf dem gegenüberliegenden Hang zu orten, in dem der Mann lebt, mit dem ich mein Leben verbringen will und beobachte schuldbewusst Filou, der über die Wiese stromert.

Am Montagmorgen unterzeichne ich meinen Arbeitsvertrag und halte auf dem Rückweg nach Reutlingen kurz vor dem höchsten Punkt der Weinsteige an. Über dem sonnigen Talkessel von Stuttgart steht eine riesige Cumulonimbuswolke mit einem Bilderbuchamboss und mir gelingt mit dem iPhone ein phantastisches Photo davon und nach einer Fahrt durch heftigen Regen nach Reutlingen poste ich es auf Facebook und attestiere ihr dabei, ihr Versprechen gehalten zu haben. Die erste Wohnung des Tages ist schön geschnitten, birgt aber die Aufgabe, die 40 Jahre alte Küche der Eigentümerin auf eigene Kosten zu entsorgen und zwingend zwei Stellplätze zu mieten, obwohl sie ausschließlich an eine Einzelperson vermietet wird. Die zweite Wohnung ist großartig, aber die Termine für die Besichtigung sind im halbstündlichem Abstand vergeben und eine Entscheidung wird frühestens in zwei Wochen fallen. Die Hälfte der dritten Wohnung ist fast ohne Tageslicht und das Bad ist winzig und ich beschließe, am Abend den Mietvertrag zu unterzeichnen und notfalls morgen zurück zu treten, wenn die letzte Besichtigung meiner Tour zu einem guten Ergebnis führt. Diese Wohnung liegt in einem Neubau in einem Nachbarort von Reutlingen und Hunde sind erlaubt. Aber die Wohnung hat statt der angegebenen 65 qm nur 40 und verfügt zusätzlich über 50 qm Terrasse, die zur Hälfte der Wohnfläche zugerechnet werden und liegt mit einem Endpreis von 1.050,- € Miete außerhalb meiner Möglichkeiten. Mein bevorstehender Umzug hat nun ein Ziel, aber mein Aufgabenspektrum hat sich erweitert, ich brauche ein neues Zuhause für Filou.

5

Zwei Tage später reist Bernd mit seiner Mutter nach Polen und sendet mir am Abend ein stimmungsvolles Photo vom Sonnenuntergang. Ich habe insgeheim damit gerechnet und wenn der Kontakt von ihm ausgeht, fühle ich mich an mein Versprechen nicht gebunden und so tauschen wir unsere mit Küssen und Herzen verzierten sms, zögerlich an diesem Abend und anschwellend im Laufe der nächsten beiden Tage und wieder lässt er mich an seinen Eindrücken im vollem Umfang teilhaben und dieses Mal bin ich mit seinen Ausflugszielen wohlvertraut. Am Abend des letzten Tages zieht sich seine Mutter früh zurück und wir telefonieren, bis wir beide für eine Fortsetzung zu müde sind. Seine Frau hat sich ein eigenes Joyclub-Profil angelegt und seit seiner Rückkehr vollen Zugriff auf sein eigenes Handy und sie kontrolliert es täglich, nur den Zugriff auf das geschäftliche hat er mit Hinweis auf den Datenschutz abgewehrt und seine Schwäche und unser jetzt schon den dritten Tag andauernder Kontakt stimmt mich milde. Er fragt nach meinem Job und meiner Wohnung und schuldbewusst gestehe ich ihm die Adresse und bei genauer Beschreibung der Lage innerhalb der Straße stellt er lachend fest, dass er in dem gegenüberliegenden Haus aufgewachsen ist und ich nach seiner Ansicht in meinen Entscheidungen frei bin und ich atme erleichtert auf und wir sprechen miteinander, als ob es den letzten Monat nie gegeben hätte. Am nächsten Morgen schreiben wir weiter, bis er am Mittag in Danzig ins Flugzeug steigt und ich seine Meldung der guten Landung mit einem Herz kommentiere und ihm noch einen schönen Sonntag wünsche und dann zu meinem rücksichtsvollen Schweigen zurückkehre. Spät in der Nacht zeigt mein Handy seine eigene Nummer an, aber als ich angstvoll abnehme, ist der Anruf schon beendet.

Am Montag erhalte ich mittags eine private Nachricht. Er hat seit unserem Gespräch am Samstag noch einmal nachgedacht und findet es eine ziemlich eigenmächtige und linke Aktion von mir, jetzt nach Reutlingen zu ziehen, ohne ihn vorher in seine Entscheidung einzubeziehen, obwohl ich doch ganz genau weiß, dass das für seine Frau und ihn eine Belastung darstellt und er bei seiner Frau und seiner Familie bleiben wird. Ich soll meine Entscheidung rückgängig machen, das ist für alle besser. Die Art der Formulierung kommt mir zwar bekannt vor und ich weiss sofort, dass er das nicht selbst geschrieben hat, aber ich fühle mich verraten und schreibe zur Sicherheit an sein Joyclub-Profil, dass es sich wohl eher um eine Gehirn-OP als um einen Prozess des Nachdenkens gehandelt habe, wenn das seine eigenen Worte sind. Ich kann mich nicht einerseits von ihm fern halten und ihn andererseits in meine Entscheidungen einbeziehen, aber selbst wenn er nur schreibt, was man ihm aufträgt, nimmt er billigend in Kauf, mich gerade nach den letzten Tagen tief zu verletzen und ich habe keinerlei Chance, diese Entscheidung noch rückgängig zu machen - wäre eine bessere Lösung möglich gewesen, hätte ich sie vorher gefunden. Sofort ruft er an. Seine Telefone haben sich im deutschen Netz wieder synchronisiert und seine Frau hat die Anrufliste studiert, nachdem er eingeschlafen war und er bittet mich, die Nachricht irgendwie zu beantworten, damit sie Ruhe gibt. Ich werde mir etwas überlegen, aber erst am Abend finde ich eine Formulierung, die mir nicht gegen den Strich geht und schreibe nun auch eigentlich ihr an seine Nummer, dass ich mich nicht einerseits von ihm fern halten und ihn andererseits in meine Entscheidungen einbeziehen kann und dass ich das Einhalten von Versprechen wichtiger finde, als ihn in Entscheidungen einzubeziehen, die ihn nichts mehr angehen.

Ich finde den Text gelungen, aber er überzeugt anscheinend nicht, denn zwei Tage später schreibt seine Frau mir, diesmal unter eigenem Namen, dass wir die Anredefloskeln beiseite lassen können, aber hallo bitch sicher passend wäre. Meine Entscheidung ist das Niederträchtigste, was man tun kann, aber diese bösartige Aktion wird mir nichts bringen, Bernd und sie werden zusammen bleiben und sie haben liebevollen, grandiosen Sex zu zweit und das hirnlose rumgeficke mit mir und anderen ist Vergangenheit. Mein Leben in Reutlingen wird mir nur Einsamkeit bringen und ich werde das Schlechte doppelt und dreifach zurück bekommen und es wird mich hoffentlich in der Wilhelmstraße finden und gern kann ich die Nachricht an Bernd weiterleiten, er weiss davon.

Ich frage mich, wen sie mit ihrem Text überzeugen will, aber ihrem Vorschlag kann ich nicht widerstehen und sende Bernd die Nachricht in einer Mail und ent- schuldige mich augenzwinkernd für die neuerliche Störung, aber auftragsgemäß leite ich ihm meine psychologisch wirklich hochinteressante Post weiter und hoffe, dass nicht einmal irgendjemandes Leben von seiner Standhaftigkeit im Verhör abhängt, weil er mich nahezu täglich auf dem Altar seiner Bequemlichkeit opfert. Er entschuldigt sich äußerst zerknirscht telefonisch und ist dabei so charmant, dass ich dahin schmelze und lachend beteuere, dass es nun wirklich nicht an mir liegt, dass wir wieder fast täglich telefonieren und gebe zu bedenken, dass sie sich mit ihren Äußerungen nur selbst entblößt. Das findet auch er verwunderlich und unklug und ich frage ihn nach seiner Meinung zu dem viel zu hoch ausgestellten Scheck, den ich heute per Post für meine Küche bekommen habe, die ich auf eBay inseriert hatte. Wir erörtern die Details und kommen zu keinem vernünftigen Schluss, aber nach dem Ende des Gesprächs bin ich so beschwingt, dass ich mir eine kleine Auszeit gönne und mich für den Abend in der Oase anmelde, wohl wissend, dass Nobby408 das auf meinem Profil sehen wird.

6

Es ist in erster Linie ein Abschiedsbesuch und ich esse und rauche und quatsche mit Mexx, die mich in den letzten Wochen vermisst hat. Ein kleiner, magerer Typ von Ende 50 lässt mich nicht aus den Augen und nimmt meinen Gang ins Raucherzimmer zum Anlass, mir Feuer zu geben und mich mit starkem französischem Akzent anzusprechen und fortan nicht von meiner Seite zu weichen. Er ist amüsant und gebildet und wir setzen unser Gespräch an der Bar und dann im Außenpool fort und ich erzähle von meinem bevorstehenden Umzug und den Gründen dafür und er bringt mich zum Lachen und in der Sauna streichelnd zum Orgasmus und besteht am Ende des Abends aus purer Anbetung für mich. Meine Telefonnummer gebe ich ihm nicht, aber ich nehme seine und speichere sie unter Claude ab und werde mir überlegen, ob ich sie nutze.

Am nächsten Morgen unterrichtet mich die Bank darüber, dass der Küchenscheck gefälscht ist und sie Anzeige erstattet haben und bittet mich, die Küche nicht wieder zu inserieren, um die Ermittlungen nicht zu behindern. Die Hausverwaltung fordert mich auf, die Wohnung beim Auszug komplett zu streichen, anderenfalls werde sie das auf meine Kosten selbst durchführen, eine potentielle Pflegestelle für Filou löst sich in Nichts auf und ein vielversprechender Kunde sagt seinen Termin ab. Gegen Mittag bin ich der Verzweiflung nahe und überrasche Claude mit der Nachricht, dass ich sein Angebot für eine Verabredung im Paradise in der kommenden Woche annehme. Nobby408 erkundigt sich am späten Nachmittag nach dem Verlauf des Abends und es war eine ausgesprochen nette Veranstaltung, aber heute ist ein Katastrophentag und alles schlägt über mir zusammen, aber bis er am Abend genauer nachfragen kann, habe ich schon beim Packen von Kartons den Verdruss ausgeschwitzt und endlich eine Lösung für das Hundeproblem gefunden und bin kurzfristig auf Claudes Vorschlag eingegangen, ihn in der Neustadt zu treffen. Er hat mich zum Essen eingeladen und nach Hause gebracht und wir haben viel gelacht und gevögelt und ich ihn dann zum Gehen aufgefordert und erst um halb drei beschreibe ich Bernd, wie die Rückschläge des Tages mich von meinem hohen Ross des ich-habe-alles-super-im-Griff-Gefühls herunter geholt haben, aber in der Zwischenzeit habe ich das wichtigste Problem gelöst und ein neues Zuhause für Filou gefunden, das auch für mich einen tieferen Sinn ergibt, denn für den Sohn meines verstorbenen Freundes ist die Aufnahme von Filou eine Selbstverständlichkeit und nun werde ich Hals über Kopf am Wochenende nach Westfalen fahren und mein Krönchen sitzt wieder perfekt auf dem hoch erhobenen Haupt. Am späten Vormittag ist er sich nicht sicher, ob ich mit ihm über die Rückschläge reden mag, aber es gibt für mich nach wie vor nichts, über das ich mich nicht mit ihm austauschen will und ich bewege mich allmählich auch ein wenig auf dem berühmten Zahnfleisch, aber ich habe schon ganz andere Dinge bewältigt und er auch einiges um die Ohren und wir deklinieren lachend ich schaffe das, du schaffst das. Seine gute Nacht erwidere ich erst weit nach Mitternacht, weil Claude für den Abend ein Zimmer im Bellevue gebucht hat und wir dort gevögelt haben und aus dem Fenster auf das Dach gestiegen sind und im Mondschein auf die Elbe geblickt und Wein getrunken und geraucht und geredet haben, bis ich ihn tief betrübt über meinen Weggang dort zurück gelassen habe, weil ich Filou in dieser letzten Nacht mit ihm nicht allein lassen will. Am nächsten Morgen breche ich mit Bernds Wünschen für eine gute Fahrt und Filous Hausstand nach Westfalen auf und Martin, den ich seit der Beerdigung seines Vaters nicht mehr gesehen habe, und ich weinen uns durch den Tag und am späten Nachmittag fahre ich allein nach Hause.

7

Ich bekomme täglich nicht nur Besuch von Nobby408, sondern auch von LaLa_169, die ich unschwer als Bernds Frau identifiziere und in deren Profil die meisten von Bernds Vorlieben unter der Rubrik „Mag ich nicht so" gelistet sind und ich amüsiere mich über die Vorstellung, dass sie zu Hause in getrennten Räumen gleichzeitig mein Profil besuchen. Bei seinen Nachrichten bin ich innerlich zerrissen, weil einerseits giere ich nach jedem Lebenszeichen von ihm, andererseits hat die Kommunikation über Joyclub für mich einen demütigenden Beigeschmack und in meine Freude mischt sich immer wieder auch Zorn, was er gut verstehen kann und ganz klar als seine Schuld sieht, weil er mich nicht komplett aus seinem Kopf streichen kann und er bricht unsere Kommunikation wieder ab. Diese rücksichtslose Torpedierung meiner Standhaftigkeit nach seinem Gutdünken und die gleichzeitige Fortsetzung seiner Chatabenteuer über unser Paarprofil machen mich wütend, weil er unseren Traum von der

Zukunft einer Ehe geopfert hat, zu deren Rettung er selbst offensichtlich gar nicht beitragen will und ich lösche unser Paarprofil und ändere das Kennwort für mein eigenes und informiere ihn freundlich darüber und er antwortet barsch, dass ich tun soll, was ich für richtig halte.

Claudes liebevolle Aufmerksamkeiten sind Balsam für mein verwundetes Herz. Er lädt mich zu der Vorstellung eines Tanztheaters in Hellerau ein, zaubert eine Rose für mich hinter seinem Rücken hervor und bringt mir morgens Kaffee ans Bett, wenn er bei mir übernachtet und ich finde diesen kleinen Belgier und die durch meinen nahen Umzug von vorne herein auf zwei Wochen begrenzte Affäre unterhaltsam. Gleich zu Beginn habe ich ihn wegen der Fokussierung meines Herzens auf den einen anderen gewarnt und ohnehin ist auch er verheiratet und nur während der Woche beruflich in Dresden und sein Besitzanspruch und die aufscheinende Eifersucht, als wir gemeinsam das Paradise besuchen, sind mit meinen Neigungen nicht zu vereinbaren.

Meine Anmeldung zu dieser Veranstaltung beschert mir eine Nachricht von Bernd, der sich nach dem Abend erkundigt und hofft, dass er in der vergangenen Woche nicht zu negativ gewesen ist, aber seine Formulierung hat mich getroffen, weil ich mir vorher viele Gedanken darüber gemacht hatte, ihn nicht zu verletzen, indem ich es ihn selbst heraus finden lassen. Er kann sich seine Schroffheit selbst nicht erklären und fragt nach meiner Abschiedsparty in der vergangenen Woche und meinen Umzugsvorbereitungen. Auf den Tag ein Jahr nach seinem Weggang aus Dresden habe ich zu einem Umtrunk ins Café eingeladen und es war ein sehr schöner und berührender Abend mit fast 40 Gästen und vielen sehr persönlichen und mich überraschenden Geschenken und bis auf das Geschirr habe ich schon alles eingepackt und die Küche zu einem sehr niedrigen Preis an meine Nachmieterin verkauft und er bewundert meine wie immer gute Organisation. Als er zwei Tage später mit der Firma zu einem Betriebsausflug nach Slowenien aufbricht, rege ich augenzwinkernd an, für die damit voraussichtlich einhergehende Steigerung unserer Kommunikation auf ein weniger kompliziertes Medium zu wechseln und wir schreiben wieder Nachrichten über das Firmenhandy und am Abend ruft er an. Seine Frau hat sich mittlerweile eine Tracking-App heruntergeladen und verfolgt damit minutiös die Standorte seines Autos, seiner AppleWatch und seiner Handys und sein Aufenthalt in einem Hotel und in der Nähe des Flughafens an dem Tag, als ich die große Wolke über Stuttgart auf Facebook gepostet habe, hat sie unwiderlegbar davon überzeugt, dass wir uns an diesem Tag getroffen haben und er mich abends zum Flughafen gebracht hat. Ich bedaure, dass es nicht so gewesen ist, und erzähle von den Kartons, zwischen denen ich sitze, und der kribbelnden Aufregung über den bevorstehenden Neuanfang und auch von den Tagen mit Claude und angesichts der Situation findet er das verständlich.

Während Claudes Verzweiflung über meinen Weggang mein Postfach flutet, packe ich das Nötigste für die erste Woche in mein Auto und breche auf, den Rest wird die Spedition am nächsten Wochenende bringen, weil ich die Wohnung erst an diesem Sonntag übernehmen kann und gleich am Montag mit der neuen Arbeit beginne. Bernd wünscht mir morgens einen guten Start und als er mich nach einem mit Formalien angefüllten ersten Tag anruft und ich erzähle, dass ich morgen für die notwendigen Behördengänge freigestellt bin, lädt er mich zu einem Spaghettieis in der Mittagspause ein.

8

In meinem schönsten Kleid werde ich Bürgerin von Reutlingen und fahre nach Sindelfingen und streife durch das Einkaufszentrum, weil Bernd sich verspätet. Mein Herz beginnt zu trommeln, als ich ihn auf der Rolltreppe entdecke und obwohl wir uns beim Aufeinandertreffen nicht berühren, ist die Empfindung seiner Nähe unverändert und intensiv, und als wir einen Platz auf der Dachterrasse gefunden und bestellt haben, muss ich ihn einfach anfassen und wir sitzen Hand in Hand und reden, als ob seit unserem letzten Treffen nicht fast zwei Monate, sondern höchstens zwei Stunden vergangen sind, bis ich, schon dicht an ihn gekuschelt, lachend frage, was er denn eigentlich in dem Hotel gemacht hat, in dem wir beide uns in der Vorstellung seiner Frau getroffen haben. Er hat dort ein Schäferstündchen mit Sandra aus der Personalabteilung in Darmstadt verbracht, deren Avancen er bei einem Meeting im April erlegen ist und vor kurzem waren sie zusammen beim Swingerfrühstück im LaHuitre, für sie der erste und leicht verstörende Besuch in einem Swingerclub, und in den Hüften ist sie etwas breiter als ich. Unser Eis ist schon gegessen und die Mittagspause zu Ende und die ganze Ungeheuerlichkeit seiner Worte tröpfelt erst auf dem Rückweg in mich ein, aber ich spreche ihn abends am Telefon nur auf die Unangemessenheit seines Vergleichs an, den er ohne Umschweife als seine kleine Rache für Claude bezeichnet und ich muss über seine ungewohnte Boshaftigkeit schon wieder schmunzeln.

Nicht nur Bernd sondern auch Claude ruft mich jetzt jeden Tag an und auch die Telefonate mit ihm sind amüsant und geistreich und als ich zwei Tage später morgens für Claude entscheiden soll, ob er in den Zug nach Berlin oder in den nach Frankfurt steigt und heute zu mir und erst morgen zu seiner Familie fährt, lässt mich die unverhoffte Aussicht auf spannenden Sex, gutes Gras und angeregte Unterhaltung für die Fahrt in den Süden votieren und ausnahmsweise hoffe ich, dass Bernd nicht ausgerechnet heute seine Frau verlässt, aber ich beende unser abendliches Telefonat und diese Gefahr mit dem Hinweis auf die Ankunft des Zuges, in dem Claude sitzt.

Der strahlt, als er aus dem Zug und mir in die Arme fällt und wir testen mein temporäres, aufblasbares Bett auf seine Vögeltauglichkeit und machen ein Picknick auf dem Fußboden meines Wohnzimmers, das in seiner Leere noch an einen Ballsaal erinnert, und lachen und rauchen und trinken am Morgen den Kaffee, den Claude ans Bett bringt und er fragt, ob ich mir vorstellen kann, mein Leben mit ihm zu verbringen. Es ist eine schöne Frage vom falschen Mann und zum falschen Zeitpunkt und meine Verteidigungsschrift für die Standhaftigkeit meines Herzens erreicht ihn schon auf dem Weg zu seiner Familie und er antwortet mit seiner enttäuschten Hoffnung, mich nicht von meiner Leidenschaft für den anderen befreit zu haben. Am Nachmittag bringt ein Bote einen Strauß roter Rosen mit einem französischen Gruss und ich übersetze mühselig Wort für Wort und verstehe, dass er mir gern sein Herz auf einem Silbertablett überreicht und ich fühle mich schuldig. Zwei Tage später schreibt Bernd, dass er mich noch immer liebt und mich in der nächsten Woche unbedingt sehen und mit mir reden muss und wir verabreden uns am Dienstag zum Mittagessen.

9

Er steht schon mit zwei Kollegen vor dem Bürogebäude in Sindelfingen und kommt strahlend über die Straße und steigt in mein Auto, nimmt meine Hand und dirigiert mich souverän zu einem chinesisch-vietnamesischen Restaurant, das in Böblingen in der zweiten Etage eines etwas herunter gekommen wirkenden Werkgebäudes liegt und überraschend elegant und edel eingerichtet ist. Wir überfliegen die Speisekarte und entscheiden uns für Sauer-Scharf- und eine Reisnudel-Suppe und zwei Entenbrust-Variationen als Hauptgericht und plappern uns heiter und vertraut durch das Menü und erst beim Espresso frage ich ihn nach seinem Befinden und der geplanten Paartherapie. Die Situation zu Hause und seine Zerrissenheit sind unverändert und manchmal genießt er das familiäre Zusammensein und dann sehnt er sich wieder nach mir und der Therapeut hat gleich im ersten Gespräch eine Behandlung abgelehnt, weil Bernd sich sowohl die Fortsetzung seines Leben mit seiner Frau als auch einen Neuanfang mit mir vorstellen kann,. Dafür hat seine Frau jetzt eine Therapie begonnen, er unterhält sich lieber mit mir. Er begleicht die Rechnung und hilft mir in meinen leichten Mantel und auf dem Rückweg essen wir in einem Eiscafé in Sindelfingen noch ein Spaghettieis und scherzen in der Sonne über sexuelle Eskapaden und das Swingerfrühstück im LaHuitre und ich bringe ihn zurück zur Arbeit und fahre zur Zulassungsstelle nach Reutlingen und er freut sich mit mir über die wunderbaren zwei Stunden, die wir miteinander verbracht haben.

Zwei Tage später nimmt Claude wieder den Umweg über Reutlingen, um von Dresden nach Kiel zu gelangen und nach seiner Abfahrt wird mir bewusst, dass auch ich mir allmählich Gedanken über Entscheidungen machen muss. Auf der einen Seite dieser quirlige und ideenreiche Nonkonformist, der keine Gelegenheit versäumt, seine Anbetung für mich in Taten umzusetzen. Vielleicht wird sich aus meiner Zuneigung zu ihm auch einmal Liebe entwickeln, aber derzeit spiele ich leichtfertig mit seinen Gefühlen. Auf der anderen Seite Bernd, bei dem mein Herz zu Hause ist, der aber bewegungslos in seinem Dilemma verharrt und keinen Schritt zur Verbesserung seiner Lage unternimmt, der weder auf mich noch seine Frau Rücksicht nimmt und trotzdem selbst daran zu zerbrechen droht. Am Sonntagabend lasse ich ihn wissen, dass ich ihn immer in meinem Herzen tragen werde, aber zur Liebe auch die Akzeptanz gehören muss, dass man selbst nicht Bestandteil des Lebens des Anderen ist. Ich erhalte keine Antwort, aber zwei Tage später löscht er sein Profil im Joyclub und und ich fühle mich durch die Kaltblütigkeit seines plötzlichen Umschaltens auf die Rettung seiner Ehe abgestoßen, aber in meiner Entscheidung bestätigt. Nach einer Woche schickt er mir ein Bild des Himmels über Reutlingen und fragt, ob ich die Wolke schon gesehen habe und ich bin fassungslos über diese unangemessene und erbärmliche Nachricht und bleibe standhaft und antworte nicht.

In der kommenden Woche nehme ich an einem Seminar in einem Hotel nördlich von Stuttgart teil und Claude fährt am Donnerstag ohne Umwege nach Haus, aber wir telefonieren jeden Abend stundenlang. Vergeblich sucht die Kollegin im Zimmer nebenan im Fernsehen nach einem Film, der meine Lachanfälle erklären kann und ich freue mich in der Woche danach, dass er drei Tage bleibt und mich am Abend mit einem warmen Essen empfängt, wenn ich von der Arbeit nach Hause komme. Allmählich fühle ich mich unwohl bei dem Gedanken, dass wir uns nach diesem Treffen den ganzen August nicht sehen werden, weil er mit seiner Frau in den Urlaub fährt und sie ihn anschließend in Dresden besuchen will.

10

Fast drei Monate sind seit der Maikatastrophe vergangen und fast drei Wochen seit Bernds letzter Nachricht, aber LaLa_169 besucht mein Joyclub-Profil jetzt schon mehrmals am Tag und seit kurzem habe ich mit RTSwing einen neuen regelmässigen Besucher, dessen Physiognomie auf Bernd passt und der nicht gerade dumm und zu meiner Erheiterung immer ehrlich ist und in einer offenen Beziehung lebt. Der 8. August ist meine persönliche und Bernd bekannte Deadline für sein Kommen, aber er vergeht ohne ein Zeichen von ihm und am Abend stoße ich mit einer Freundin, die in der Nähe zu Besuch ist, in einem Restaurant in Bebenhausen auf die berndlose Zukunft an. Es ist an der Zeit, dass ich meine neue Umgebung auch ohne ihn entdecke und so füttere ich am Samstag mein Navi mit der Adresse des Museum Ritter in Waldenbuch, das sich dem Quadrat in der Kunst des 20. und 21. Jahrhunderts widmet und gerade als ich den Eintritt entrichtet habe, klingelt mein Telefon und wehrlos gegen das Porträt auf dem Display nehme ich Bernds Anruf an.

Er ist auf dem Weg nach Indien und ich kann noch meinen Aufenthaltsort stammeln, bevor ich in Tränen ausbreche und das Telefonat beende, um mein haltloses Schluchzen in der Eingangshalle des Museums unter Kontrolle zu bekommen. Seine kurze Nachricht über sein tiefes Bedauern und der entschuldigende Hinweis auf seine Neugier über mein Befinden lässt meine unterdrückte Trauer und Frustration aus mir herausbrechen und ungeschönt und bitter von der Verzweiflung über das Verstreichen meines Ultimatums und der Rücksichtslosigkeit, mit der er mich wiederum nach seinem Gutdünken ans Tageslicht zerrt, schreiben. Erst nach einem Rundgang durch die schöne und gut gehängte Sammlung des Museums habe ich mich wieder beruhigt und sende noch ein paar versöhnliche Worte und die Vermutung, dass er es so genau vielleicht doch nicht wissen wollte, aber nach seiner Ankunft in Indien viele Stunden später widerspricht er und schreibt, dass er es ganz im Gegenteil so genau wissen wollte. Die dann eintretende Stille irritiert mich und am Abend des folgenden Tages komme ich mit dem Ausfall unseres Gespräches nun doch nicht zurecht und das können wir ändern, wenn er anrufen darf. Anderthalb

Stunden sprechen wir über die Reise, die Ausstellung, unsere Arbeit und die Koffer, die er daheim entweder selbst packen soll oder die manchmal schon für ihn bereit stehen, und das Löschen seines Profils auf das Verlangen seiner Frau hin, dann muss ich schlafen und er aufstehen. Die Wartezeiten auf seinem Rückflug am Abend verkürzen wir mit dem intensiven Austausch von Nachrichten. Vor dem letzten Termin des nächsten Tages schaue ich mir die Festung Hohenasperg an und sende ihm ein reich mit Wolken besetztes Panoramabild des Ausblicks von dort mit dem Vorschlag eines Telefonats auf dem Rückweg, den er annimmt und endlich bricht der Damm und er schüttet mir sein Herz aus, auf der Rückfahrt; bei einigen Zigaretten auf dem Parkplatz; auf meinem kurzen Fußweg zur Wohnung; während ich mir ein Brot mache und wir uns beide ein Glas Wein einschenken; auf dem Sofa, während er bügelt. Vier Stunden lang und schon nach der ersten wandelt sich meine Meinung über seine vermeintliche Rücksichtslosigkeit und ich begreife wieder seine Einsamkeit, außer mir niemanden zum Reden zu haben und verspreche ihm, dass er sich jederzeit bei mir melden darf. Sein ganzes Leben ist jetzt der Kontrollierbarkeit untergeordnet, der Termin der Geschäftsreise nach Indien mit dem mehrtägigen Ausflug seiner Frau zu einer Freundin in Potsdam koordiniert, damit er ihre Abwesenheit nicht zu einem Treffen mit mir nutzt. Jeder im Freundeskreis des Paares ist über sein Fehlverhalten genau informiert und jedes gesellige Zusammensein durch seinen Paria Status wie ein Spießrutenlauf und die Frauen, die mich in der Stadt abschätzig mustern, sind mit Sicherheit Freundinnen seiner Frau. Das penetrante Wiederkäuen seiner unbedachten Bemerkung vor langer Zeit, dass für ihn auch ein Leben ohne Kinder vorstellbar gewesen wäre. Und immer wieder der Vorwurf, sich mit mir in dem Hotel in Stuttgart getroffen zu haben, vor kurzem hat sie sogar betrunken seinen Autoschlüssel entwendet, um mitten in der Nacht zu diesem Tatort zu fahren und hat sein Auto dann irgendwo am Straßenrand stehen und sich von einer Freundin abholen lassen, er hat es jetzt einfach zugegeben, weil er mittlerweile schon fast selbst daran geglaubt hat. Und manchmal findet auch sie, dass er und ich wahrscheinlich besser zusammen passen und er doch gehen soll, um ihn im nächsten Moment anzuflehen, dass er sie nicht verlassen soll. Und trotzdem seine Unfähigkeit zur Bewegung und die langsam aufsteigende Erkenntnis, vielleicht doch der Empfehlung seines Hausarztes zu folgen und selbst eine Therapie zu beginnen, obwohl die seiner Frau nach seinem Empfinden nur ihre Aggression gegen ihn jedes Mal aufs Neue anstachelt und er sich mit neuen Vorwürfen konfrontiert sieht. Aber das Reden mit mir tut ihm gut und ich berichte aus meiner eigenen Erfahrung, dass die Gespräche mit einem Therapeuten zu Beginn zwar anstrengend und aufwühlend sind, aber einiges in Bewegung bringen, und verspreche ihm meine Unterstützung bei dem Vorhaben.

Vom Ballast befreit wenden wir uns leichteren Themen zu und ich lasse mir von seiner Handykamera das Innere des Hauses zeigen und wundere mich insgeheim über den Mangel an Zeichen der Persönlichkeit oder des Lebens seiner Bewohner und scherze darüber, dass wir angesichts der noch bis morgen andauernden Abwesenheit seiner Frau auch direkt miteinander hätten sprechen können, aber seine Aufforderung zu einem Besuch bei ihm meint er ernst. Seine Tochter ist gerade in den USA und sein Sohn hat sich schon in seine Wohnung im Keller zurück gezogen, aber diese ultimative Provokation, direkt in das Revier seiner Frau einzudringen, ist für mich undenkbar und erscheint mir auch für ihn zu riskant, weil bestimmt wieder wie im April die Nachbarin mein Auto oder sogar mich sieht und das Risiko der Entdeckung ist doch viel geringer, wenn er zu mir kommt, aber auf diesen Vorschlag geht er nicht ein und bügelt weiter. Als er das letzte Hemd zusammen legt und die Hintergrundgeräusche seines Räumens nicht enden wollen und ich nach der Ursache frage, packt er ein paar Sachen für die Nacht zusammen und im ersten Moment ungläubig und dann hemmungslos brandet Freude in mir auf und seine Fahrt zu mir nutze ich für eine schnelle Dusche und schlüpfe in mein neues Wickelkleid und schöne Schuhe.

Mit dem Finger schon auf dem Türöffner drücke ich den Knopf, sobald sein Gesicht auf dem Display neben der Tür erscheint und lausche mit klopfendem Herzen seinen Schritten auf der Treppe. Er strahlt wie immer, fühlt sich aber erst einmal völlig überfordert und ich nehme seine Hand und führe ihn zum Sofa und gieße uns ein Glas Wein ein, während er sich anerkennend umschaut und sich entspannt, und einige intensive Küsse später zeige ich ihm den Rest der Wohnung und im Schlafzimmer finden wir schnell heraus, dass unsere Körper sich nicht vergessen haben. Mit großer Selbstverständlichkeit nimmt er mich zum Schlafen in den Arm und in diesem Moment verschwinden das Gestern und der Morgen und nur mein Zuhause in der Geborgenheit seiner Umarmung hat jetzt und immer Bestand und ich verabschiede mich von der Vorstellung, jemals Abstand von ihm gewinnen zu können und schlafe friedlich ein.

11

Ohne Frühstück schlüpft er früh am Morgen aus dem Haus und fährt zwei Tage später mit seiner Frau in einen Kurzurlaub nach Österreich, aber mein Frieden hält und ich kämpfe nicht mehr gegen meine Gefühle an. Wir schreiben uns täglich, weil meine Existenz ohnehin auch in der Ferne jeden Tag thematisiert wird und seine Frau über den Account ihrer besten Freundin meine Facebook-Einträge verfolgt und stets abschätzig kommentiert. Sie selbst habe ich zwar blockiert, poste aber öffentlich, damit Bernd daran teilnehmen kann und ihre anhaltende Neugier stachelt meinen Ehrgeiz bei der Gestaltung enorm an. Ich finde ihr Verhalten bei allem Verständnis für ihre Verletzung unklug und nicht zielführend und ihr Beharren auf meiner alleinigen Verantwortlichkeit für die Situation absurd und meine Zurückhaltung angesichts seiner Inkonsequenz nutzlos. In mir reift ein neuer Plan und er passt gut zu Bernds Traum in seiner letzten Nacht im Urlaub. Er hat seinen Job gewechselt und bei der Firma in Hamburg angefangen, bei deren Veranstaltung wir im letzten Jahr waren, und auch ich habe mich dort für eine Stelle im Vertrieb beworben und er hat das gespannt verfolgt und war total glücklich, als sie mich genommen haben, aber dann ist er aufgewacht. Ich fand schon immer, dass er ein sehr schlaues Unterbewusstsein hat, weil ich ihm gerade augenzwinkernd vorschlagen wollte, mit mir durchzubrennen, und von mir aus kann es losgehen, obwohl es in Hamburg immer regnet und mit leichtem Bedauern erinnert er mich an seinen Hang zur Vernunft.

Ich aber fühle mich in einer zeitlichen Zwickmühle gefangen, denn Claudes misslungener Urlaub ist zu Ende und auch beim Besuch seiner Frau in Dresden schreibt er immer wieder, dass er die Ehe beenden und mit mir leben möchte. Dezent versuche ich ihn zu bremsen, weil ich mir zwar ein Gelingen vorstellen kann, aber das vorprogrammierte und ihn verletzende Chaos fürchte, wenn seinen Worten Taten folgen und Bernd sich dann doch irgendwann noch zu einer Entscheidung für mich durchringen kann. Ich will eine tragfähige Lösung meines Konflikts erzwingen, bevor Claude in der nächsten Woche für ein paar Tage zu mir kommen und mir dann seine Heimatstadt Brüssel zeigen will.

In dieser Woche bin ich wieder zur Schulung im Seminarhotel und Bernd hat die schöne Idee, mich am Donnerstag dort in der Mittagspause besuchen zu kommen. Ich lasse ihn wählen, ob er sich meinen eigenen, umfassenderen Vorschlag dabei persönlich anhören oder sich schon vorab darüber Gedanken machen und dann dort oder vielleicht auch nie wieder mit mir darüber reden möchte. Angesichts meiner geheimnisvollen Formulierung und seiner Neugier wählt er für die Übermittlung den Dienstagmorgen und ich schicke ihm meine Aufforderung zusammen mit einem YouTube-Link zu einer Interpretation von „The Scientist" und auch Willie Nelson findet, dass „nobody said it was easy, it's such a shame for us to part".

Ich habe etwas unruhig geschlafen, dafür den Orion ganz hell, klar und nah von meinem Bett aus betrachten können. Bei Sonnenaufgang erscheint mir das Folgende zwar vielleicht doch ein bisschen unvermittelt, aber wiederum stellt sich ganz ohne Vorwurf an ihn die Frage, was wir beide derzeit eigentlich so treiben. Für mich kann ich ohne Übertreibung sagen, dass ich mich allumfassend nach ihm verzehre. Meine Liebe zu ihm ist zwar absolut erwartungs- und bedingungslos, aber etwas habe ich bisher doch versäumt, um zu erreichen, dass sie durch ein gemeinsames Leben auch vollendet wird. Ich wollte ihm immer die Freiheit lassen und mir nicht anmaßen, diese wichtige Entscheidung von ihm zu fordern oder für ihn zu treffen, aber vielleicht hätte ich früher erkennen und akzeptieren müssen, dass ihn das überfordert und ich kann das mittlerweile auch verstehen. Andererseits erweckt es auch ein bisschen den Anschein, als ob ich mich in diesem Punkt aus der Verantwortung stehle, aber eine Entscheidung, von der er nach fast fünf Monaten nicht überzeugt ist, kann in meinen Augen nicht die richtige sein. Die von ihm verlangte Königsdisziplin Monogamie ist nicht die seine und sein Interesse an neuen Dingen und Ideen nicht auf den sexuellen Bereich beschränkt und ich fordere ihn dazu auf, am Ende der Woche mit seinen Siebensachen zu mir zu kommen, um mit mir zu leben und ich teile die Verantwortung für diesen Schritt mit ihm, ich

übernehme sie auch ganz, ich hole ihn auch ab ...
whatever he needs.

12

Spontan schießt ihm durch den Kopf, dass er das
nicht schafft, dann, dass er darüber nachdenken
muss und ich bin froh, ihm die Zeit dafür gegeben
zu haben. Seine zweite Urlaubswoche ist ausgefallen,
weil seine Frau sich mit einem Anwalt verabredet hat
und unbedingt deswegen zurück kehren wollte, und
unter diesem Aspekt bereitet er lieber ein Meeting vor,
das in der nächsten Woche von Montag bis Mittwoch in
Darmstadt statt finden wird. Ich entgegne augenzwinkernd, dass ich an diesen Tagen Urlaub habe, aber
er geht nicht darauf ein. Am Donnerstagmittag wandern
wir Hand in Hand durch die Wiesen rund um das
Tagungshotel und sitzen lange in der Sonne auf einer
Bank und sprechen mehr über die von seiner Frau
angedrohten Kosten der Trennung und den von ihm
erwarteten Rauswurf am Abend als über mein
Ultimatum, und unsere Intimität ist nahezu greifbar und
ich empfinde uns unabhängig von unserer Leidenschaft
auch als beste Freunde, aber bin mir der Unmöglichkeit
dieser Variante mindestens durch die Eifersucht der
Anderen nur zu bewusst. Gern kann und wird er am
Abend hierher und zu mir zurück kommen, wenn seine
Entlassung aus der Häuslichkeit wahr wird, aber der
Abend verläuft für ihn nur schweigsam und längst
schläft er wieder allein.
Als ich nach dem Ende des Seminars spät am
Freitagnachmittag zurück nach Reutlingen fahre, macht
auch er Feierabend und wir treffen uns auf einem
Parkplatz an der B27 und knutschen zärtlich und
hungrig in seinem Auto miteinander, aber dann muss er
nach Hause und ich folge langsam seinem Wagen,
weinend und wütend. Kurz vor Mitternacht erlöse ich

ihn von meiner Aufforderung, weil es für mich bei unserem nachmittäglichen Stelldichein fast mit Händen greifbar war, dass ein Leben mit mir mindestens mittlerweile für ihn nur noch eine akzeptable Notlösung für den Fall seines Rauswurfs ist und er das in seinem Inneren eigentlich nicht will. Aber ich unterschätze die Magie und Anziehungskraft, die ich auf ihn ausübe, und ein Leben mit mir ist nach wie vor die beste Lösung, die er sich vorstellen kann, aber ihm fehlt der Mut zum entscheidenden Schritt und er kennt und versteht sich so nicht. Ich setze also das Ultimatum wieder in Kraft und sende ihm einen Spruch von Cornelia Funke, die mit 16 gern gewusst hätte, „dass das Einzige, was zwischen uns und dem eigenen Leben steht, die eigene Angst ist, und dass man sie nicht füttern darf, indem man ihr nachgibt ... und dass es keine Veränderung gibt, ohne dass man dafür mit Angst bezahlen muss, und wie wunderbar glücklich und frei es macht, Dinge zu tun, vor denen man sich fürchtet", den ich seit zwei Monaten für ihn aufhebe und ich rege ihn an, es mit einem anderen Blickwinkel zu versuchen. Wie würde er in anderem Zusammenhang oder für andere Interessen handeln, was würde er seinem besten Freund raten? Ich selbst kann ihm augenzwinkernd nur noch eine Excel-Tabelle mit allen Vor- und Nachteilen machen oder seine Entführung anbieten und er wird darüber nachdenken und es tut ihm leid, dass er es uns so schwer macht und er ist so müde und schläft ein.

13

Der Samstag bringt ihm offenbar keine neuen Erkenntnisse, denn ich höre nichts von ihm und schreibe in der Nacht an meinen Herzaller-liebsten, dass ich zwar gerade das Glück hatte, eine Sternschnuppe zu sehen und ihr einen entsprechenden Wunsch hinterhergeschickt habe, aber nicht so naiv bin, zu glauben, dass er in den frühen Morgenstunden sein persönliches Pfingstfest erlebt und der Mut über ihn herein bricht wie der heilige Geist über die Jünger Jesu. Zwei Dinge sind mir heute eingefallen, die vielleicht nicht jedem so selbstverständlich vor Augen stehen wie mir: Wir haben nur ein Leben und es ist endlich und er muss keine Schuld abbüßen. Vielleicht ist es aber auch viel einfacher und das Gefühl für seine Frau ist stärker und die vermeintlich bessere Wahl eines Lebens mit mir ist eine eher vernunftbasierte, dann macht er das Richtige, muss aber besser darin werden. Wie immer bin ich mehr in Sorge um ihn als um mich, deswegen wiederhole ich, dass er auf sich aufpassen, sich um sich kümmern und sich helfen lassen soll. Ich fühle mich immer noch versucht, mich für meinen Mangel an Geduld zu entschuldigen, obwohl er der einzige Mensch ist, mit dem ich jemals so viel Geduld hatte. Ich habe ihm die Entscheidung gegen sich auferlegt, die ich selbst nicht treffen konnte, weil ich nicht mehr allein leben möchte und der Anbetung Claudes und seines Drangs, sein Leben für mich zu ändern, nicht mehr entgegen zu setzen habe als eine vage Hoffnung. Er weiß, ich liebe ihn, und ich weiß, er liebt mich und vielleicht haben wir damit doch mehr erreicht als viele andere. Ich werde versuchen, ihm weiterhin eine Freundin zu sein, aber das kann ich nicht versprechen und bitte ihn um Verzeihung, wenn ich das nicht realisieren kann.

Später in seiner unruhigen Nacht schreibt er von seiner Wut. Er ist wütend auf sich, wegen seiner Unfähigkeit, sich zu bewegen und er fühlt sich regelrecht gelähmt. Und er ist wütend auf mich, weil ich ihn einfach fallen lasse, aber er muss meine Entscheidung akzeptieren und hofft, dass es die richtige für mich ist. Er liebt mich und bittet mich, zu ihm zu kommen, wann immer ich etwas auf dem Herzen habe. Angesichts unserer Historie trifft mich sein ungerechter Vorwurf tief und ich bin entrüstet, denn ich lasse ihn nicht fallen, ich sehe nur ein, dass auch ich ihn nicht bewegen kann und wir beide Schaden nehmen, wenn wir weiterhin an ihm herum zerren. Ausnahmsweise bin ich mir nicht sicher, ob ich das Richtige tue, aber die Entscheidung, von der ich absolut überzeugt war, ist aus Gründen, die ich nicht zu vertreten habe, nicht umsetzbar und am nächsten Morgen ist er ruhiger und bittet mich, ihm nicht zu grollen.

Gedanklich bei dem Daheimgebliebenen wandere ich tränenblind durch die Staatsgalerie in Stuttgart und schließe am Abend trotz oder wegen dem Chaos in unseren Herzen unseren Dialog und stelle ihm als Freundin einige Fragen. Ihm geht es offensichtlich nicht gut, aber warum ergreift er keine Schritte, um das zu ändern? Warum ist er angesichts unserer Dialoge der vergangenen Tage nicht auf das Angebot meiner Begleitung nach Darmstadt eingegangen? Ist ihm Sandra so wichtig? Was bewegt ihn in dieser Situation dazu, sich dem Diktat seiner Frau über Bleiben oder Rauswurf einfach nur zu beugen? Warum macht es ihn wütend, wenn ich meine ausreichend angekündigte Handlung umsetze, nachdem er die ihm eingeräumte absolute Priorität nicht nutzen kann? Sein aktuelles Verhalten schadet ihm - den anderen zwar auch, aber darum geht es mir nicht. Er soll sich in Darmstadt ein wenig vergnügen und ich werde meinen Besuch empfangen und nach Brüssel fahren und mich danach wieder bei ihm melden, weil wir zusammen Mittag essen gehen wollen.

Er findet meine Fragen berechtigt und gibt mir wegen der angemahnten Fürsorge für ihn selbst Recht. Wahrscheinlich noch nie in seinem Leben war er so zerrissen und dringend benötigt er mehr Klarheit für sich selbst und er bedauert, dass ich die Leidtragende bin und wünscht auch mir schöne Tage. Wenn ich meine Meinung noch ändere, soll ich in den kommenden Tagen einfach ein Photo von einem meiner Darmstadt-Besuche auf Facebook posten und entsprechend kommentieren und diese Idee ist auch mir schon in den Sinn gekommen, aber dieser letzte Griff zum Strohhalm unfairen Verhaltens ist mir innerlich zuwider und die Angst vor seiner immerhin vorstellbaren Verärgerung zu groß. Er hinterfragt die Ernsthaftigkeit von Claudes Bemühen und ich schildere meine gegenteilige Sorge über dessen rasante Bereitschaft einer Änderung seines Lebens und die ihm von mir drohende Gefahr eines Herzbruchs durch meine mangelnde Widerstands- fähigkeit gegenüber Bernd. Seiner Aufforderung zum Ausbremsen kann ich nur kopfschüttelnd mit der Diagnose begegnen, dass er derzeit eine einzige Katastrophe ist und seine Bestätigung, ein emotionales Wrack zu sein, vertieft meine Sorge um ihn und wir schreiben doch wieder einfach weiter und folgen dabei meinem Wunsch, seiner Frau in Zukunft einen Namen zu geben.

14

Claudes Freude über meinen Anblick am Stuttgarter Hauptbahnhof ist unbeschreiblich, aber ich merke schon in den ersten Stunden seines Besuches, dass mein aufkeimendes Gefühl für ihn die vier Wochen seiner zehrenden Abwesenheit und die ihm unbekannten emotionalen Turbulenzen der letzten Tage nicht überstanden hat und die Überzeugung der Erreichbarkeit einer Zukunft mit ihm verschwunden ist. Bernds morgendliche Frage, wie unsere Pläne für den Dienstag aussehen, beantworte ich sarkastisch damit, dass ich offenbar nichts unversucht lasse, um mich in ihn einfühlen zu können und ich mich nur mühsam beherrsche, meinem Impuls nachzugeben, Claude rauszuschmeißen, die Wohnung zu putzen und ein schönes Bild von Darmstadt zu posten. Meine gleich anschließende Entschuldigung für diese unkluge Bemerkung findet er mit vielen Küssen versehen nicht notwendig, aber erst am Abend finde ich den Mut zur

Offenheit gegenüber einem tief verstörten Claude. Der guten Nacht, die ich Bernd anschließend wünsche, und seiner Erwiderung schicke ich die frivole Bemerkung hinterher, nur das Putzen auf den nächsten Tag verschoben zu haben und präzisiere am nächsten Morgen aufgrund seiner Nachfrage, dass ich Claude gerade beim Packen zuschaue, und er findet das krass, aber aus meiner Sicht bin ich schuldhaft viel zu spät dran, weil ich der Verlängerung dieser Affäre über Dresden hinaus aus Gründen der Fairness hätte widerstehen müssen. Claude schleicht bedrückt auf eigenen Wunsch allein zum Bahnhof und ich fühle mich einfach nur unendlich erleichtert, bringe die Wohnung auf Hochglanz und verabrede mich für Freitag mit Bernd zum Mittagessen und bedaure insgeheim meine Korrektheit, dem letzten Punkt meines Impulses nicht gefolgt zu sein.

15

Das Wetter ist herbstlich und schön, als ich ihn um halb 12 abhole und wir zum Katzenbacher Hof fahren und nebeneinander in der Sonne auf einer Bierbank Flammkuchen essen und Radler trinken und immer wieder Küsse tauschen. Seine schönen Hände sind von seiner Neigung zum Nägelkauen übel entstellt und zärtlich tadele ich das Vergessen seiner Therapeutenliste und gebe ihm einen Hinweis auf die in meinen Augen recht sanfte Methode der Aufstellung und schicke ihm den Link zu der Homepage einer Veranstalterin im nahen Odenwald, bei der ich selbst vor einigen Jahren einmal teilgenommen habe. Er bringt mich auf den neuesten Stand seines Arbeitslebens und warnt mich lachend vor dem für morgen geplanten Besuch des Weinfestes direkt vor meiner Tür und ich erzähle von meinem für den Nachmittag verabredeten Treffen mit Dresdener Freunden in Böblingen und lade ihn scherzhaft ein, nach seinem Meeting dazu zu stoßen, denn wir müssen auch schon wieder aufbrechen, damit er es nicht verpasst. Tatsächlich meldet er sich gegen vier und ich nenne ihm die Adresse und meine schon fast im Fortgehen befindlichen Freunde warten neugierig mit mir und tauschen höflich noch ein paar Worte mit ihm, der gleich nach seiner Ankunft nach meiner Hand greift und liebevoll bemerke ich seine ungewohnte Nervosität. Dann sitzen wir allein wieder mit unseren hungrigen Körpern hilflos nebeneinander und trinken heiße Schokolade, bis ich schelmisch nach Pornokinos in der Nähe frage und er zwischen den zwei ihm bekannten das größere wählt und wir eilig aufbrechen.

Beim Betreten weise ich meinen liebsten Katholiken lachend darauf hin, dass wir einst in der Hölle schmoren werden, und in der verschließbaren, aber nach oben offenen Kabine, über deren Ränder die Köpfe unserer Zuschauer lugen, reißen wir uns hastig die Kleider vom Leib und sein Schwanz gleitet wohlvertraut in mich und ich genieße seine Stöße und knie mich dann vor ihn hin und nehme den lang Vermissten in meinen Mund und bringe ihn, wie er es liebt, zum Spritzen und lege mich auf die schmale Liege für seine Revanche. Erleichtert, aber nicht satt, trennen wir uns auf dem Parkplatz und brechen beide nach Reutlingen auf, aber auf halber Strecke gebe ich den Ehrgeiz auf, seiner ungewohnt halsbrecherischen Fahrt zu folgen. Meine Liebe ist definitiv sein forever und wie immer haben wir jeden Moment miteinander genossen, aber über seine Freude an unserem noch immer normalen Umgang miteinander muss ich wegen der sicher nicht in allen Augen passenden Vokabel doch schmunzeln.

Am Samstag tauschen wir uns über Baumärkte und meine Beseitigung der Verstopfung meines Dusch-abflusses aus und ich wünsche ihm einen schönen Abend und versichere ihm augenzwinkernd, dass ich als Asyl bereit stehe, wenn die Veranstaltung so furchtbar wie von ihm befürchtet wird. Bei meinem Gute-Nacht-

Wunsch äußere ich die Hoffnung, dass er der nassen Kälte glücklich entronnen und gut wieder zu Hause angekommen ist, was er mir um halb eins etwas wortkarg bestätigt, ohne jedoch meinen Wunsch zu erwidern. Eine Stunde später ruft er an und steht mit seiner Sporttasche vor meiner Tür.

16

Beide sind wir von seiner Ankunft überwältigt und ich berge ihn in meiner festen Umarmung, bevor ich ihn wortlos zum Sofa führe und ihm ein Glas Wein in die Hand drücke, an dem er vorsichtig nippt. Auf dem Weinfest war es trotz der Kälte und der Vorbehalte der Bekannten ihm gegenüber eigentlich ganz schön, aber dann ist es zu Hause zum Streit gekommen, weil er übermütig mit dem Fahrrad eine Abkürzung genommen hat und vor ihr zu Hause war. Kati hat sein Bettzeug aufs Sofa geworfen und sich im Schlafzimmer eingeschlossen und seine Verdrossenheit über die Situation ließ sich auch nicht durch den Sport im Fernsehen besänftigen und er hat seine Tasche gepackt und ist zu mir gefahren. Es ist schon fast drei Uhr als wir zu Bett gehen und uns einfach nur aneinander kuscheln und sofort erschöpft einschlafen, trotzdem erwachen wir um fünf mit Lust aufeinander und gerade, als wir befriedigt weiterschlafen wollen, klingelt es um sechs Uhr an der Haustür. Die Kamera ist so hoch aufgehängt, dass ich auf dem Display nur den blonden Scheitel der kleinen Frau sehe, aber wir wissen ohnehin und auch ohne die begleitenden Anrufe und Nachrichten auf Bernds Telefon, wer da eine Stunde lang Sturm klingelt, während wir durch die Wohnung tappen und fieberhaft nach dem Ausschalter der Klingel suchen und dabei langsam und nicht ohne Scham der auch dieser Situation innewohnenden Komik erliegen. Als um sieben Uhr Ruhe einkehrt, gehen wir zurück ins Bett und schlafen noch ein wenig, bis ich aufstehe und uns ein Frühstück bereite und das gemeinsame Essen, der Tee und die Ruhe, die ich ausstrahle, besänftigen seine Nervosität. Ungelenk stehen wir dem Beginn unseres gemeinsamen Lebens gegenüber und betrachten das überraschende Geschenk des gemeinsamen Sonntags, aber mein ursprünglich geplanter Ausflug zum Tag des offenen Denkmals in Ulm erscheint mir für die Situation unpassend und hätte zudem einen frühen Aufbruch erfordert und so schlage ich trotz des kühlen Wetters zur Befreiung unserer Köpfe einen Spaziergang vor. Auf der Fahrt zur völlig von Nebel verhüllten Hohenzollern Alb werden wir gleich zweimal beim Überschreiten der zulässigen Höchstgeschwindigkeit erwischt, aber sonst ist seine Fahrweise ruhig und zuverlässig wie immer und er erzählt mir von der Gegend und seinen Erlebnissen dort. Lachend und fluchend kämpfen wir uns vom Parkplatz durch die klamme Feuchtigkeit Hand in Hand den steilen Berg hinauf und besichtigen die düstere Burg, weisen uns gegenseitig flüsternd auf die uns auffallenden Besonderheiten der Exponate hin und trinken in der Gaststätte noch ein Bier.

Durchgefroren kommen wir nach Hause und ich mache uns einen heißen Kakao und er ist jetzt nervös, nachdenklich und unruhig und ich krame aus meinem Spielekoffer die Schachfiguren und fordere ihn auf, sich aus diesen Stellvertreter für die Personen zu wählen, die für sein Leben von Bedeutung sind. Er braucht nicht viele, einen König, zwei Damen, zwei Bauern und einen Turm und er platziert sie erst zögerlich und dann sehr souverän auf dem Tisch, den König in der Mitte, die beiden Damen in exakt gleichen Abständen davon und hinter die weiße Dame die beiden Bauern und hinter diese den weißen Turm. Das Tableau ist für mich leicht verständlich, aber ich lasse es mir von ihm erläutern und finde meine Vermutung bestätigt, dass der Turm seine Mutter repräsentiert. Als ich ihn noch Figuren für seinen Vater und Sandra aussuchen und aufstellen lasse, landen diese weit abgeschlagen am Rand des Tisches und haben für ihn für das Zentrum des Geschehens keine Bedeutung. Ich schiebe den König an die weiße Dame und die hinter ihr stehende Gruppe heran und lasse das neue Arrangement auf ihn einwirken, dann stelle ich den König an die Seite der schwarzen Dame und frage nach seinem Empfinden. Sofort ordnet er die gegenüberliegende Gruppe neu und stellt seine Kinder von uns aus gesehen vor seine Frau und noch davor seine Mutter und auch diese Anordnung beeinträchtigt sein Wohlgefühl nicht, bedeutet aber mehr Arbeit für ihn. Ich räume die Figuren beiseite und wir spielen im Bett mit uns weiter und als er nach kurzem Schlaf in meinen Armen aufwacht, sehe ich an seinen Augen, dass er nicht bleiben kann und er ist dankbar, dass ich ihn darauf anspreche und bestätigt betreten meine Vermutung, dass er gehen will. Als ich ihm an der Tür seine Tasche reiche, merke ich, dass sie leer ist.

17

Seine Rückkehr nach Hause wird mindestens mich wenig überraschend nicht stürmisch gefeiert und natürlich schläft er im Gästezimmer und die Forderung nach seinem Auszug wird lauter. Ich entwerfe zu seiner freien Verfügung eine entschuldigende Nachricht an Kati, dass sie nun, wo er endlich sicher weiss, was er will, doch die Vergangenheit ruhen und die Zukunft mit ihm gestalten und ihn bei einer Therapie unterstützen soll. Aber mit dem Mann, den man über alles liebt, gemeinsam zu erarbeiten, dass er nicht bei einem sein will, erfordert viel seelische Energie und als sich die emotionale Anspannung der letzten Tage am Montagmittag in einem unkontrollierten Moment wie ein Gewittersturm über mir entlädt, wird mir schwarz vor Augen und ich muss mich übergeben. Er gibt zu, dass er am Wochenende extrem egoistisch war und wenig darüber nachdenkt, was er mir mit seinem inakzeptablem Handeln antut und entschuldigt sich dafür, fand unseren Sonntag aber trotz der widrigen Umstände wunderschön. Ich präzisiere augenzwinkernd, dass sein Verhalten mir gegenüber seit der Maikatastrophe generell nur mit dem Etikett egoistisch versehen werden kann, ich es aber seit unserem 4-Stunden-Telefonat mit anschließend auch sehr schöner Nacht als Ausdruck seiner verzweifelten Suche nach Hilfe akzeptiere. Letztendlich geht es um die klassischste aller Frage nach dem „wer bin ich", auf die es keine guten oder schlechten, richtigen oder falschen Antworten gibt. Irgendetwas in ihm weiß, dass seine Lebensumstände und seine Seele an irgendeiner Stelle nicht kompatibel miteinander sind, und wird ihn bis zur Lösung dieses Konflikts weiter suchen lassen und er soll keine Angst vor sich haben und meiner Intuition trauen, dass in ihm nichts Schlechtes ist. Von den Ereignissen unberührt schreiben und telefonieren wir in inniger Vertrautheit weiter und er schickt mir seine Therapeutenliste und ich durchforste das Internet nach ihren Schwerpunkten, Bewertungen und der telefonischen Erreichbarkeit und erarbeite für ihn ein Anrufschema, aber die Wartezeiten sind überall lang.

Derweil bestürmt mich Claude via sms, Skype und eMail mit seiner Verzweiflung. Er kann weder essen noch schlafen und sitzt stumm bei seinen Eltern oder wandert ziellos allein durch Brüssel und mein tiefes Schuldgefühl für dieses Elend lässt mich einem Treffen zustimmen, aber nicht bei mir, denn mein Bett, das ich nach Claudes Auszug frisch bezogen habe, riecht noch nach Bernd und voller Sehnsucht grabe ich jede Nacht meine Nase in sein Kissen. Wir verabreden uns für den Samstag in Frankfurt und von unterwegs schicke ich Bernd ein Bild vom Display meines Navis, als ich Seeheim-Jugenheim passiere. Claude ist in meiner Anwesenheit entspannt und glücklich und zeigt mir die Stadt, in der er lange gearbeitet hat, aber jeder Griff nach meinem Handy wird von ihm mit einem giftigen Blick quittiert und jedes Gespräch über die Situation zwischen uns abgewürgt, nur seine Bereitschaft zur Vergebung steht im Raum und zwischen uns. Trotz der sonst angeregten Unterhaltung mit ihm und der zugegeben spannenden Nacht breche ich nach dem Frühstück schnell auf und erstmals regt sich bei Bernd wegen meiner nächtlichen Aktivität ein Gefühl der Eifersucht. Aber während mich andere durchaus körperlich befriedigen können, kann nur seine Nähe mich komplett entspannen und ich finde es angenehm beeindruckend, dass wir im Moment zwar durchaus manchmal gegenseitig Eifersucht empfinden, das aber nicht persönlich nehmen und ich werte das als gegenseitigen Respekt, weil wir beide nach Wegen suchen, mit unser Ausnahmesituation umzugehen und uns unser Gefühle füreinander dabei sehr sicher sein können.

Diese gemeinsame Suche führt uns als nächstes nach Markgröningen, denn wegen des für mich in dieser Woche anstehenden eLearnings bin ich zeitlich flexibel und am Donnerstag haben wir uns für das Swinger-frühstück im LaHuitre angemeldet. Ich stelle mein Auto um halb zehn auf dem Parkplatz des Breuningerlands ab und steige zu ihm in den Wagen und stelle dabei lachend fest, dass wir uns tendenziell jetzt doch häufiger als früher sehen. Wir fahren in das örtliche Industrie-gebiet in der Nähe von Ludwigsburg und amüsieren uns über die lange Schlange an der Kasse, die bis auf die Straße reicht. Während die anderen Gäste sich auf das Frühstücksbuffet stürzen, stillen wir unseren Hunger aufeinander in einem freundlichen Zimmer mit Himmelbett und belächeln danach bei einem Brötchen den in seinem Charme an ein DDR-Ferienheim erinnernden Frühstücksraum und die bei hellem Tageslicht in ihren Cluboutfits befremdlich anmutenden Gäste. Wir geniessen das lang vermisste gemeinsame Stromern durch die vielen abwechslungsreichen Zimmer des langgestreckten Baus und schauen aneinander fummelnd zu, tummeln uns mit Anderen auf einer gut besuchten Spielwiese und liegen träge nackt in der noch warmen Herbstsonne auf einer großen runden Liege im Außenbereich. Ein sympathischer, junger und gut bestückter Mann bewirbt sich um den noch freien Platz auf meiner linken Seite und endlich werde ich wieder einmal richtig satt von den beiden Schwänzen und vier Händen, die sich eifrig um meine Befriedigung bemühen. Gegen zwei brechen wir auf und kehren zu meinem Auto zurück und Bernd will sich jetzt eine eigene Wohnung in Sindelfingen suchen und eine Therapie beginnen und beim Telefonat mit Claude am nächsten Abend widerstehe ich seiner anhaltenden emotionalen Erpressung und spreche noch einmal deutlich das Ende unserer Affäre aus.

Am Samstagabend beginnt die Reutlinger Kulturnacht und ich stelle mir ein buntes Programm zusammen und lasse mich von Station zu Station treiben, während ich wachsam meinen Blick über die Menge wandern lasse. Die Bilder, die Bernd und ich in der Nacht tauschen, gleichen sich erschreckend und ich stelle lachend fest, dass er sich von meinen begeisterten Erzählungen zu einem ersten Besuch des Jazzkellers seiner Heimatstadt hat animieren lassen, aber noch nachträglich bleibt es mir im Hals stecken, als wir feststellen, dass wir zur gleichen Zeit in dem überfüllten Lokal gewesen sein müssen, aber die von mir gefürchtete Begegnung mit ihm und seiner Frau hat zum Glück nicht stattgefunden und ohnehin wäre er lieber mit mir dort gewesen.

Am Sonntagmorgen erhalte ich um halb sieben via eMail einen handgeschriebenen und hasserfüllten Brief von Claude, in dem er ausführlich die abgeschlossenen Vorbereitungen für seine dank der Reise seiner Frau einsame Erhängung schildert. Er bedauert, keine Videoaufnahme des Ereignisses liefern zu können, das mich bis an mein Ende als einsame Alkoholikerin verfolgen soll, aber er vertraut meiner Imagination und sendet zumindest eine detaillierte und mit Maßen versehene Skizze des Szenarios in der abseits auf seinem Grundstück stehenden Scheune mit.

18

Im Bruchteil einer Sekunde bin ich hellwach und sehe mich mit dem Dilemma konfrontiert, über die Seelenzustände und sexuellen Vorlieben meiner Männer nahezu alles und über ihre eigentlichen Lebensumstände wenig bis nichts zu wissen. Die Ortschaft kann ich dem Beamten beim Notruf der Polizei nennen und den Vornamen der Frau und eine Handynummer, die ich im Internet finde, aber seine später per Mail übermittelte Empörung, ihm die Polizei auf den Hals gehetzt zu haben, um mir ein fleckenloses Gewissen zu verschaffen, bestätigt mir, dass diese mit meinen spärlichen Angaben das Haus und ihn noch vor dem Vollzug seines Plans gefunden haben.

Trotzdem auch er mir verfallen ist, reagiert auch Bernd mit ungläubiger Bestürzung und empfiehlt mir auf meinen Wunsch den nahen Wasenwald, in dem ich lange herumwandere, Pflanzen betrachte und Steine umdrehe, und den reich gedeckten Wolkentisch am Himmel beruhigend auf mich wirken lasse und dabei auch zu seiner Freude meinen inneren Frieden wiederfinde.

Wir schreiben und telefonieren und jeder Tag endet wieder mit einem gegenseitigen Liebesbekenntnis und mein Home Office am Mittwoch passt gut zu seinem mittäglichen Hausarzttermin um die Ecke. Verstohlen schlüpft er ins Haus und wir ins Bett und vor seiner Rückkehr zur Arbeit schließt er mir noch meinen Drucker an und obwohl ich dauerhaft so nicht mit ihm leben will und mit Sicherheit daran Schaden nehmen werde, genieße ich das unverhoffte Glück des gestohlenen Moments und freue mich an seiner Nähe.

Zuhause schaut er Fußball oder führt Grundsatz-diskussionen, eine Wohnung hat er noch nicht gefunden und ein Termin beim Therapeuten scheint unerreichbar und als ich am Samstagmorgen zu einer Woche Urlaub nach Dresden aufbreche, versichere ich ihm lachend, dass er jederzeit nachkommen kann und er bedankt sich für die verlockende Option.

Dieses Mal schildere ich ihm jede Einzelheit meiner Reise und bebildere für ihn jedes Wiedersehen mit einem geliebten Ort und er freut sich mit mir über meine kurzweiligen Berichte und meinen Spass beim Treffen mit meinen Freunde und versteht gut, wie belebend die quirlige Neustadt nach meiner Zurückgezogenheit der letzten Monate im eher gesetzten Reutlingen auf mich wirkt. Meine Facebook-Einträge kommentiere ich seit geraumer Zeit schon immer mindestens zweisprachig, weil ich aus seinen Schilderungen weiss, wie sehr sich Kati darüber aufregt und am ersten Oktober treibe ich es genüsslich auf die Spitze und versehe meine herrlichen Eindrücke von einem Ausflug mit einer Freundin nach Pillnitz mit einer Bemerkung in Französisch und Arabisch. Als ich ihm am Abend beim Telefonieren lachend davon erzähle und mich schon auf seine Schilderung ihrer gewiss nicht ausbleibenden Reaktion freue, verunsichert er mich mit seiner ausweichenden Antwort, dass er das nicht machen kann, aber erst, als mir nach fast zwei Stunden auffällt, dass sein Heimweg heute ungewöhnlich lange dauert, erzählt er mir, dass er sie am Morgen mit einer schweren Erkältung zum Arzt gefahren hat und dann nach Hause zurück gekehrt ist und seine Sachen gepackt hat und jetzt auf dem Weg nach Dresden zu mir ist.

19

Seit ich meine Freundin heute morgen zum Bahnhof gebracht habe, bin ich allein in der Wohnung und um das gepflegte Parkett nicht durch mein aufgeregtes Herumtigern während des ungeduldigen Wartens auf seine späte Ankunft zu ruinieren, gehe, nein hüpfe ich zu der Lesung in einer Hinterhofbar, für die ich mich heute angemeldet habe. Mit verklärtem Lächeln sitze ich in der Runde, bis ich wieder zurück stürmen und mich umziehen kann und dann endlich um halb elf das Tor der Einfahrt für seinen Wagen öffne. Dieses Mal ist er vollkommen ruhig und von seinem Schritt überzeugt. Er hat sich den ganzen Arbeitstag zum Überdenken seiner Entscheidung gelassen und auf der Fahrt jeden Kilometer, mit dem er sich von seinem alten Leben entfernt, genossen. Wir sind nicht mehr in Eile und gehen nicht gleich ins Bett, sondern noch in die Bar Holda und der gute Freund, der heute hier den Tresendienst hat, begießt unsere stille Seligkeit mit gut bemessenen Gin Tonics. Voller Zärtlichkeit geben wir uns im Bett einander hin und schlafen aneinander gekuschelt mit einer kurzen Unterbrechung für unser morgendliches Spiel aus, bringen mein Auto zum Aufzug der Winterreifen in die Werkstatt und gehen zum Frühstücken ins Café und überlegen uns, was wir mit dem Rest der Woche anfangen wollen. Heute Nachmittag natürlich in die Oase, aber dann nicht unbedingt in Dresden bleiben, weil die Besitzerin der Wohnung am Donnerstag von ihrer Reise zurück kommt, aber auch nicht gleich nach Reutlingen zurück. Ich erinnere mich an die begeisterte Erzählung meiner Freundin über die Matisse-Ausstellung in Mannheim und Bernd findet das Angebot eines Hotels in der Innenstadt mit 100 € für jeden akzeptabel und bucht zwei Übernachtungen, denn am Samstagabend ist er zu der Feier eines alten Sportfreundes eingeladen ist, die er nicht verpassen möchte. Wir holen meinen Wagen ab, packen unser Clubtäschchen und überraschen Mexx mit unserem Besuch und lassen uns entspannt und neugierig durch den Nachmittag und Abend treiben. Am nächsten Morgen frühstücken wir und räumen gemeinsam die Wohnung auf und fahren bei wenig Verkehr am Tag der Einheit hintereinander her quer durch Deutschland.

Die in Quadraten und unzähligen Einbahnstraßen organisierte Innenstadt Mannheims ist für Ortsfremde zunächst verwirrend, aber schließlich finden wir das Nyx Mannheim und Parkplätze für unsere Autos und sind von der frischen und jugendlichen Atmosphäre des gerade erst renovierten Hotels begeistert. Wir machen einen kleinen Mittagsschlaf und sehen vom Bett aus fern und entdecken im Internet ein gut bewertetes vietnamesisches Restaurant in fußläufiger Entfernung. Der Weg gestaltet sich weiter als gedacht, weil wir auch als Fußgänger lachend mit der Kombination aus Buchstaben und Zahlen der Adressen kämpfen und mehrmals in die falsche Richtung laufen, bevor wir uns schließlich strikt nach der Karte auf dem Display unserer Handys richten und das wie die zahlreichen anderen Restaurants voll besetzte Lokal finden und einen gerade frei werdenden Tisch zugewiesen bekommen. Wir sind von dem pulsierenden Leben in der von uns eher als etwas langweilig erwarteten Stadt beide positiv überrascht und schlendern nach dem köstlichen Essen noch ein wenig durch die Straßen und bewundern vom Wasserturm am Friedrichsplatz aus den festlich illuminierten Springbrunnen. Wir finden von dort ganz gut zum Hotel zurück und spielen bei Aperol Sprizz Billard, zappen im Bett lachend durch die Programme und überlegen, dass wir morgen Abend auch von hier aus gut das Atemlos in Rheinstetten erreichen und mit diesem Wochenendbesuch in einem Swingerclub einen ersten Punkt von unser to-do-Liste streichen können.

Nach Morgensex und ausgiebigem Frühstück an dem sehr guten und reichhaltigen Buffet des Hotels finden wir leicht zu der auch am Friedrichsplatz gelegenen Kunsthalle und reihen uns in die Warteschlange an der Kasse ein und Bernd begrüßt auf einmal den Mann des vor uns stehenden Paares, das mich interessiert mustert. Aber er macht keine Anstalten, uns einander vorzustellen und auch dem Gespräch der beiden kann ich nicht entnehmen, aus welchem Zusammenhang sie sich kennen und so halte ich mich leicht verlegen und innerlich auf heißen Kohlen etwas im Hintergrund und erst in der Garderobe erlöst mich Bernd mit dem Hinweis, dass es sich um einen früheren Arbeitskollegen von ihm handelt. Wir wandern lange zwischen den Werken von Matisse herum und er bringt mich mit seinen provozierenden Kommentaren zu den Bildern und Skulpturen zum Lachen. Noch viel interessanter finden wir die kleine Ausstellung im ersten Stock des Altbaus des Museums, die wir auf der Suche nach dem Café entdecken und die sich der Geschichte des Hauses in der Zeit des Nationalsozialismus widmet und damals als entartet gebrandmarkte Kunst zeigt. Wir erholen uns in der schönen Jugenstilumgebung bei Torte und Kaffee und Tee von unserem kulturellen Engagement, wandern um das Schloss herum und zum Rhein und auf dem Rückweg zum Hotel überkommt uns Bierdurst und wir stolpern in eine mit Fanartikeln verschiedenster Fußballclubs geschmückte und verräucherte Kneipe und werden von Einheimischen, die ich zu Bernds Erheiterung kaum verstehe, herzlich in ihre Tresenrunde aufgenommen. Glücklich mit der Vielfalt unserer Eindrücke und dem gemeinsamen Erleben kuscheln wir uns zum Mittagsschlaf ins Bett und ich schlafe ein bisschen in seinem Arm, während er Fußball schaut, bis es Zeit wird, zur Black & White Party aufzubrechen.

Unser letzter Besuch in diesem Club in unserem ersten Schwarzwald-Urlaub ist schon fast ein Jahr her, aber wir erinnern uns noch gut an die Räumlichkeiten und finden uns schnell zurecht. Der dem Motto der Veranstaltung innewohnende Rassismus scheint die Herren, die den Eintritt mit ihrer Hautfarbe begleichen, nicht zu berühren, während zahlreiche der anwesenden Damen offensichtlich extra deswegen erschienen sind, um genau das zu tun. Mir ist es auch in dieser Hinsicht völlig egal, wer mich vögelt, aber ich begrüße den Mut und die Ausdauer des einen Gastes, der seinen Schwanz in meinen Anus stößt, während ich Bernd reite und uns beiden damit endlich das beglückende Erlebnis eines vollendeten Sandwichs beschert. Der Abend tendiert zum Herrenüberschuss und auch die zweite Runde geht an mich, aber ich schenke ihm in der dritten genussvoll meine ungeteilte Aufmerksamkeit und beide kehren wir tiefbefriedigt nach Mannheim zurück, fallen erschöpft ins Bett und nehmen uns zum Schlafen in den Arm.

Noch einmal lassen wir uns Zeit am üppigen Frühstücksbuffet, packen zusammen und begleichen jeder seinen Teil der Rechnung und unsere kleine Kolonne bricht nach Reutlingen auf. Unterwegs verabreden wir in Erinnerung an den Handlungsort des Romans über die Büglerin telefonisch einen Zwischenstopp in Heidelberg und wandern auf der einen Seite des Neckars den malerischen Philosophenweg empor und geben die mühsam errungene Höhe auf einem steilen Hohlweg wieder auf, genießen von der Brücke über den Fluß den Ausblick und stöbern uns durch die belebte Innenstadt zurück zu unseren Autos, ohne unserem leichten Begehren nach diesem oder jenem nachzugeben, und bringen die letzte Etappe des Heimweges hinter uns.

Bernd parkt sein Auto vor der Tür und wir tragen seine Sachen gemeinsam nach oben, etwas mehr als eine leere Tasche, aber mit zwei Koffern, zwei Sporttaschen und seiner Arbeitstasche auch nicht gerade viel. Ich nehme meine Sommersachen aus dem Schrank und packe den Inhalt zweier Kommoden in einer zusammen und er nimmt den frei gewordenen Platz für sich in Beschlag und bekommt seinen eigenen Schlüssel. Es ist ihm unangenehm, mich heute Abend allein zu lassen, aber erst im Bad fällt ihm ein, dass ich ihn nicht nur fahren sondern auch begleiten kann und während er den Gastgeber per sms über die Änderung informiert, springe auch ich hocherfreut unter die Dusche und in mein bestes Etuikleid und hochhackige Schuhe.

Seine Sportfreunde hat er offenbar nicht mit in die Ehe gebracht, denn trotz der unverhohlenen Neugier mir gegenüber werden wir von allen freundlich und herzlich empfangen. Allerdings ist der Anlass des Festes auch die zweite Hochzeit des Gastgebers im vergangenen Jahr und die Location mit weit in die Höhe ragendem unverputztem Ziegelmauerwerk und blitzendem Edelstahltresen und das edle Buffet sind atemberaubend. Bernd genießt ganz offen die Bewunderung seiner alten Freunde für die schöne und souveräne Frau an seiner Seite und flüstert mir immer wieder ins Ohr, dass das Schönste an dem Fest unsere gemeinsame Teilnahme ist und amüsiert lausche ich den alten Geschichten, die sie von den zahlreichen Turnierreisen in ihrer Zeit in der Nationalmannschaft aufwärmen. Im obersten Stockwerk des Gebäudes befindet sich eine Sammlung von bestimmt 50 Oldtimern aller Marken, die wir am späten Abend besichtigen dürfen und ehrlich beeindruckt bewundern, bevor wir auf die Dachterrasse steigen und vor Kälte zitternd in den klaren Abendhimmel schauen und dann ausgelassen tanzen gehen, und liebevoll beobachte ich Bernds zunehmende Trunkenheit und fahre den Schlafenden weit nach Mitternacht in dem mir noch fremden Auto glücklich nach Hause. Uns bleibt noch der Sonntag zur Erholung und dann beginnt auch für uns der Alltag.

20

Mein diesmal nur zweitägiges Seminar gibt uns Gelegenheit, unseren in den letzten Tagen verwaisten Nachrichtendialog wieder aufzunehmen und schon nach einer getrennten Nacht freuen wir uns wieder aufeinander. Als er am Mittwoch mit den Kollegen nach der Arbeit auf das Stuttgarter Volksfest, den Wasen, geht und sich wegen der zu erwartenden Trunkenheit ein Hotelzimmer nimmt, lasse ich zu seiner großen Freude unser einst gelöschtes Paarprofil anhand der damals von mir gemachten Bildschirmfotos wieder aufleben und übertrage meine eigene Premium-Mitgliedschaft darauf, während er mich mit zahlreichen Bildern und Videos vom Geschehen auf dem Laufenden hält. Zusammen schauen wir uns am Donnerstagabend die Besucher unseres Profils und die Komplimente für unsere Seite an, sichten die für das Wochenende angebotenen Veranstaltungen und entscheiden uns nicht zuletzt wegen des Frühbucherrabatts für den Earlybird Paare Abend mit DJ am Samstag im LaHuitre und Katis höhnische Nachricht an Bernd zeigt uns schnell, dass auch LaLa_169 die Auferstehung unseres Profils nicht entgangen ist.

Mit meinen Überlegungen zur Aufteilung häuslicher Arbeiten habe ich schnell abgeschlossen, als ich Bernd beim Einräumen seiner Sachen beobachtet habe. Ich neige aufgrund meiner Erziehung und der kaum zu befriedenden Ansprüche meiner Mutter in diesem Punkt leider ein wenig zur Pedanterie und bei der Wäsche gibt es in meinen Augen nur die Wahl zwischen seiner Frustration, wenn ich seine Arbeit korrigiere, und meiner, wenn ich es nicht tue. Einen Mehraufwand beim Putzen sehe ich durch unser Zusammenleben nicht gegeben und lieber mache ich das wie zuvor am Freitagmorgen und genieße die gemeinsame freie Zeit am Wochenende mit ihm, als das wir uns in dieser kostbaren Zeit mit Reinigungsarbeiten abwechseln. Ihm stellt sich diese Frage offenbar ohnehin nicht und er ist es auch nicht anders gewohnt, denn ein funktionierender Haushalt war der einzige Vorteil, den er auf meine Frage nach seinem Nutzen aus seiner Ehe einmal benennen konnte. Als er das erste Mal meine laienhafte Bügelausrüstung für seine Hemden hervorkramt, kommen ihm scherzhaft halb die Tränen, aber er bestellt im Internet einen neuen Bezug für das Brett und entfernt den Kalk aus dem Bügeleisen und kommt vom nächsten Besuch bei seiner Mutter voller Stolz und gerettet mit einer professionellen Bügelstation zurück, die sie nicht mehr benutzt. Seine Hosen soll ich beim Waschen bitte nicht auf links drehen und nach einigen Wochen fragt er vorsichtig nach der Möglichkeit der Verwendung von Weichspüler, und lachend sage ich, dass er hier alles haben kann, was er sich wünscht. Kurz entschlossen backe ich erstmals seit Jahren am Freitagmorgen einen Kuchen und freue mich an dem gelungenen Ergebnis und als er verlegen fragt, ob das mit seiner Mutter für den Samstagnachmittag verabredete Kaffeetrinken für mich akzeptabel ist, lobe ich ihn für die gute Taktik und schreibe lachend, dass er den Kuchen sogar mitbringen kann. Dann mache ich mich auf den Weg nach Stuttgart und behaupte mich als einzige Frau unter den Kollegen beim Kartfahren und verabschiede mich beim anschließenden Grillen, sobald es die Höflichkeit zulässt, ins ersehnte Wochenende.

Anders als in der Woche lassen wir uns beim Morgenfick Zeit und schlafen lange und Bernd bringt vom Bäcker die Zeitung mit und überlässt mir die Sudokus und stellt fest, dass meine kleine Tivoli-Anlage Bluetooth-fähig ist und wir darüber und mein iPad SWR3 hören können. Im Keller seiner Mutter erwarten ihn heute die Sachen, die seine Frau in der Zwischenzeit zusammen gepackt hat, und auf dem Weg dorthin will er noch in den Baumarkt, um später den tropfenden Wasserhahn im Bad zu reparieren, für das Essen am Sonntag können wir auf dem Weg zum Club einkaufen.

Es gibt wieder Einiges nach oben zu tragen nach seiner Rückkehr. Einen Karton mit Kleidung, die noch in seine Kommode passt. Jede Menge Plastiktüten mit größtenteils leeren Kosmetikaflaschen, Salben und Tuben, die wir verwundert und lachend entsorgen. Unzählige angebrochenen Flaschen mit Rasierschaum, die ich im Badezimmerschränkchen verstaue und ihm dabei neckend panische Angst vor einer mangelhaften Rasur unterstelle. Ein schönes Teufel-Radio, dass er im Badezimmer anschließt und die Senderplätze mit seinen Favoriten SWR3 und 1 und ORF belegt und den letzten für mich auf DLF-Kultur einstellt. Den kleinen Wanderrucksack seiner Eltern für unseren am Sonntag geplanten Ausflug, der neben vergilbtem Verbandsmaterial auch einige altmodisch anmutende Etuis mit rätselhaften Gerätschaften enthält. Eine Sammlung von Teeresten, die ich in meinem bisher ungenutzten antiken Brotkasten verstaue. Und die Enttäuschung und die Vorwürfe seiner Mutter über sein Verhalten und ihr Leiden daran und ich tröste ihn mit ihrer irgendwann zu erwartenden Gewöhnung, während er gekonnt den Wasserhahn repariert. Dann machen wir uns für den Abend fertig und kaufen das erste Mal gemeinsam in Reutlingen ein: die Zutaten für seine berühmte Lasagne, von deren Herstellung ich schon vor langem eine beeindruckende Fotodokumentation gesehen habe, und die er nun endlich für uns zubereiten wird, und neben roten Würsten, Senf und Dosenbier für unseren Sonntagsausflug gibt es für uns beide noch einen Kakao zur Belohnung.

Der Abend im La Huitre ist eine gleich dreifache Premiere: unser erster Clubbesuch an einem Samstagabend, unsere erste Veranstaltung, zu der nur Paare und Solodamen zugelassen sind, und die größte, an der wir bis jetzt teilgenommen haben. Weit über 100 Pärchen jeden Alters, jeder Spielrichtung und jeder Gewichtsklasse waren bei unserem letzten Check vor der Abfahrt angemeldet und das dichte Gedränge auf der Tanzfläche und in den Fluren und auf den Liegeflächen lässt vermuten, dass alle erschienen sind. Vergnügt stürzen wir uns ins Gedränge und schnell ergeben sich auf den Matten erregende Begegnungen, wenn es gelingt, dort einen Platz zu ergattern. In einem Raum am Ende des das Gebäude in ganzer Länge durchziehenden Ganges beobachten wir den Mann eines einzelnen Paares in unserem Alter beim leidenschaftlichen Fingern seiner in ein aufwendiges Ensemble gekleideten Begleitung, die breitbeinig an einer Pritsche lehnt. Wir treten näher und der Mann, um dessen Hals eine silberne Kette mit einem Stift-ähnlichen Anhänger liegt, greift mit seiner freien Hand an meine Brust und während ich mich neben die Frau stelle, übernimmt Bernd seine Position und ich überlasse mich ganz den fremden Händen. Wir behalten die vertauschten Rollen bei, als wir auf das breite Bett wechseln, und lachend helfen wir alle bei ihrer Befreiung aus der zu eng geschnürten Corsage und als ihre schönen vollen Brüste endlich aus der Einschnürung quellen, liebkose ich ihre Nippel, bis der Mann an seine Kette greift und einen kleinen Vibrator aus der Umhüllung zieht, mit dem er punktgenau meinen Kitzler stimuliert und ich mich voll auf diese fast zu intensive, aber ungemein köstliche Behandlung konzentriere. Wir spielen lange miteinander und Jörg kann von meinen Orgasmen kaum genug bekommen, denn seine Steffi tut sich schwer damit, ihren offensichtlichen und vollkommenen Genuss mit einem Höhepunkt zu krönen, selbst als wir uns zum Schluss liebevoll zu Dritt um sie kümmern, und erst der Einsatz des zu diesem Zweck mitgebrachten kleinen Helfers bringt ihr die Erlösung. Entspannt liegen wir noch eine Weile zu viert quatschend und lachend auf dem Bett herum und trinken nach dem Duschen an der Bar noch etwas zusammen, bevor wir wieder auf getrennten Wegen durch den Club stromern. Als wir um halb drei nach Hause kommen, bestätigen wir im Joyclub die

Freundschaftsanfrage von HotCouple2019 und Sophies-
Leib hat einen ersten Kontakt.

21

Nach dem Frühstück packen wir Brötchen und
das Bier und die Würste in den Rucksack und
fahren nach Eningen und Bernd versucht, sich
an den Weg zu erinnern, den er als Kind immer mit
seinen Eltern gegangen ist, aber schließlich verlassen wir
uns lieber auf seine mit Komoot geplante Route.
Ohnehin geht es immer bergauf und er amüsiert sich
über meine scherzhaften Beschwerden über diesen
unangenehmen Aspekt meiner neuen Heimat. Der
hinreißende Blick über die Ebene, den wir, nebeneinander in der warmen Sonne auf einem Felsen sitzend,
auf uns wirken lassen, rechtfertigt die Strapazen und wir
wandern weiter, beobachten den Start von Segel-
flugzeugen auf dem nahen Flugplatz, trinken im Gras
liegend ein Bier und als wir schließlich eine Grillstelle
finden, löst Bernd das Rätsel der geheimnisvollen Etuis
und zaubert ein Besteck und einen klappbaren
Grillspiess hervor, auf den er in fast ritueller Weise
unsere Würste steckt und über das Feuer hält. Mit
kindlichem Vergnügen und der zweiten Bierdose in der
Hand beobachten wir den Garvorgang und nichts auf
dem reich gedeckten Tisch der türkischen Großfamilie,
die uns an ihrem Feuer teilhaben lässt, kann besser
schmecken als unser Brötchen mit Senf und der fertigen
Roten, nur seine Lasagne, die er am Abend routiniert
zubereitet, ist ein ernsthafter Konkurrent.
Ganz einfach schlüpfen wir in unser Zusammenleben.
Die Lust auf unsere Morgenroutine hält auch dem
täglichen Gebrauch stand und mal vögeln wir oder
besorgen es uns gegenseitig händisch oder kombinieren
beides und sitzen schon befriedigt am von mir liebevoll
gedeckten Frühstückstisch und lästern über das Morgen-

magazin, das nebenbei auf meinem iPad läuft. Was wir zum täglichen Leben brauchen, besorge ich, in der Routine des Außendienstes und des Singledaseins geschult, im Tagesverlauf nebenbei, und lachend gebe ich zu, ihm wenig Chancen zu lassen, überhaupt ein Fehlen zu bemerken, bevor ich es schon erledigt habe, weil ich die Existenz eines zweiten Verantwortlichen nicht gewohnt bin. Mir macht die Ausübung dieser neuen Häuslichkeit und sein Verwöhnen Spass und auch schon ohne Pflichten kommt er oft nicht vor acht aus dem Büro nach Hause und schlüpft dann schnell erleichtert in seine Jogginghose, die er so liebt, dass es mir nur selten gelingt, sie in die Waschmaschine zu schmuggeln. Das Abendbrot habe ich schon für uns vorbereitet und mal stelle ich ein Schälchen mit Oliven, mal eine Avocado dazu, die wir beide mögen, oder mache einen Rucolasalat, den er liebt und ich erst jetzt in der von ihm favorisierten Zubereitungsart richtig entdecke, und bei einer Flasche Wein erzählen wir uns vom Tag und meine gespannte Neugier auf seine Meetings und die Entwicklung seines Projekts und mein Hinterfragen der dabei auftretenden Probleme gefällt ihm sehr. Oft schauen wir dann auf seinem iPad noch eine Folge der Serie, die wir auf Netflix angefangen haben oder Fußball oder seinen geliebten Bergdoktor, und mindestens einem von uns fallen dabei meist auf dem Sofa die Augen zu. An den beiden Tagen, an denen er abends zum Sport geht, lerne ich Französisch oder telefoniere mit meinen Freundinnen.

Am Donnerstag hat das Sun Moon mit Sex nach 6 und einer höheren Teilnehmerzahl das Rennen gegen die im Wildpark angekündigte Orgie gemacht und nach einem mit eLearning verbrachten Arbeitstag stelle ich um kurz vor sechs mein Auto bis morgen früh auf seinen Firmenparkplatz und steige in seinen Wagen um. Unser Abendessen nehmen wir heute an dem üppigen Buffet des Clubs ein und amüsieren uns über die 20 €, die Bernd für den Eintritt entrichtet hat, und die uns aus

Gründen der Sparsamkeit nahezu zu dieser Abendgestaltung zwingen. Als wir an der Bar unseren Aperol Sprizz trinken und die anderen Gäste mustern, frage ich ihn vorsichtig, ob er sich jetzt auch ein aufregenderes Outfit für unsere Clubbesuche anschaffen möchte, denn meine Überlegungen für ein Geschenk zu seinem Geburtstag in der nächsten Woche sind noch nicht zum Abschluss gekommen, und verschmitzt lächelnd bestätigt er mir seinen Wunsch. Nach zwei eher dem Herrenüberschuss gewidmeten Runden treffen wir im Paarezimmer eine sehr große und vollbusige blonde Bi-Frau mit einem ansprechenden und ebenfalls bi-interessierten Begleiter und der Abend findet in einem wechselvollem Spiel miteinander einen sehr befriedigenden Abschluss und am nächsten Morgen hat SophiesLeib zwei neue Kontakte.

22

Am Freitagmorgen fahren wir gemeinsam nach Sindelfingen und ich räume seinen Parkplatz und fahre weiter nach Stuttgart ins Büro und am Abend trauen wir uns das erste Mal zusammen in das Reutlinger Nachtleben. Wir gehen zum nahen Griechen und anschließend in den Jazzkeller und sein wippender Fuß zerstreut meine leichten Bedenken über die von seinen sonstigen Musikvorlieben eher abweichende Stilrichtung, trotzdem gehen wir in der Pause, ohne unangenehme Begegnungen erlebt zu haben, weil uns das üppige Essen und die vorige sehr kurze Nacht ins Bett treiben. Wir lassen uns bei ausgiebigem Frühstück und Kuchen mit Internet und Bundesliga durch den Samstag treiben und gehen auf dem Weg zur FKK-Schaumparty im Waldhaus in Sigmaringen einkaufen. Nicht nur bei Edeka, sondern auch in den gegenüber liegenden Magic X Erotic Megastore und ich muss insgeheim darüber lachen, dass die Outfits für Männer in dieser Umgebung teurer als die für Frauen sind, und mit meiner fachkundigen Beratung entscheidet sich Bernd nach einigem Anprobieren für eng anliegende Boxershorts mit durch Reißverschlüsse aufklappbarem Eingriff, in denen ich ihn unwiderstehlich finde und zu denen auch ein einfaches schwarzes T-Shirt gut aussehen wird.

Wir kurven in der jetzt schon früh hereinbrechenden Dunkelheit durch unzählige kleine Ortschaften gen Süden und vor dem zweistöckigen, im Nirgendwo an einem Kreisverkehr gelegenen Haus hat sich zu unser Erheiterung schon eine lange Schlange gebildet, in die wir uns trotz der niedrigen Außentemperatur einreihen, weil fortwährend neue Autos auf den Parkplatz einbiegen.

Wieder drei Premieren an einem Abend: das Waldhaus kennen wir noch nicht und es ist unsere erste Schaumparty und die erste FKK-Veranstaltung. Ich trage immerhin halterlose Strümpfe und sehr hochhackige Stiefel, Bernd nur seine Badelatschen, und beide sind wir zunächst von der Erfahrung irritiert und erheitert, sich unbekleidet am Buffet zu bedienen und nackt unter Nackten zu essen, aber nach einer Viertelstunde fühlt es sich schon ganz normal an und ungezwungen bestellen wir uns an der Bar einen Aperol Sprizz. Im überdachten und mit Heizpilzen auf eine angenehme Temperatur gebrachten Außenbereich wird die Schaumkanone angeworfen und neugierig betreten wir die mit Stellwänden abgetrennte Arena, in der der duftende und sich weich anfühlende warme Schaum unsere Körper angenehm glitschig macht und uns stellenweise bis an die Brust reicht, während Kleinere fast ganz darin verschwinden. Tanzend bewege ich mich zur Musik und fühle die Hände der Umstehenden unsichtbar und erregend über meinen Körper wandern und meine Hände finden steife Schwänze inmitten der tausend kleinen Bläschen und immer wieder auch den einen, der besonders gut in meine Hand passt. Meine Stiefel hätte ich besser vorher ausgezogen, aber die hohen Absätze haben das Tanzen noch reizvoller gemacht und Bernds zweites Paar Badeschuhe bringt mich gut durch den Rest des Abends und erst um halb drei fallen wir zuhause ins Bett.

Am Sonntag wandern wir in der Nähe von Entringen und natürlich geht es zu meinem gespielten Entsetzen wieder bergauf, aber auch der Blick vom Schloss Hohenentringen über die weite Ebene ist atemberaubend und Bernd macht ein Selfie von uns vor der beeindruckenden Kulisse und genießt meine Freude an seiner Heimat. Er sieht keine Notwendigkeit mehr für eine eigene Wohnung und eine Therapie, und obwohl ich ihn auch dabei unterstützt hätte, kann ich mir ein anderes als unser gemeinsames Leben schon gar nicht mehr vorstellen und empfinde ihn auch als in sich ruhend und entspannt und die zerrissene Nagelhaut an seinen Händen heilt langsam ab und seine Fingernägel beginnen zu wachsen. In einem weiten Bogen wandern wir zum Auto zurück und überlegen, was wir an seinem Geburtstag am Mittwoch machen. Ich habe zufällig schon vor langem für die nächsten drei Tage Urlaub genommen, um mich auf eine Prüfung am Freitag vorzubereiten, aber er möchte gern am Morgen ein Frühstück mit seinen Mitarbeitern machen, um damit eine in seiner Firma bislang eher vernachlässigte Tradition des kollegialen Miteinanders in Gang zu setzen und dann den Nachmittag mit mir verbringen, und ich finde seine Idee gut und schlage den Besuch einer Therme vor und als er zuhause im Internet herausfindet, dass die SchwabenQuellen textilfrei sind und ihren Gästen am Geburtstag freien Eintritt gewähren, steht der Plan.

23

In diesem Jahr kann ich ihn richtig feiern und backe am Dienstag einen aufwändigen Schokoladenkuchen aus der Rezeptsammlung, die wir in Bad Wildbad in unserem OneNote-Ordner abgelegt haben, und verziere ihn abschließend mit selbst gebrannten Mandeln und zwei Fünfen in Kerzenform. Über das Internet habe ich zwei Karten für ein Wanda-Konzert im März im von den Spielstätten für uns am besten zu erreichenden Neu-Ulm in einem mit Herzen verzierten Umschlag bestellt, und in dem Weinladen um die Ecke drei von der Inhaberin hübsch verpackte, unterschiedlich starke Whiskys in kleinen, aber über Probiergrößen weit hinaus gehenden Flaschen gekauft, weil er seine Whisky-Sammlung vermisst. Ich drapiere alles auf einem mit einer Damast-Serviette verhüllten Tablett und stelle noch eine liebevoll beschriftete Karte und eine rote Rose hinzu und bin sehr zufrieden mit meinem Arrangement, das ich in der Gästetoilette verstecke. Nur mit Mühe kann ich ihn am Abend bis Mitternacht wachhalten, aber erstaunt reißt er noch einmal die Augen auf, als ich mit dem festlichen Tablett singend vor dem Bett stehe und seine Freude entfaltet sich am nächsten Morgen richtig, als sein erster Blick auf die Gaben auf dem Fußboden vor dem Bett fällt.

Wir machen uns gemeinsam auf den Weg nach Sindelfingen und unterwegs kauft er beim Bäcker und beim Metzger, die mir aus unseren Telefonaten so gut bekannt sind, für das Frühstück mit den Kollegen ein. Ich übernehme sein Auto und fahre heute als Touristin weiter nach Stuttgart und schaue mir das Bohnenviertel und die Sammlung des Kunstmuseums an, schlendere durch die Innenstadt und die Markthalle und besuche endlich die Weissenhofsiedlung und freue mich an der schönen Architektur. Weil von meinen vier Badetüchern zwei in Gebrauch sind und für Bernds von mir liebevoll belächelte und sprichwörtliche schwäbische Sparsamkeit das Leihen von Handtüchern in der Therme nicht in Frage kommt, mache ich auf dem Rückweg noch einen Abstecher zu IKEA und kaufe zwei schöne Badelaken und gleich noch ein paar Gläser, weil mein Haushalt auch in diesem Punkt etwas dürftig ausgestattet ist. Pünktlich um drei bin ich wieder am Büro und strahlend berichtet er vom Gelingen seines Frühstücks und seines Plans und wir sind beide zufrieden mit unser bisherigen Tagesgestaltung und schnell bei den SchwabenQuellen angelangt. Die Therme ist großartig gestaltet und organisiert und wir genießen die wechselnden Aufgüsse in den verschiedenen Saunen und wandern wie in einem Club, für den sich die Anlage in unseren Augen auch sehr gut eignen würde, herum und er trägt mich auf seinen Händen durch das warme Außenbecken und wieder einmal bin ich von dem immensen Zärtlichkeits-bedürfnis meines Herzallerliebsten tief berührt. Ich bin schon etwas unterzuckert, als ihm endlich einfällt, dass wir den Tag mit einem Essen krönen wollten und das der Einfachheit halber auch gleich hier einnehmen können. Als wir am Abend aus dem Gebäude treten, gratuliert ihm telefonisch seine Cousine, zu der seine Frau kein so enges Verhältnis hat, und seinem Anteil an dem Gespräch entnehme ich seine große Zufriedenheit mit seinem Geburtstag und seinem aktuellen Leben und nur der ausbleibende Glückwunsch seiner Kinder wirft einen Schatten auf den Tag, den wir daheim mit einem Gin Tonic beschließen.

24

Ich bestehe meine Prüfung und kämpfe mit der Zähigkeit meiner verbeamteten Kunden und dem wenig hilfsbereiten Verhalten meiner Kollegen und Vorgesetzten und beginne wieder mit dem Studium von Stellenanzeigen. Wir besuchen die Leonardo da Vinci-Ausstellung in Tübingen und Bernds Widmung auf seiner ungelenken Zeichnung eines Hermelins berührt mein Herz. Er verfolgt amüsiert die ganz offensichtlich hauptsächlich für ihn gestalteten Facebook-Posts seiner Frau und beobachtet über sein iPad die Telefonate seiner Familie und bleibt auf dem laufenden über die Filme, die sie schauen, und gemeinsam lesen wir Katis Nachrichten an ihn, deren Hass sich nach wie vor ausschließlich auf mich, die Made, konzentriert. Mein Traum vom gemeinsamen Besuch eines Fußballspiels erfüllt sich natürlich bei der Begegnung des VfB Stuttgart gegen Dynamo Dresden und wir parken an der Universität, die er besucht hat, und lassen uns schon in der S-Bahn und auf dem Weg zum Stadion von der Aufregung der anderen Fans anstecken und Bernd macht das obligatorische Selfie von uns mit den einlaufenden Spielern im Hintergrund. In der fieberhaften Atmosphäre des Spiels rauscht auch uns das Adrenalin durchs Blut und gemeinsam brüllen wir die heimische Mannschaft zum Sieg und kehren am frühen Abend in einen Besen in Degerloch ein und finden schnell auch in diese eher joviale und vergnügte Gesellligkeit hinein.

Innerlich auf die möglichen Antworten vorbereitet, frage ich ihn vorsichtig danach, wie er eigentlich mit Sandra verblieben ist, und ehrlich überrascht glaubt er sie mit eigenen Problemen beschäftigt und vermeidet längerfristig bekannte Aufenthalte in Darmstadt, um ihr nicht zu begegnen. Immer wieder gehen wir am Freitagabend in Reutlingen essen und in den Jazzkeller oder zum Darten und Billardspielen und Burger-Essen in eine nahe Bowlingbahn, und gern begleitet er mich zu einer Vernissage in die Kunsthalle in Tübingen und zeigt mir anschließend wieder eine Sportgaststätte, die sich als hervorragender Italiener entpuppt. Endlich kann ich auch mit ihm ins Kino gehen und meine Entscheidung für „Le Mans 66" überrascht ihn angenehm. Eine neue Ladung zusammengepackter Sachen und seine Post liegen in der Garage für ihn zum Abholen bereit und diesmal zieht auch etwas Persönliches in unseren Haushalt ein und ich räume zwei Schubladen für seinen Papierkram und zwei Fächer in den Bücherregalen für seine Computerzeitschrift und eine Handvoll Bücher, und seine in der Zwischenzeit unangetastete Whisky-Sammlung findet einen dekorativen Platz neben meinem Astrolabium auf dem Regal. Auch nur einer der drei Fernseher des Hauses wird ihm dagegen mit dem Hinweis verweigert, dass zwei so intelligente Menschen wie wir sich auch unterhalten können. Bernd beginnt eine umfangreiche Recherche über die aktuellen Angebote im Internet und erläutert mir detailliert die einzelnen Modelle, und gemeinsam schauen wir uns die in Frage kommenden Geräte im örtlichen Media Markt an, ohne dass er eine Entscheidung trifft. Uns beide überraschend wird mein zaghafter Versuch, das Rauchen aufzugeben, ein Erfolg und er ist stolz auf meine Standhaftigkeit.

An einem Sonntag besuchen wir die Stauffenberg-Ausstellung im Haus der Geschichte in Stuttgart und an einem anderen, schon im November, plant er eine diesmal steigungsarme Wanderroute und mit unserem gut gefüllten Rucksack gelangen wir in Pfullingen trotzdem zu einer schönen Aussicht. Wir sammeln Holz und grillen an der dafür eingerichteten Stelle wieder unsere Würste über dem selbst entzündeten Feuer und wie jeden Sonntag kochen wir abends gemeinsam und schauen uns den Tatort oder unsere Serie an.

Trotz unseres nie ausbleibenden Morgensex vermisse ich einen romantischen Abend mit ausgedehnten Spielereien und erwarte ihn zu seiner Überraschung an einem Mittwoch in Kleid und Strümpfen und hochhackigen Schuhen, aber ich habe das Spiel der Champions League am Abend nicht in meine Überlegungen einbezogen und ohnehin schläft er dabei erschöpft auf dem Sofa ein. Und wir vergnügen uns schließlich an jedem Wochenende und gelegentlich auch in der Woche in einem Club und wählen meist den, der eine Veranstaltung für Paare anbietet. Seit wir herausgefunden haben, dass nahezu alle Frauen, auch ohne explizite Erwähnung eines solchen Interesses in ihrem Profil, keine Berührungsängste untereinander haben, ist die Kontaktaufnahme mit den uns interessierenden Paaren über mein Herantreten an den weiblichen Part stets erfolgreich, und weil wir den Abenden nach wie vor mit großer Neugier und keinen unerfüllbaren Erwartungen begegnen und uns auch immer selbst genügen, bleiben wir selten unter drei spannenden Runden und fallen erst um zwei oder drei zuhause ins Bett. Immer wieder treffen wir bei der ultimativen Schaumparty oder der Erotik-Night im Atemlos, dem Paareabend mit Massagen oder Cocktails im SunMoon oder der PopParty im LaHuitre auch auf Jörg und Steffi, die sich nur unter Mühen von der mit im Haus wohnenden Mutter und dem heranwachsenden Sohn wegstehlen können. Wechselseitig haben wir großen Gefallen am jeweiligen Gegenpart gefunden und ich geniesse gern einmal die Segnungen des kleinen Vibrators und mit vergnügtem Stolz führt Jörg bei jeder Begegnung Steffi in dem neuen Outfit vor, dass er für sie erstanden hat. Bernd kann dagegen meine für ihn alle gleich aufregenden Stücke nicht auseinander halten und sieht mich ohnehin am liebsten, wenn ich sie schon ausgezogen habe, und mein eigenes Verlangen nach einer gelegentlichen Abwechslung kann ich derzeit nicht erfüllen, weil meine finanzielle Lage auch ohne eine zweite Person im Haushalt durch die Nachwirkungen des Umzugs und die Aufgabe der Selbstständigkeit etwas angespannt ist. Bernd begleicht zwar klaglos die Clubeintritte, weil ich zu diesen mit meiner Begleitung durch die Ermäßigung für Paare aus meiner Sicht schon genug beitrage, und auch den sparsamen Einkauf für das Essen, das wir am Sonntag kochen, aber die Miete und die täglichen Einkäufe und die Pflege unseres Wein- und Gin-Vorrates trage ich. Es demütigt mich, dadurch bei unseren Restaurantbesuchen auf ihn angewiesen zu sein, und ich verachte mich für die kleinliche Panik, mit der ich abends beobachte, wie er sich unbekümmert große Brocken Käse einverleibt. Vergeblich hoffe ich auf eine eigentlich zu erwartende Initiative von seiner Seite, und erst als Anfang Dezember meine Verzweiflung über den Saldo auf meinem Konto größer ist als mein Stolz, gebe ich zu, dass mich unsere momentane Kostenverteilung finanziell überfordert. Er ist angemessen bestürzt über seine Vergesslichkeit und findet meinen Vorschlag eines gemeinsamen Kontos, auf dass wir beide den gleichen Betrag einzahlen und dann alle unsere Kosten davon bestreiten, sehr praktikabel. Eine Woche später beantragen wir online ein gemeinsames Konto bei der DKB, aber weil Bernd mit unserer gemeinsamen Adresse eine von seiner auf dem Ausweis stehenden Meldeadresse abweichende angibt, verzögert sich die Einrichtung und die Lösung meines Problems. Die Suche nach einem Fernseher stellt er ein.

25

Ich entdecke eine App für einen elektronischen Adventskalender und weil mir durch das gemeinsame Leben die Gelegenheit zur zeitraubenden Produktion erotischer Bilder fehlt und er mich nun ohnehin jeden Tag vor Augen hat, fülle ich ihn mit den wenigen Bildern, die ich im letzten Jahr nicht verwendet habe und ergänze die Füllung mit Cartoons, Bildern von unseren gemeinsamen Erlebnissen, kleinen und kniffligen Rätseln, Musikvideos, Fußballfilmchen, Rezepten und photographischen Hinweisen auf ein Versteck mit Süßigkeiten und bestelle auch noch den VfB-Adventskalender im Fanshop und er überrascht mich mit einem Adventskalender von Ritter Sport.
Um ihn liebevoll mit seiner Vorliebe für Weihnachtsmärkte und Excel-Tabellen aufzuziehen, habe ich eine Liste mit den Daten der einschlägigen Veranstaltungen

erstellt und nach Entfernung sortiert und wir starten am zweiten Adventswochenende in Rottenburg am Neckar und erkunden dabei auch das kleine Städtchen. Das direkt vor unser Haustür stattfindende Reutlinger Ereignis ignorieren wir und frequentieren hier nur häufig den Stand mit äußerst schmackhaftem Bergkäse, dessen preiswerte Pakete uns durch den ganzen Dezember begleiten. Ich erliege irgendwann seinen Frotzeleien über unseren ungeschmückten Haushalt und hänge einen schönen roten Herrnhuter Stern ins Fenster, dessen warmes Licht gut zu unserem Ruf passt und wir backen lachend Weihnachtskekse und wählen aus der Vielzahl der Rezepte die Sorten, die schon seine Mutter gebacken hat. Wenn ich sie auch nicht kennen lerne, lässt doch die Menge der Backwaren oder der schwäbischen Leckereien, die sie ihm bei seinen sporadischen Besuchen am Wochenende mitgibt, darauf schließen, dass sie meine Existenz immerhin stillschweigend zur Kenntnis nimmt. Er frischt bei ihr auch seine Erinnerung an die Zubereitung heimatlicher Klassiker auf und gemeinsam probieren wir uns sehr erfolgreich an leckeren Semmelknödeln und kochen sonst, was das Internet an Rezepten hergibt.

Nicht immer glucken wir aufeinander, aber immer und auch während der Arbeitstage schreiben wir weiterhin unsere heiteren und mit vielen Emojis und Bildern gespickten Nachrichten. Einmal im Monat nehme ich abends an den Veranstaltungen teil, die von den regionalen Gruppen des internationalen Vereins angeboten werden, in dem ich Mitglied bin, er geht regelmäßig zum Sport und fährt auch einmal zu seinem jährlichen Treffen mit zwei Studienkollegen, und einmal im Monat muss er für zwei Tage zum Hauptsitz der Firma nach Darmstadt. So auch Anfang Dezember zur Weihnachtsfeier des Unternehmens, und lachend berichtet er nach seiner Rückkehr, dass Sandra doch gern mal wieder mit ihm in einen Club gehen möchte, was für mich wegen seiner früheren Toleranz gegenüber meinen Alleingängen und deren letztlicher Belanglosigkeit akzeptabel ist, aber ihrer Vorstellung von einem Besuch an einem Wochenende möchte ich nicht nachgeben und das findet er auch verständlich. In diesem Jahr wird das ohnehin nicht mehr stattfinden, denn ein paar Tage später wird seine schmerzhafte Hämorrhoide ambulant operativ entfernt und ich freue mich über seine Meldung aus dem Aufwachraum und hole ihn aus der Praxis ab, bringe ihm Tee und Schmerztabletten ans Bett, koche Hühnersuppe und helfe ihm beim Entfernen der Tamponade. Aber die heftigen Schmerzen halten lange an und erst nach einer Woche, in der er noch einmal wegen eines Bewerbers drei Tage nach Darmstadt muss, tasten wir uns vorsichtig wieder in den Intimbereich vor und der erste postoperative Orgasmus lässt die Schmerzen noch einmal kurz aufleben.

26

Mein Weihnachtsurlaub beginnt zwei Tage früher als seiner und ich backe noch einmal Kekse und putze die Wohnung gründlich, lege auf den freien Teil des Tisches eine Weihnachtsdecke und kaufe ein zierliches und tannenähnliches, kaum 10 cm hohes Pflänzchen, das ich mit winzigen bunten Kugeln und Silberstaub dekoriere und stelle vier kleine Windlichter mit Teekerzen dazu. Die Zwischenräume fülle ich mit Nüssen und Mandarinen und beide sind wir mit diesem minimalen Zugeständnis an die Festtage sehr zufrieden. Kati posiert auf Facebook vor einem fast drei Meter hohen Baumungetüm, das unter der Menge an goldfarbenem Weihnachtsschmuck kaum noch zu erahnen ist. Unglücklich hatte Bernd mir letzte Woche den ursprünglich von ihr skizzierten Plan vorgetragen, dass seine Mutter den 1. Feiertag bei seiner Frau und den Kindern verbringt und er den Heiligabend bei ihr, und beiden war uns klar gewesen, dass ihr gehässiger Vorschlag, seiner Mutter bei der Gelegenheit seine Ficktante vorzustellen, nicht in die Realität umgesetzt werden würde. Ich hatte ihn mit dem Hinweis auf mein entspanntes Verhältnis zu Weihnachten beruhigt und meinen Respekt vor ihrer Entscheidungshoheit über ihre Gäste ausgedrückt, da wir sie aufgrund ihrer schlechten körperlichen Konstitution und der steilen Treppe nicht zu uns einladen können. Wie immer wird sie früh ins Bett gehen und wir werden nach seiner Rückkehr genug Zeit für eine gemütliche Bescherung haben. Trotzdem erleichtert es ihn, dass sie ihre Meinung noch einmal ändert und auch den Heiligabend lieber mit den Enkeln verbringen möchte und gern kann er am Nachmittag vorbei kommen und das Fondue-Set mitnehmen.

Nahezu zwei Wochen ohne Verpflichtungen liegen vor uns und als erstes widmen wir uns der Herausforderung, passende Weihnachtsgeschenke für seine Kinder zu finden. Zu ihren Geburtstagen Anfang Dezember hat er schon nur Gutscheine geschickt und zu Weihnachten soll es etwas Persönlicheres sein. Ich ziehe eine Biographie und einen Thriller aus dem Regal, die aus meiner Sicht gut zu dem politisch interessierten und Amerika-begeisterten Sohn passen, der viel liest, und schlage goldene Ohrringe mit einem hübschen Stein für die Tochter vor, die gut zu ihren blonden Haaren passen werden, weil ihr großes Interesse an kleinen Kindern das Einzige ist, was ich sonst noch von ihr weiß. Nach kurzer Sichtung bestellt er die Biographie und muss darüber lachen, dass bei diesem Geschenk nur allzu leicht der Einfluss seiner intellektuellen Freundin erkennbar ist, dann macht er sich auf den Weg zum Juwelier. Für seine Mutter hat er schon im November, als ich mit einer App aus meinen schönsten Wolkenbildern der letzten zwölf Monate den Kalender fürs nächste Jahr gemacht habe, ebenfalls ein großformatiges Exemplar mit den Photos von der gemeinsamen Polenreise zusammen gestellt.

Als nächstes der Speiseplan für die Festtage. Heilig-abend wollen wir Fondue machen und die Saucen dazu nach Rezepten, die ihm einer von den Sportfreunden vor langer Zeit einmal geschickt hat, selbst zusammen rühren. Am 1. Feiertag Entenbrust und Semmelknödel und mit Spekulatiusgewürz angemachten Weißkohl, der ihm aus einem weit zurück liegenden Kochkurs gut in Erinnerung geblieben ist. Am 2. Feiertag Lachs in Teriyaki-Sauce auf einem lauwarmen Gemüsebett. Zwei Kisten Wein habe ich schon bei der netten Wein-händlerin um die Ecke gekauft, trotzdem ist unsere Einkaufsliste auf seinem Handy endlos und wir stürzen uns in das weihnachtliche Getümmel und mit jeder abgehakten Position türmt sich der Berg in unserem Einkaufskorb höher. An der Kasse stellt Bernd mit Erschrecken fest, dass er sein Portemonnaie zu Hause vergessen hat und mit leichtem Entsetzen reiche ich der Kassiererin meine Kreditkarte.

27

Weihnachten ist ein Fest, für mich das erste Mal seit vielen Jahren. Die Matratze haben wir auf den Fußboden gelegt, weil mit dem Lattenrost irgendwas nicht stimmt, und wir genießen unsere morgendlichen Spielereien, schlafen danach noch einmal ein, dann koche ich Tee, den wir im Bett trinken, während er mathematische Probleme löst, im Joyclub stöbert oder Sportvideos schaut und ich interessiert über seine Schulter schaue oder mich durch die Wolken aus aller Welt klicke, die in meinen Gruppen auf Facebook gepostet werden, und gemeinsam klicken wir uns lachend durch die Aufzeichnungen von Carpool Karaoke. Irgendwann treibt uns der Hunger aus dem Bett und unter die Dusche, dann holt er Brötchen und ich decke den Frühstückstisch und wir recherchieren über den Weinanbau in England, die Teegebiete in

Indien oder die weltweite Sojaproduktion, nehmen die Unternehmensstruktur diverser Firmen unter die Lupe, erklettern bei naßkaltem Wetter die Achalm und im Sonnenschein den Georgenberg, machen ein anregendes Mittagsschläfchen und kochen gemeinsam und schlafen viel.

Wir rühren unsere Saucen zusammen und er fährt zu seiner Mutter und bringt das Fondue-Set mit, und wir beladen den Tisch mit Hühnchen, Rind und Schwein, einem Salat und Brot und dippen uns lachend und begeistert durch die Köstlichkeiten, bis wir uns fast nicht mehr rühren können. Ich schenke ihm „Quality Land" von Marc-Uwe Kling als Hörbuch und eine Wärmflasche aus dem VfB-Fanshop, weil mein Weichei das Bett am Abend oft erschreckend kalt findet, und er überreicht mir ein zu meiner Kette passendes Armband mit einem Herzen und bedankt sich auf seiner Karte für all die Liebe und Geduld, die ich in diesem Jahr für ihn aufgebracht habe, und die mir angesichts unseres liebevollen Miteinanders absolut gerechtfertigt erscheint. Still und mit ungläubigem Erstaunen lauscht er dem kurzen Telefonat, dass ich am 1. Weihnachtstag mit meinen Eltern führe und geduldig bräunen wir die Entenbrust zu zartrosa Perfektion. Die ungewöhnliche Kombination von Lebkuchengewürz und Weißkohl harmoniert gut mit unseren schon routiniert gemachten Semmelknödeln und der vollendeten Sauce, und der asiatische Hauch des Lachses am 2. Feiertag beendet die Serie unser Festmahle mit einem gelungenen Kontrapunkt.

Wir behalten unseren faulen Morgen bei und lassen das Auto auf dem glücklich gefundenen Parkplatz stehen und lachen über die örtlichen Anekdoten, die er mir auf dem Fußweg durch die ganze Stadt zum Einkaufen erzählt. Er begleitet mich zu meiner monatlichen Vereinsveranstaltung, die außergewöhnlich gut besucht ist und in diesem Monat eine Führung durch die Tiepolo-Ausstellung in der Stuttgarter Staatsgalerie anbietet und wie ich begrüßt auch er die unkomplizierte Art, mit der man beim anschließenden geselligen Beisammensein bei gutem schwäbischen Essen in der nahegelegenen Gaststätte „Zum Becher" schnell mit jedem zu einem anregenden Gespräch gelangt. Über den Titel „Silvester im Swingerclub" des Komiker-Duos Mundstuhl haben wir schon oft gelacht und uns der Anregung folgend, und von Kati boshaft kommentiert, für den Jahreswechsel zu der Silvesterparty des Atemlos angemeldet. Wegen seiner Operation waren wir aber schon drei Wochen nicht mehr unterwegs und der 31. liegt unter diesem Gesichtspunkt noch in weiter Ferne. Wir melden uns am Samstag für den Paareabend mit Massagen im SunMoon an und treffen in dem festlich geschmückten Club außer Jörg und Steffi noch rund hundert andere Paare, die des Weihnachtsrummels der Muggelwelt überdrüssig sind und gemeinsam lassen wir es richtig krachen und Bernd und ich freuen uns auf der Rückfahrt noch einmal über unsere perfekten Feiertage.

Der Dresscode für die Veranstaltung im Atemlos ist unspezifisch und als ich zwischen den Tagen einmal allein einkaufen gehe, vergesse ich die Vernunft und erliege der Anziehungskraft des Erotikmarktes und kaufe mir einen schwarzen und durchsichtigen Body, dessen offener Schritt und die kreisrunden Ausschnitte für die Brüste nur mit silberfarbenen Kettchen verhängt sind und der an den Öffnungen für Arme und Beine mit schwarzer Spitze eingefasst ist, und Bernd fallen fast die Augen aus dem Kopf, als ich ihn in der Garderobe des Clubs anziehe. Ein uns schon bekanntes Latexpärchen ist mit einem ganzen Koffer verschiedener Outfits angereist und viele andere tragen zu Beginn der Party Abend-garderobe, aber wir wollen weniger feiern als vögeln und finden genügend Gleichgesinnte mit sparsam verhüllter und doch festlicher Nacktheit und ich bin überglücklich, meinen Herzallerliebsten um Mitternacht in diesem Jahr in die Arme nehmen und meine Wünsche direkt in sein Ohr flüstern zu können. Wir beginnen das neue Jahr, wie wir das alte beendet haben und kehren noch einmal auf eine der Spielwiesen im Obergeschoss zurück, dann machen wir uns auf den Heimweg und angesichts des roten Emoji-Herzens, das mein Seitenblick auf dem Display von Bernds Handy erblickt, als er es aus dem Spind nimmt und dann schnell in die Hosentasche steckt, erstarre ich innerlich.

28

Ich weiß, dass ich spontan nicht vernünftig mit allen möglichen Bedeutungen dieses Herzens umgehen kann, aber nicht, was ich sagen soll, deswegen schweige ich. Unsere Offenheit miteinander ist für mich der Dreh- und Angelpunkt unserer Beziehung, aber ich möchte nicht Katis Fehler wiederholen und ihn mit Fragen bombardieren und konfrontieren, die ihn schließlich in eine Lüge flüchten lassen. Ich beruhige mich mit dem Gedanken an unsere Intimität gerade der letzten Tage und die noch der kleinsten Geste innewohnende Zärtlichkeit und ganz offenbar mißt er den kleinen roten Zahlen der Telegram-App auf seinem Handy, die ich erst jetzt bemerke und argwöhnisch beäuge, keine besondere Bedeutung zu.

Am nächsten Tag starten wir wieder in den Alltag und in den Nachrichten an mich sind Herzen in jedem Fall gut platziert. Auf dem Heimweg vom Sport ruft er mich gegen acht an, weil bei Kati das Internet zusammen gebrochen ist und sein Sohn um seine Hilfe gebeten hat und er erst später nach Hause kommen wird. Als er um Mitternacht noch immer nicht zurück ist und auch keine Nachricht schreibt und auf meine vorsichtige Frage nach seinem Kommen nicht antwortet, fühle ich mich an sein Entscheidungswochenende im Mai erinnert und gerate in Panik und laufe schluchzend in der Wohnung umher, bis ich um zwei nicht mehr an mich halten kann und ihn anrufe und er ganz ruhig sagt, dass er gleich da sein wird. Als er kurz darauf das verheulte Etwas im Bett zärtlich in die Arme nimmt und ich mich meiner Paranoia schäme, entschuldige ich mich, schon wieder lachend, mit einem Hinweis auf meine mutmaßliche Traumatisierung durch die Ereignisse im Mai. Er hat lange für die Reparatur gebraucht und dann haben sie das erste Mal seit seinem Auszug vernünftig darüber miteinander reden können und die ihm berichtete Aussage seines Sohnes, dass es sich irgendwie anfühlen würde, als ob sein Vater tot wäre, aber doch noch da draußen rumläuft, hat ihn sichtlich schockiert. Seine Reaktion auf meinen Anruf hat sie dagegen zu der Bemerkung veranlasst, dass er mit mir viel geduldiger ist, als er es mit ihr jemals war.

Wie immer vergnügen wir uns am Samstag im Club und lassen uns am Sonntag auf dem Tag der offenen Baustelle stundenlang von dem Ausmaß des Projekts und dem Baufortschritt von Stuttgart21 tief beeindrucken und am Donnerstag der folgenden Woche muss er das erste Mal in diesem Jahr zu seinem monatlichen Meeting nach Darmstadt. Liebevoll verabschieden wir uns am Morgen an der Haustür voneinander und ich gehe zum Anziehen ins Schlafzimmer und sofort sticht mir das Fehlen seines Cluboutfits auf seiner Kommode ins Auge. Schamhaft und vorsichtig durchforste ich erfolglos die Schubladen und tatsächlich hat er sich über unser gemeinsames Profil Clubs in der Nähe von Darmstadt angesehen und war gestern mit seinem eigenen aktiv. Anders als früher fällt ihm nicht auf, dass ich mich den ganzen Tag nicht melde und nicht auf seine Nachrichten reagiere. Als er mir eine gute Nacht wünscht und nicht auf meine Frage reagiert, ob wir noch kurz telefonieren können, schreibe ich ihm, dass seine so offenkundige Mitnahme seiner Clubwear mein Gefühl bestärkt hat, dass seine Offenheit mir gegenüber momentan mindestens eingeschränkt ist und ich mit ihm darüber reden möchte, weil es sonst um meine eigene auch nicht gut bestellt ist. Ich fühle mich nicht dadurch gekränkt, dass er gerade allein oder in Begleitung in einem Club ist, darüber haben wir ja geredet, sondern dadurch, dass er mich nicht daran teilhaben lassen oder es sogar vor mir geheim halten möchte, weil es damit bedeutungsschwer wird und es unseren Umgang miteinander beschädigt, der sich gerade immer durch seine Offenheit ausgezeichnet hat. Aber vielleicht braucht er auch seine Geheimnisse, er ist ja auch ausgezogen, um mehr über sich selbst zu erfahren, und ich muss lernen, dass darin keine Aussage über mich oder uns enthalten ist. Und ich bestätige ihm, wie sehr ich es mag, mit ihm zu leben.

Am Morgen entschuldigt er sich dafür, bei meinem Anruf schon geschlafen zu haben und natürlich wird er mit seinem Schatz am Abend reden. Nach dem Abendessen druckst er auf dem Sofa ein wenig herum und platzt dann damit heraus, dass er sich eine Wohnung in Sindelfingen nehmen und ausziehen will und wieder einmal verliere ich den Boden unter den Füßen. Ich tobe und schluchze und stammle meine angestaute Verzweiflung über meine finanzielle Lage, die ich mit der Wohnung assoziiere, heraus, dann ziehe ich mir etwas über, laufe, mit meinen Freundinnen telefonierend, zum Bahnhof, kaufe mir Zigaretten und inhaliere gierig gleich drei Stück hintereinander. Schon ruhiger stehe ich wieder vor der Haustür und wir gehen noch in den Jazzclub und in eine Bar am Marktplatz und die Trunkenheit bringt mich gut durch die Nacht. Am nächsten Morgen mache ich einen langen Spaziergang und sortiere mein Gefühlschaos. Durch die wenig partnerschaftliche Heimlichkeit seiner Wohnungssuche habe ich seinen Wunsch nach einer eigenen Wohnung als gegen mich gerichtet empfunden, aber auch gleich den Impuls verspürt, wieder mein eigenes Ding zu machen. Eine Wochenendbeziehung will ich mit ihm nicht führen, denn in meinen Augen wird das mit ihm auf eine Art Abrufbereitschaft für mich hinaus laufen. Sicher verbringen wir zuviel Zeit miteinander und können uns zuhause nicht aus dem Weg gehen und nie hat er die Wohnung auch einmal allein für sich und leider kann ich aus finanziellen Gründen momentan nicht viel unternehmen, aber für das nächste Wochenende habe ich mich bei meiner Freundin in Augsburg eingeladen. Wir können uns auch eine andere Wohnung suchen, auch in Sindelfingen, und die klassische Aufteilung in Wohn- und Schlafzimmer ist für mich ohnehin nicht zwingend und liebevoll belächelt er den Eifer meines Vortrags und den Vorschlag einer WG. Zwei Tage später erinnere ich mich an mein letztjähriges Vorhaben, ihm als erstes Kampfbereitschaft für seine eigenen Wünsche beizubringen, und muss über mich lachen, weil ich mich, wenn sie meinen eigenen zuwider laufen, so dagegen sträube. Wenn er für seine Entwicklung jetzt eine eigene Wohnung braucht, dann darf ich ihn nicht aufhalten, aber mittlerweile hält er es selbst für eine Schnapsidee und winkt ab, und ich kann den leisen Verdacht nicht unterdrücken, einem Ablenkungsmanöver aufgesessen zu sein, weil wir den Clubbesuch nicht mehr erwähnen. Von dem immer noch nicht eingerichteten Konto nehme ich Abstand, aber an der Miete soll er sich zur Hälfte beteiligen, der Rest gleicht sich schon irgendwie aus, und nach einer kleinen Erinnerung bringt er am Anfang des nächsten Monats tatsächlich seinen Anteil in bar mit nach Hause.

29

Wir sind die ewig gleichen Veranstaltungen im SunMoon und Atemlos ein wenig leid und gehen am Samstag ins Kino und schauen uns „Knives Out" an, der uns beiden gut gefällt. Das Ende unserer Premium-Mitgliedschaft im Joyclub, nachdem mein Guthaben verbraucht war, habe ich, genau wie seine Bemerkung darüber, geflissentlich ignoriert und amüsiert zur Kenntnis genommen, dass er sie nach einigen Tagen dann doch verlängert hat. Am Sonntag haben wir uns zu Brunch & Relax im Angel of Fantasy angemeldet, einem Swingerclub in Untermeitingen in Bayern, der Sonntags ab 11 Uhr geöffnet hat und mit Brunch, Mittagsmenü und Kaffee und Kuchen wirbt und wieder fragen wir uns lachend, wie sich das bei den 40 €, die wir als Paar für den Eintritt zahlen, rechnet. Als wir gegen eins vor dem großen Gebäude im Industriegebiet parken, ist die Veranstaltung schon gut besucht, und nach einer ersten Sichtung der über drei Etagen verteilten Spielzimmer des Clubs und einem kleinen Imbiss an dem sehr guten Buffet lasse ich mich im Dachgeschoss von Bernd und einem Hinzukommenden verwöhnen und wieder einmal erstaunt uns die Leichtigkeit, mit der man mich mittlerweile und auch mehrfach zum Spritzen bringen kann. Wir treffen auf ein sehr hübsches Paar in unserem Alter aus Ravensburg und ich lasse mich durch ihren hockenden Ritt auf Bernd dazu animieren, diese Spielart gleich an ihrem Mann auszuprobieren und finde es sehr erregend, werde die Bewegung an sich aber wohl trainieren müssen, weil sie einiges an Kondition erfordert. Wir Frauen wollen nach einem angeregten Gespräch und einem Getränk an der Bar frohgemut in eine neue Runde starten und haben lachend nur wenig Mitleid mit ihrem Mann, den diese Aufforderung manchmal fast mit Angst erfüllt, und Bernd stimmt in unser Lachen ein, denn ihm sind solche Anwandlungen völlig fremd. Noch einmal vergnügen wir uns mit den Beiden und gehen danach in die Sauna und testen das Kuchenbuffet. Zurück an der Bar treffen wir auf ein uns unbekanntes, sehr schönes und sehr unkompliziert wirkendes Paar aus Reutlingen, die den gestrigen Abend auf einer Großveranstaltung im Rhein-Main-Gebiet verbracht haben und heute mit dem Wohnmobil hierher gefahren sind. Als wir in unser letzten Runde eher zufällig neben ihnen auf der Matte liegen und ich keine große Lust mehr auf langwierige Anbahnungen habe, flüstere ich ihr nur über die

Schwänze unserer Partner in unseren Mündern hinweg zu, ob wir tauschen wollen und sofort wechselt sie mit mir den Platz, und die kraftvollen Stöße ihres Partners, der wenig später seine Position wechselt und mich von hinten nimmt, setzen einen glanzvollen Schlusspunkt unter diesen Nachmittag und beide sind wir mit dieser Art, den Sonntag zu verbringen, sehr zufrieden.

30

Am kommenden Sonntag jedoch wird er nach Darmstadt zu einer mehrtägigen Jahresauftaktveranstaltung seiner Firma fahren und reagiert überrascht auf meine Frage, ob wir in dieser Woche wegen meiner Abwesenheit am Samstag zum Couples & Ladies Friday im Feuer und Eis in Bruchsal gehen wollen, denn meinen vereinbarten Besuch in Augsburg hat er wie seinen Wunsch nach einer eigenen Wohnung längst vergessen. Wir lernen vor Ort ein neues Industriegebiet kennen und finden den Club sehr schön, aber die Mitspieler uninteressant, und konzentrieren uns den ganzen Abend voller Leidenschaft und Spielfreude aufeinander und sind glücklich damit.

Nach unserer geliebten Wochenendroutine mit Spiel, Tee, Mathematikvideos und Wolkenbildern im Bett und spätem Frühstück, die wir aus den Weihnachtsferien mit ins neue Jahr genommen haben, breche ich zu meiner Freundin auf. Er hält mich mit Bildern und vielen Herzen auf dem Laufenden über seinen Sport, die Reparaturarbeiten in der Küche seiner Mutter und seine Essensvorbereitungen in unser eigenen, mit denen er sein freies Wochenende gestaltet. Wir gehen derweil shoppen und schaffen es gerade eben pünktlich zu den köstlichen Gnocchis, die der Mann meiner Freundin für uns gekocht hat, und palavern uns anschließend genüßlich durch den Abend und einige Flaschen Rotwein. Nach dem Frühstück am Sonntagmorgen fahre ich wieder heim und wir knutschen noch eine halbe Stunde auf dem Sofa, dann muss er aufbrechen. Sein Cluboutfit liegt dekorativ auf der Kommode, aber die Relax-Party im Club Le Coq in Wörrstadt in der Nähe von Darmstadt, den er sich gestern über unser Profil angeschaut hat, ist auch eine FKK-Veranstaltung. Aber vielleicht war er auch wirklich mit den Kollegen kegeln, wie er mit vielen Küssen und Herzen und einem Gute-Nacht-Wunsch gegen elf Uhr schreibt, aber die Adresse, die mir bei unserem Besuch im SunMoon am nächsten Samstag auf der Liste seines Navis ins Auge sticht, spricht dagegen, doch wegen seiner Reaktion am Anfang des Monats sage ich nichts. Sein Verhalten mir gegenüber ist unverändert und immer leuchten seine Augen auf, wenn er nach Hause kommt und nie fehlt ein Herz oder Kuss in seinen Nachrichten und immer antwortet er mit „ich Dich auch", wenn ich ihm meine Liebe gestehe und im Schlaf schmiegt er sich an mich oder greift nach meiner Hand. Aber er muss nun jede Woche beruflich nach Darmstadt und wird die frisch rasierten Eier, mit denen er am Morgen aus der Dusche kommt, wohl kaum zusammen mit seinen viel-versprechenden Zahlen auf den Meetings präsentieren, und auch die Nummer von Sandra, die ich auf dem Display seines Handys an einem solchen Tag erblicke, während er noch im Bad ist, spricht dagegen. Sein Mangel an Talent zur Monogamie, mit dem ich ihn einst aus seiner Ehe locken wollte, stört mich auch an dieser Stelle nicht, aber die Heimlichkeit seines Handelns vergiftet mein Denken und zerstört mein Vertrauen in ihn, weil ich gedanklich nicht eingrenzen kann, wo seine Unehrlichkeit mir gegenüber anfängt und wo sie aufhört. Ich habe ihm eine offene Beziehung angeboten, weil ich seine Freiheit wertschätze, und kann in meinem Verlangen nach Offenheit mir gegenüber keine Einschränkung derselben sehen.

Als wir an einem Sonntag zu einem lang verabredeten Besuch meines Cousins in der Nähe von Freiburg

aufbrechen, gibt mir der Schlüssel zu der Firmenwohnung in Darmstadt in der Ablage seines Autos die
Gelegenheit, das Thema anzusprechen und es gelingt
mir, ihm meine Gedanken dazu ruhig und verständlich
zu vermitteln. Nahezu dankbar leuchten seine Augen
auf und ganz fest drückt er meine Hand und so gut wie
auf dem Foto, das ich nach ihrem Anruf auf der
Homepage seiner Firma mit leichtem Erschrecken von
ihr entdeckt habe, sieht sie in Wirklichkeit nicht aus.
Seine Besuche in Darmstadt reduzieren sich wieder auf
einmal im Monat und unser Umgang miteinander findet
zu der alten Vertrautheit zurück.

31

Nur ein paar Häuser weiter bietet ein Restaurant
ein koreanisches Barbecue an, dass unserem
phantastischen Erlebnis in Hamburg sehr nahe
kommt, und wir landen mit „Parasite" im Kino schon
wieder begeistert in Korea. Im monatlichen Newsletter
meines Vereins wird ein kostenloser Kurs der Universität Helsinki über künstliche Intelligenz beworben,
dem mein Experte beim Blick über meine Schulter leicht
verwundert einen umfassenden Wissensüberblick
bescheinigt und stolz präsentiere ich ihm nach drei
Wochen mein hübsches Abschluss-zertifikat. Wir
probieren das schicke neue Burger-Restaurant am
Bahnhof aus und diskutieren tuschelnd die Vielfalt der
Gäste und gemeinsam zerbrechen wir uns den Kopf
über die Schachprobleme des Geo Magazins und des
Reutlinger Generalanzeigers. Beide haben wir einen
Hang zum Spielen und überbieten uns gegenseitig beim
BlockuDoku auf unseren Handys, von dem wir eine
Zeitlang nur schwer die Finger lassen können. Wenn er
abends nach dem Essen manchmal ohne ein Wort
aufsteht und sich selbstvergessen auf dem Sofa
breitmacht und ich mich dann mit einem Buch in die

Badewanne oder ins Bett verziehe, steht er nach wenigen Minuten doch wieder aufmerksam in der Tür und forscht nach meinem Verbleib.

Unseren Jahrestag feiern wir in diesem Jahr mit einem türkischen Essen in einem kleinen und wunderbaren Restaurant am Kernerplatz und der trotz aller begeisterten Kritiken eher mäßigen Queen-Show im Stuttgarter Planetarium und kehren auf dem Weg zum Auto noch auf einen Drink in einer skurrilen Whisky-Bar ein. Wenige Tage später erleben wir in Neu-Ulm ein phantastisches Konzert von Wanda und tanzen inmitten der meist viel jüngeren Zuschauer ausgelassen mit und ein verliebtes Selfie darf natürlich nicht fehlen. Auf dem Rückweg erzählt er mir stolz von seinem sensiblen Umgang mit einem etwas schwierigen Mitarbeiter und erinnert sich dabei an Katis immer wieder vorgetragene Beschwerde, dass er im geschäftlichen Zusammenhang, ganz anders als zu Hause, offen, sozial und verständnisvoll ist und ich muss im Dunkeln schmunzeln über den fast schon selbstkritischen, von ihm gerade hergestellten Zusammenhang und die Ähnlichkeit mit einem Gedanken, der auch mir soeben spontan durch den Kopf geschossen ist. Von Kati hören wir in dieser Zeit aber kaum noch etwas, außer dem mit Genugtuung vorgetragenen Hinweis auf einen Zeitschriftenartikel, laut dem Gin-Tonic-Trinker Psychopathen sind, mit dem sie selbst die WhatsApp-Sperre durchbricht, die sie vor einiger Zeit über ihn verhängt hat. Als Bernd wegen des mit der Firma geplanten Skiausflugs am Ende des Monats um seine Skiausrüstung bittet, soll er nun auch endlich den Rest seiner Sachen abholen, die sie für ihn in der Garage deponiert hat. Meine Corbusier Liege verschwindet unter seinen Anzügen und angesichts der drei sperrigen Kartons im Schlafzimmer könnten wir mit wenig Aufwand an der einen Wand Platz für einen eigenen Kleiderschrank für ihn und in der anderen Zimmerecke mit einem kleinen Schreibtisch eine Rückzugsmöglichkeit innerhalb der Wohnung schaffen und er nimmt begeistert Maße und plant mit dem PAX-Planer von IKEA ein ausgeklügeltes System, und fragt mich immer wieder nach meiner Meinung dazu, aber dann verläuft das Projekt Anfang März im Sande, ohne dass er eine Bestellung auslöst.

32

Wir fahren Sonntags zu Wellness & Relax in den Beach Club St. Tropez in der Nähe von Augsburg, probieren am Donnerstag den Paareabend des Pornokinos in Ludwigsburg aus, lassen uns an einem Montagabend von der Dame eines Paares zu einem Blind Date in einem Hotel mit ihrem zur Reha in Reutlingen weilenden Partner verabreden, nehmen am Valentinstag an der Nacht der Rosen im Wildpark teil, treffen uns mit einem Paar in deren Wohnung in Ludwigsburg, sind Samstags im SunMoon gern und oft gesehene Gäste, besuchen an einem Sonntag endlich das Sahne-Schaum-Café des Quicky in Weinheim, verabreden uns an einem Samstag mit einem Bi-Paar und ihrem ebenfalls bi-interessierten Hausfreund in Ochsenhausen und sind an einem Dienstag mit drei sympathischen Männern die einzigen Gäste im Wildpark und lachend erkläre ich der Barfrau, dass wir sie jetzt allein lassen und nehme alle vier mit nach oben. Und nicht nur immer wieder andere und immer wieder erregende Ausführungen der verschiedenen Spielarten der körperlichen Begegnung, sondern auch immer wieder neue Geschichten über das seit wann und warum, wie und wo der Clubbesuche.

Nach seiner Zusage zum Skiurlaub der Firma hat Bernd mich nachträglich nahezu um Erlaubnis gefragt und ich habe mich für ihn über die Gelegenheit gefreut. Trotzdem kann ich mir ein paar Tage später beim gemeinschaftlichen Kochen die Frage nach Sandras Teilnahme nicht verkneifen und schiebe nach seiner

ehrlich überraschten Verneinung erklärend die Frage
hinterher, wie es ihm mit einem Geliebten von mir
ginge, von dem er nichts wüßte, und lachend versteht er
mein Problem, aber seine Erinnerung an die penible Art,
mit der Sandras Mann laut ihrer Erzählung den
Geschirrspüler belädt, hilft mir weniger, als seine
beiläufige Bemerkung gegenüber der Frau des Bi-Paares,
dass es bei einer Affäre doch einfach nur um schönen
Sex geht, die ich zufällig aufschnappe.

Und tatsächlich schreiben wir während seiner Tage in
Österreich wieder eifrig Nachrichten und er schickt
Selfies und Landschaften mit Wolken und Herzen und
Küssen und seit langem wieder einmal eine Liebes-
erklärung, die nicht einfach nur eine Antwort auf meine
ist, und freut sich tierisch auf mich. Um meine
Vorstellung von Offenheit noch einmal zu verdeutlichen,
kaufe ich mir für sein Skiwochenende nicht nur eine
Karte für das Reutlinger Theater, sondern melde mich
auch zu seinem Erstaunen als Solodame über unser
Paarprofil bei Wellness & More im Club Karree in
Philippsburg an, nachdem ich ihn, wie auch früher
immer, gefragt habe, ob ihm das etwas ausmacht. Und
tatsächlich sagt er halb fragend versuchsweise bei
seinem Besuch in Darmstadt in der übernächsten Woche,
dass er gerne auch dort übernachten möchte, wenn das
für mich in Ordnung ist und liebevoll lächelnd gebe ich
mein Einverständnis und am Morgen seiner Rückkehr
am Freitag ist er voller Vorfreude auf unseren Samstagmorgen im Bett. Dann kommt Corona und der
Lockdown und einander gegenüber richten wir uns
morgens im Home Office ein.

33

Für ihn ist es die gleiche Arbeit an einem anderen Ort. Ein Großraumbüro gewohnt, nimmt er meine Anwesenheit kaum wahr, macht seine Meetings routiniert per Videokonferenz oder nur als Call und nebenher noch etwas anderes. Ich arbeite gern konzentriert alleine und kann sowieso nicht mehr tun, als meine Kunden mit ihren ganz eigenen Sorgen telefonisch auf die Zeit nach Corona zu vertrösten, dabei sitzt mir die im April fällige Steuernachzahlung für 2018 und mein Produktionsziel für die Übernahme in ein unbefristetes Arbeitsverhältnis im Nacken. Wie immer beruhigt mich seine bloße Anwesenheit und auch die Wanderungen, die ich durch die geisterhaft verwaisten Straßen unternehme, damit ich mich in den Wolken verlieren und rauchen kann und wir nicht den ganzen Tag aufeinander hocken. Er verlässt zu meiner Belustigung oft tagelang weder das Haus noch seine Jogginghose. Auf der Suche nach sinnvoller Beschäftigung koche ich viel Tee, übe Schach und lese und widme mich ausgiebig unserer kulinarischen Versorgung. Wir frühstücken gut, mittags mache ich uns einen Obstteller und abends koche ich für uns Gerichte, die ich schon immer kenne, mir ausdenke oder im Internet finde, und er deckt auf meine Bitte hin den Tisch, ohne sich an die Existenz von Servietten zu gewöhnen, und begeistert sich stets für meine Kochkünste. Die Zutaten besorge ich auf meinen Wanderungen oder jage ihn lachend zu einer Pause aus dem Haus oder wir gehen gemeinsam plaudernd am Echazufer entlang zum nächsten Rewe-Markt. Die Verlangsamung des Lebens hat auch ihren Reiz und ich freue mich, in dieser Zeit mit ihm zusammen zu sein, aber unseren Urlaub in Dresden in der ersten Aprilwoche mit Besuchen im Paradise und der Oase, einem Konzert und dem Rückspiel von Dynamo Dresden und VfB Stuttgart können wir streichen.

Seine geliebten Sportereignisse werden genauso abgesagt wie sämtliche Clubveranstaltungen, aber er begnügt sich mit Aufzeichnungen und am Wochenende schauen wir uns manchmal morgens einen Porno an und das tägliche Geschenk eines Orgasmus am Morgen kann uns auch Corona nicht nehmen. Ich lese den Newsletter der New York Times und er schreibt ein Programm und importiert die im Internet zugänglichen, täglich neuen Zahlen über die Verbreitung des Virus und sortiert sie nach den Fragestellungen, die uns interessieren und wir verfolgen gebannt jede neue Entwicklung auf der ganzen Welt und versuchen uns in Deutungen und Prognosen. Abends nach dem Essen spielen wir auf unseren iPads Schach gegeneinander und immer öfter gelingt mir jetzt ein Sieg. Neuerdings schauen wir die Tagesschau und auch mal einen Film auf Netflix oder Sky oder ich durchforste mit Kopfhörern die Bibliothek der TED Talks, während er an seinem Programm bastelt oder in einem Klassiker der Programmierung liest, den er sich übers Internet bestellt hat. Als ich das an mich adressierte Päckchen aus dem Briefkasten ziehe, halte ich es erst für mein Geburtstagsgeschenk, aber verlegen gesteht er mir am Tag davor, dass er durch die Schließung der Geschäfte kein Geschenk für mich besorgen konnte, aber ich bin innerlich nur dadurch leicht gekränkt, dass er auf meine mit drei dicken Herzen unterstrichene Nachricht, dass seine Gegenwart noch immer das größte Geschenk für mich ist, nicht reagiert, die ich ihm auf die Einkauftstour für seine Mutter hinterher sende. Recht lange hält er sich dort im Keller auf, um die Beleuchtung zu reparieren, und berichtet mir kopfschüttelnd von ihrer Vermutung, dass er dort seine Sachen zusammen sucht, um zu seiner Familie zurück zu kehren.

Auf dem Weg dorthin hat er im Baumarkt doch noch einen Topf mit roten Rosen ergattert, den er seinem Schatz am Morgen ans Bett bringt. Mein schöner Plan für einen Besuch des Thyssen Krupp Testturms auf dem

Weg zur Hopper-Ausstellung in der Fondation Beyeler in der Schweiz ist durch die aktuellen Ereignisse zunichte gemacht worden, aber zum Abendessen habe ich mir Steak und Pommes und Salat gewünscht und nach dem Frühstück nehme ich ein Bad und schlüpfe frisch rasiert in ein für Clubbesuche zu kompliziertes Outfit und Pumps und angenehm überrascht fährt er vom Sofa hoch und wir spielen ausgelassen in der Küche und lachen über seine Aufmerksamkeit, mich vom Teppich zu schieben, bevor er mich zum Spritzen bringt, und wechseln ins Bad. Das Steak ist von ihm perfekt und kurz gebraten und mein Wunschfilm „Hell or high water" für mich auch beim zweiten Mal eine Sensation, die auch ihn tief beeindruckt und wieder einmal ist er glücklich fasziniert davon, wie wenig es für meine Zufriedenheit braucht. Am Sonntag habe ich zwar nicht mehr Geburtstag, aber der nachmittägliche Ausflug ins Schlafzimmer wird fester Bestandteil unserer Corona-Wochenendroutine.

34

Ein paar Tage später fällt er wieder einmal aus dem Zustand, in dem man ihm gar nicht genug Aufmerksamkeit schenken kann, in die Stimmung, in der mir jedes Wort an ihn zuviel erscheint, was selten vorkommt und mich in der Beschränkung unser aktuellen Situation verunsichert. Er bittet mich inständig, aber ohne weitere Erklärung, das niemals auf mich zu beziehen, und die bei meinen Überlegungen auch gefundene Erkenntnis, dass der Level seines Interesses für sein Gegenüber dagegen gleichbleibend niedrig ist, behalte ich für mich. Vielleicht bekommen wir auch nur allmählich einen Lagerkoller, denn in der nächsten Woche will auch er einmal raus und das Home Office am Donnerstag mit dem Büro tauschen und ich biete ihm an, meinen Werkstatttermin in Sindelfingen am Freitag vorzuverlegen, damit er nicht zweimal fahren muss, aber er kann auch an zwei Tagen ins Büro gehen und auch ich genieße es, mein Home Office wieder einmal allein für mich zu haben. Scherzhaft aufgeregt nehmen wir uns bei der Gelegenheit einen Besuch im Drive-In des Burger King am Freitagabend vor, das Höchste, was derzeit an Ausgehen möglich ist.

Die Stunde zwischen der Abgabe meines Autos und seinem Feierabend nutze ich für einen Spaziergang von der Werkstatt zu seinem Büro und setze mich schon in sein Auto. Als er wenig später einsteigt, besteht er zu meinem tiefen Erschrecken ganz aus Eis und bestellt am Schalter mürrisch unsere Menüs, die wir wortlos im Wagen auf dem Parkplatz verspeisen. Durch die Mauer zwischen unseren Sitzen kann er auf der Fahrt erstmals nicht nach meiner Hand greifen und auf der Suche nach einem Grund für seine mir unbekannte Verfassung erkundige ich mich neutral nach seinem Tag, der ganz normal war, und frage angesichts des noch frühen Abends, ob wir vielleicht noch ein paar Schritte vom Park and Ride-Parkplatz an der B27 aus laufen wollen und überrascht stimmt er zu. Die Bewegung an der frischen Luft taut ihn langsam auf, aber bringt ihn nicht zum Reden und ich erinnere ihn an das ihm innewohnende Bedürfnis nach Bewegung und bemitleide liebevoll seine Corona-Verluste, seinen eigenen Sport und den der anderen und die Clubbesuche und schon wieder lächelnd winkt er ab und nimmt auf dem Rest des Weges meine Hand, die er auch im Auto nicht mehr loslässt. Zum abendlichen Schach öffnen wir einen Rotwein und bei der täglichen Auswertung der Zahl der Infizierten und der Toten ausnahmsweise auch noch eine zweite Flasche und runden das Ganze mit einem Gin Tonic ab. Meine Frage nach seinem Befinden auf einer Skala von eins bis zehn beantwortet er mit einer kläglichen zwei, aber nicht die nach den Ursachen, und im Bad ergreift mich hemmungsloses Schluchzen, das ich auch im Bett nicht stoppen kann. Als auch er hinzu kommt, frage ich ihn stammelnd, was ich eigentlich falsch mache und mit warmer Stimme sagt er „nichts, Du machst gar nichts falsch" und nimmt mich zärtlich in den Arm.

Am nächsten Morgen schlage ich einen Spaziergang im Wasenwald vor und wir geraten in der warmen Frühlingssonne beim Anstieg ins Schwitzen. Vergeblich warte ich auf eine Äußerung von ihm, bis ich ihn zu einem Holztisch mit zwei Bänken an einem kleinen Weiher ziehe und mühselig aus ihm heraus bringe, dass er sich doch eine eigene Wohnung nehmen möchte und selbst verwundert resümiert, dass bis irgendwann im Dezember alles perfekt war. Die Wendung kommt zwar wiederum sehr überraschend für mich, aber wirklich glücklich bin ich mit der momentanen Situation, in der ich mir fremd bin, auch nicht und ich habe meine damals gewonnene Einsicht, einen von ihm gewollten Selbstfindungsprozess nicht aufhalten zu dürfen, nicht vergessen. Sein stumpfer Blick auf meine Bitte, die Wohnung bis zum Ablauf der Kündigungsfrist noch mit mir zu teilen, enthüllt mir schon seine Antwort auf meine nächste Frage, dass er schon eine Wohnung hat, in die er am ersten Mai einziehen wird, aber auf die übernächste gibt es sonst nichts, was ich noch wissen müsste. Wir reden über sein Unverständnis über das Verhalten seiner Kinder und ihre Ablehnung eines Kontakts mit ihm und ich erinnere ihn an seine Bemerkung über das Mehr an Arbeit in der jetzigen Situation bei unserem Experiment mit den Spielfiguren und meine Frage nach seiner bisherigen Leistung in dieser Richtung ist pure Rhetorik. In gelöster Stimmung gehen wir zum Auto zurück und einkaufen und kochen zusammen und schauen friedlich auf dem Sofa fern. In der Nacht verdichtet sich das unangenehme Gefühl in meinem linken Ohr zu einem stechenden Schmerz und am nächsten Morgen mache ich mich anhand seiner Erklärung zu Fuß auf den Weg zur Notaufnahme, aber der diensthabende Arzt bestätigt mir nur meine eigene

Diagnose einer Mittelohrentzündung und zum Glück haben wir noch ein paar Schmerztabletten im Haus. Als ich am Nachmittag noch einmal zur Tankstelle gehen und Zigaretten holen will, bietet mir Bernd überraschend seine Begleitung an und Hand in Hand wandern wir durch die Stadt. Er lächelt über meine liebevolle Analyse seines kreativen Verhältnisses zur Wahrheit, durch die ich mich in meiner Intelligenz beleidigt fühle, und die verständnisvolle Mahnung, bei zwei Möglichkeiten wie grünem oder schwarzem Tee doch einmal den Versuch einer Wahl zu machen, deren Übernahme mich ermüdet. Auf dem Rückweg sitzen wir lange tief ins Gespräch versunken in der Sonne auf einer Bank im Park. Wir werden es wie immer machen und schauen, was diese Entwicklung mit uns macht, und er wird nicht mehr für egal votieren. Lachend kochen wir zusammen und spielen Schach. Die von ihm empfohlene HNO-Ärztin schreibt mich am nächsten Morgen krank und mit hohem Fieber verbringe ich den Tag halb taub und meistens schlafend auf dem Sofa, aber die starken und von mir auch etwas überdosierten Schmerztabletten wirken und nach dem Abendessen besiege ich ihn erstmals dreimal hintereinander beim Schach.

35

Die Wirkung der Schmerztabletten, die ich in den frühen Morgenstunden des Dienstags beim Toilettengang gleich eingeworfen habe, hält noch an, als ich aufwache. Ich drehe mich zu ihm um und kuschele mich an seinen warmen Rücken und greife noch etwas träge über seinen Bauch nach seinem Schwanz, der schon ein wenig prall ist und sich durch meine zärtliche Bewegungen des Schaftes rasch vergrößert und versteift. Genießend lässt er mich eine Zeitlang gewähren, bis er sich umdreht und nach meiner Möse fingert. Von Zeit zu Zeit verschiebe ich den Fokus seiner Fingerspitzen durch eine leichte Beckenbewegung und irgendwann knallt mein Orgasmus durch den Körper und als ich die Augen öffne, blicke ich wie jeden Morgen in seine liebevoll amüsierten blauen Augen und frage ihn, ob er ihn noch reinstecken mag. Auf jeden Fall, antwortet er lachend und ich steige aus dem Bett, beuge mich über die Kommode und strecke ihm meinen Hintern entgegen. Er stößt mich so, wie ich es mag und ich schaue wie immer im Spiegel über der Kommode den Verrenkungen seines Gesichts zu, während er sich mit langgezogenen Schreien in mich entlädt und helfe ihm zurück ins Bett, decke ihn zu und gehe ins Bad.

Ich hole Brötchen und mache Frühstück und wie immer echauffieren wir uns dabei über das Morgenmagazin und während ich den Tisch abräume, eröffnet er schon das Home Office. Ich will zur Post und frage ihn, ob er auch noch etwas von DM braucht, aber ihm fällt nichts ein und ich dackele mit meinem Ordner mit den Belegen vom letzten Jahr, den ich zum Steuerberater schicken will, zur Post. Von der Uhrzeit her eine schlechte Wahl, die Leute stehen in korrekten Abständen bis weit vor das Gebäude hinaus. Auf dem Heimweg ergreife ich auf dem Markt die Abendesseninitiative und kaufe den ersten Spargel der Saison und falle dabei auf den ältesten Trick der Preisauszeichnung herein, indem ich das Pfund auf dem Schild übersehe. Aber es ist mir heute egal, ich bin in der Stimmung, den Tag zu feiern, kaufe noch Kartoffeln, grünen Salat und sündhaft teure Fassbutter und verkünde ihm daheim stolz das Menü für den Abend. Ich koche noch Tee und doch etwas erschöpft begebe ich mich wieder auf mein Kranken- lager auf dem Sofa, beruhige aber seine besorgte Nachfrage damit, dass es mir heute schon etwas besser geht.

Das Wetter ist herrlich und die Schrittstatistik noch mies und so breche ich am frühen Nachmittag wieder auf und sage beim Weggehen, dass ich Kuchen mitbringe, wenn es gut läuft. Ich genieße zwei Zigaretten an der Echaz, kaufe beim Gemüsehändler noch Kräuter und beim Bäcker zwei sehr verlockende Kuchenstücke. Er schummelt, als er bei der Auswahl doch wieder nur mit den Schultern zuckt, aber ich lasse es ihm durchgehen, weil er in einer Telefonkonferenz ist und nehme mir den Rahmkuchen mit Streuseln und Früchten. Am Ende des Gesprächs bedankt er sich sogar für den Kuchen, bevor das nächste Meeting los geht. Recht früh räumt er um fünf den Rechner beiseite und erfreut schlage ich vor, dass er noch ein wenig rausgeht, während ich mich um das Abendessen kümmere. Mit einem hilflosen Lächeln bekennt er, sich jetzt auf den Weg nach Darmstadt zu machen.

In meinem Kopf explodiert etwas, mein Blut füllt sich mit Zorn und ich sage, murmel oder brülle - verpiss Dich. Ich laufe ins Bad und schlage die Tür hinter mir zu und sehe im Spiegel, wie die Tränen über mein Gesicht laufen, rausche aus dem Bad und es ist mir wichtig, dass ich nicht aus Traurigkeit, sondern aus Zorn weine. Der banale Satz, dass er mich unverdient wie Dreck behandelt, bricht ohne Widerrede von ihm aus mir heraus. Er taumelt durch die Wohnung und sucht ein paar Sachen zusammen und zieht tatsächlich die Jogginghose aus. Ich schreie meine Enttäuschung über seine Sprachlosigkeit und seine Unehrlichkeit heraus und sehe in seinen Augen pure und angsteinflößende Verzweiflung, als er vor dem Sofa vor mir auf die Knie sinkt. Er wird wieder kommen, morgen, sind seine Antworten auf meine Fragen. Ich sitze noch immer weinend auf dem Sofa, als er die Wohnung verläßt. Ich telefoniere eine Stunde mit meiner fassungslosen Freundin, schäle, koche und esse ein Kilo Spargel und beginne trinkend eine Nachricht an ihn, die ich spät in der Nacht sende.

36

Lieber Bernd,

Ich bin mir nicht sicher, ob Du weißt, was aus meiner Sicht an Deinem Verhalten heute falsch war. Du lässt mich allein, obwohl ich krank, verletzt und am Boden zerstört bin und gehst, obwohl auch Du sicherlich den Eindruck gewonnen hast, dass Du damit selbst meinen Bogen überspannt hast. Man kann oder muss das vielleicht sogar übersetzen mit: ich will und kann Dir kein Partner sein und das Schicksal unserer Beziehung ist mir egal. Wenn Du das hier liest, habe ich mich trotzdem dazu entschlossen, Dich nicht rauszuschmeißen und mindestens ich muss mich fragen, warum.

Das hat zwei Gründe: Zum Einen macht mich Deine Gegenwart glücklicher als alles andere und leider scheint mich nichts davon abhalten zu können, dafür zu kämpfen, diesen Zustand mit einer gewissen Regelmäßigkeit bis ans Ende meines Lebens genießen zu können, egal was es mich kostet. Zum Anderen die 2 auf der Skala am Freitag, die ich Dir tief besorgt abnehme, obwohl ich sonst nicht mehr weiß, was glaubwürdig ist.

Ich war versucht, Dich auf Deiner Fahrt noch anzurufen, um Dich zu fragen, ob Du mich liebst, um eine Entscheidungshilfe zu haben, aber das weißt Du wahrscheinlich momentan nicht. Mir fiel dann auf, dass die wirklich interessante Frage wohl auch eher die ist, ob Du Dich liebst, aber die Antwort würde Dir wahrscheinlich noch größere Probleme bereiten.

Die schlechte Nachricht ist, dass das nicht von alleine wieder weg geht.

Ich möchte nicht, dass Du mir etwas vorspielst, nur um nicht noch zu Deiner Mutter ziehen zu müssen. Ich empfinde es allerdings immer als glaubhaft, dass Du Dich hier auch wohl fühlst. Wenn ich trotzdem das Gefühl habe, dass etwas nicht stimmt, beschwichtigst

Du mich, alles sei gut. Aber es ist ja nicht gut, es ist so schlimm, dass Du fliehen musst, heute und demnächst, um jeden Preis.

Was sich an den beiden Punkten, Dezember und jetzt, geändert hat, ist, dass ich Deine Beteiligung eingefordert habe. Die emotionale und / oder emphatische kann ich noch hinten anstellen, man kann sich nicht für das Wohl anderer interessieren, wenn es einem selbst schlecht geht, aber dann musst Du auch den Willen haben, an Deinem Zustand zu arbeiten, denn eine emotionale Beteiligung über das blosse Lippenbekenntnis hinaus wird Dir auf Dauer jede Beziehung abverlangen und Du bist so liebebedürftig, dass es auf Dauer ganz ohne Beziehung nicht gehen wird.

Respekt hat viele Gesichter und ich möchte auf Dauer nicht auf Deinen verzichten, weil das den Respekt, den ich mir selbst entgegen bringe, dauerhaft unmöglich macht. Wenn Du Dir von mir einen anderen Umgang mit Dir wünschst, dann möchte ich das wissen - an Deinen wahrscheinlichen Wissenslücken in diesem Bereich musst Du vor allem um Deiner selbst Willen arbeiten.

Nach dem letzten ganzen und auch dem halben Jahr kannst Du Dich wohl darauf verlassen, dass ich Dich liebe, wie Du bist, wenn auch keiner von uns beiden gerade so genau weiß, was das ist - und auch, wenn dazu gehört, Dich sein zu lassen. Aber hör bitte auf, mich ins offene Messer laufen zu lassen.

37

Am nächsten Morgen erwache ich in einem Meer aus Traurigkeit und mit dem tiefen Bedürfnis, ihn rauszuwerfen. Den halben Tag gebe ich mich der beruhigenden Wirkung des Putzens hin, bin mir unsicher, ob er wirklich kommen wird, und den ganzen Tag über ist es mir ein Rätsel, wie ich abends mit ihm in diesem Bett liegen soll, wenn er sich im Schlaf an mich schmiegt und meine Hand nimmt. Ich will mich retten und bin doch in tiefer Sorge um ihn. Gegen 19 Uhr stelle ich verwundert fest, dass diese Besorgnis meiner Vorfreude auf ihn weicht. Um kurz vor acht schreibt er zerknirschte Worte über sein gestriges, unentschuldbares Verhalten und verschiebt seine Rückkehr auf morgen. Ich bedanke mich neutral für sein Lebenszeichen und bringe zum Ausdruck, dass mich diese Atempause auch erleichtert.

Die See ist am Donnerstagmorgen nicht ruhiger geworden, aber um kurz nach zehn ruft er mich fröhlich an und will mich gleich abholen, damit ich mein Auto aus der Werkstatt holen kann. Ich steige zu ihm ins Auto und gleich nimmt er meine Hand und ich fühle wohlige Erleichterung. Wir plänkeln ein wenig über dies und das, bis ich ihn frage, ob er Spaghetti aglio e olio mag.

„Ja, eigentlich schon, aber wieso?"

„Ich konnte mich auf dem Markt nicht dazu durchringen, irgendetwas zu kaufen und dachte, das können wir auf jeden Fall mit dem, was wir noch da haben, morgen kochen."

Nichts.

„Bist Du Ostern denn eigentlich da?"

„Nein, ich bin nicht da."

„Und wo bist Du?" nehme ich nach kurzem Schweigen den Kampf mit dem widerspenstigen Wurm in seiner Nase wieder auf und zerre mühsélig Stück für Stück seiner zähen Fakten ans Licht.

„Ich hole heute Abend meine Sachen und ziehe in die Firmenwohnung nach Darmstadt, bis ich meine eigene Wohnung habe."

„Und das ist dann auch das Ende unserer Beziehung?"

„Ja."

„Und Du bist dann jetzt mit Sandra zusammen?"

„Ja."

„Dann gehst Du wieder von einer Beziehung in die nächste."

„Ja, das stört mich auch. Aber wenn ich dann meine eigene Wohnung hier in Sindelfingen habe, das ist ja schließlich mein Arbeitsort, hat das ja automatisch auch ein wenig Distanz."

„Gibt es da auch einen emotionalen Hintergrund?"

„Ja."

„Seit wann?"

„Seit Mitte März."

Ich bin ganz kalt, während brennende Hitze durch meinen Körper wallt und vergeblich suche ich nach Berührungspunkten zwischen mir und dem Geschehen.

„Hat das überhaupt irgendwas mit mir zu tun?"

„Nein, Du bist perfekt. Das nützt Dir jetzt nichts, aber ich werde Dir immer dafür dankbar sein, dass Du mich aus meiner Ehe gerettet hast."

Ich schiebe seine Hand zur Seite, weil ich das jetzt nicht will. Nach einer Weile nehme ich noch einmal Anlauf und lasse die kleine Besserwisserin in die Manege:

„Ich will Dir das jetzt nicht schlecht reden, aber es wieder nur eine Flucht. Du musst Dich wirklich um Dich kümmern."

Den Rest der Fahrt schweigen wir und ich versuche, den Kontakt zur Wirklichkeit wieder aufzunehmen. Kurz vor dem Ziel erkundige ich mich, wann er abends kommen will, aber ich weiss noch nicht, ob ich da sein werde. Ich bedanke mich fürs Bringen und steige aus.

20

Er ist dankbar für den später übermittelten Vorschlag, dass ich spazieren gehe, sobald er kommt, weil ich es für ihn zu demütigend finde, wenn ich ihm beim Packen zusehe, und für mich, wenn ich ihm dabei helfe.

Er kommt mit meinen Gummistiefeln aus dem Auto und zwei noch gefalteten Kartons unter dem Arm um halb sieben und ich bitte ihn, den Schlüssel auf den Tisch zu legen, wenn er vor meiner Rückkehr fertig ist und zeige ihm die Häufchen mit den Sachen, die ich im Laufe des Tages aus den leicht zu vergessenden Ecken in Bad und Küche gesammelt habe, und wandere langsam an der Echaz entlang und einmal die Planie hin und her durch die mir plötzlich fremd gewordene Stadt. Nach einer Stunde kehre ich zurück und rauche auf einer Bank um die Ecke noch eine Zigarette und beobachte dabei verstohlen und auch leicht belustigt seine angestrengten Bemühungen, den ganzen Kram in seinem Auto zu verstauen, aber ich muss dringend zur Toilette und erwische ihn beim letzten Verlassen der Wohnung und zucke unwillkürlich zurück, als er mit einem bedeutungsschwangeren Lebewohl nach meinem Arm greift.

Meine schnelle Kontrolle entdeckt Katis Weihnachtsgeschenk und die leeren Whiskyflaschen, die er im Regal zurück gelassenen hat und ich rufe ihn noch einmal nach oben, weil ich wirklich schon genug für ihn getan habe und er auch den Inhalt seiner Schubladen vergessen hat, und in den wenigen Minuten, die er, durchgeschwitzt und heftig schnaufend, für die lautstarke Entsorgung seines Mülls in den Tonnen unten im Flur und das Zusammenklauben seiner Papiere aus den Schubladen braucht, bin ich dankbar für meine Entscheidung, mir den Rest nicht angesehen zu haben, dann ist endgültig weg.

Halb legal mache ich mich am Karfreitag über leere Autobahnen auf den Weg nach Dresden. Ich bin traurig, aber fühle mich wie von langer und schwerer Krankheit genesen. Zwei Tage später beginne ich meinen Bericht. Ich fand unsere Geschichte schon immer erzählenswert, aber lange Zeit wußte ich nicht, wie sie ausgeht.

Ende

Nachwort

Vielleicht haben Sie an dieser Stelle das Gefühl, dass ich in meinem Bericht etwas ausgelassen habe. Mir ging es an diesem Tag ähnlich. Nie war er mit etwas unzufrieden gewesen, unser Umgang miteinander war immer liebevoll, wir hatten jeden Tag miteinander geschlafen und gelacht. Sexuelle Treue war nicht mein Anspruch, nur Ehrlichkeit fand ich für eine offene Beziehung unerlässlich und nie hatte ich ihm Anlass dazu gegeben, etwas vor mir verheimlichen zu müssen.

Im Unterschied zu den letzten beiden Malen, als er mich verlassen hatte, begriff zumindest mein Verstand bei seinem dritten Anlauf sofort, dass er sein Schiff so gründlich verbrannt hatte, dass es weder von seiner noch von meiner Seite aus eine Möglichkeit zur Rückkehr in eine Zweisamkeit gab. Frei von jeder Rücksichtnahme hatte er mich zu einem Zeitpunkt körperlicher Schwäche in einer durch ihn verursachten finanziellen Notlage zu sozialer Isolation verdammt und ich reagierte instinktiv mit dem Willen, aus dieser Situation stärker, schöner und besser positioniert als je zuvor hervorzugehen, und begab mich auf die Suche danach, wie es zu dieser inhumanen Verurteilung gekommen war.

In den ersten Tagen träumte ich viel. Von meinem Ausgeschlossensein aus der Gemeinschaft der Beiden auf einer Party, von meinem Zurückbleiben bei einer Fahrradtour zu Dritt, von der Verwandlung des Begleiters an meiner Seite in ein Ungeheuer mit Fell und langen Zähnen. Nach dem langen Zaudern, den er für seinen Sprung in unser Leben gebraucht hatte, zweifelte ich ungläubig an der Tragfähigkeit der kaum erprobten, und immerhin seit drei Wochen auch emotionalen Beziehung in der durch den Lockdown erzwungenen Ausschließlichkeit und stellte mir ihre Reaktion bei der Entdeckung von Jogginghose und Mathematikvideos im

Bett vor. Aber vielleicht schweißte sie auch der Umstand zusammen, dass offenbar auch sie ihre bisher nur kriselnde Ehe jetzt seinetwegen beendet hatte. Der Gedanke, dass sich das Schicksal außergewöhnlich beeilt hatte, mir mein eigenes Verhalten gegenüber seiner Frau und meinem kleinen Belgier zurück zu zahlen, schlich sich ebenfalls in meinen Kopf.

Natürlich war mir bewußt, dass auch die schönste und einzigartigste Liebe endlich sein kann, aber ich trieb in einem Meer von Fragen nach dem warum und weshalb, auf die ich mir von ihm keine Antworten mehr erhoffen durfte. Die Bemerkung einer befreundeten Psychologin ließ mich im Internet nach dem Stichwort „narzisstische Persönlichkeitsstörung" suchen, und die Artikel im Ärzteblatt und einer Psychologenzeitschrift lasen sich wie eine Zusammenfassung dessen, was mir gerade passiert war. Ich hatte ihm in seiner damaligen Zerrissenheit einmal das Einnehmen eines anderen Blickwinkels empfohlen und folgte meinem Rat jetzt bei der erneuten Lektüre unserer Nachrichten.

Der Spur unserer entstehenden Liebe in meiner aktuellen Situation zu folgen, war extrem schmerzhaft und erfüllte mich mit Trauer über den Verlust dieser Schönheit und Zorn über seine Unachtsamkeit damit, trotzdem verliebte ich mich bei dieser Lektüre erneut in ihn. Aber am Beginn und am Ende unserer Beziehung stand seine Unehrlichkeit über sein Verhältnis zu einer anderen Frau, und seine unzähligen Lügen und die Mangelhaftigkeit ihres Vertuschens hatten mich in der Endphase seiner Ehe vermuten lassen, dass die Entdeckung seine eigentliche Lust daran war. Die so offensichtliche Parallele zu den letzten Monaten unseres Zusammenlebens wurde mir erst jetzt bewußt. Beide hatte er uns mit allen Mitteln zu seinem Rauswurf provozieren wollen, um nicht die Verantwortung für die Trennung tragen zu müssen. Auch seine stete Antwort „egal" auf jede Frage nach einer noch so unbedeutenden Wahl zwischen zwei Möglichkeiten, war wohl eher nicht der Angst vor dem Verlust von Sympathien geschuldet, sondern der Verweigerung gegenüber der Verantwortung für die Entscheidung. Ich fühlte mich an seine kürzliche Entgegnung auf meine scherzhafte Frage nach seinem Alter erinnert, die er schelmisch mit zwölf beantwortet hatte, und las weiter.

Es waren schöne Dialoge, aus denen mir oft sein Konterfei entgegen sprang, das mir merkwürdig fremd geworden war; in denen ich viele Einzelheiten seines aktuellen und vergangenen Lebens wieder fand, von denen ich nie genug hatte bekommen können; und in denen mir die Berichte über seine Arbeit jetzt eine Spur arrogant vorkamen, die ich bei der ersten Lektüre als Versuch, mich zu beeindrucken, gelesen hatte. Die ausgeklügelten Schilderungen meiner Gedanken und Gefühle waren oft aus seiner Sicht schön geschrieben, eine Formulierung, die ich erst später als sein Synonym für ein Nichtverstehen enttarnt hatte, oder es ging ihm viel dazu durch den Kopf, was er mir später schreiben würde, wozu es nie kam. Das Wenige über mein Leben, das ich über den blossen Tagesablauf hinaus berichtet hatte, wurde von ihm nicht hinterfragt. Eine Verteilung, die wir auch in unserem Zusammenleben beibehalten hatten. Zu keinem der Bilder, die zahlreich im Original an meinen Wänden hängen, hatte er je eine Frage gestellt, nie mit geneigtem Kopf vor meinen Bücherregalen gestanden oder ein Buch heraus gezogen, und ich bezweifelte, dass er meine Universitätsstadt hätte benennen können. Wir besprachen beim Essen seinen Tagesverlauf und weder die Andeutungen über meine Unzufriedenheit mit meiner neuen Stelle noch die Erwähnung meiner finanziellen Schwierigkeiten hatten ihn je zu einer Rückfrage bewogen. Bei unserem letzten Gespräch im Park hatte ich ihn halb fragend auf seine geringe Motivation aufmerksam gemacht, die von ihm sehr geschätzten, konstruktiven Gespräche über seine Erlebnisse einmal mit vertauschten Rollen zu probieren, und ein leerer Blick aus seinen blauen Augen war die einzige Antwort gewesen.

Er hatte für mich Gefühle, die er noch nie gehabt hatte, und die Sicherheit, mit mir die nächsten zwanzig Jahre verbringen zu können, und er hatte in den Tagen zwischen unserem siebten Himmel in Freudenstadt und dem gefürchteten Urlaub in Amerika ein mögliches Treffen mit mir in Darmstadt ausgeschlagen, um den Avancen einer anderen nachzugeben, und mich trotzdem in dem für mich folgenschweren Glauben gelassen, sich ausschließlich nach mir und einer gemeinsamen Zukunft zu verzehren, und erst diese neuerliche Verknüpfung mir eigentlich bekannter Tatsachen ließ mich abgrundtief vor ihm erschaudern und Abstand gewinnen.

Den Beginn seiner eigenen Distanzierung hatte er im Dezember verortet, ein Zeitpunkt, der nur mit meiner Forderung nach seiner finanziellen Beteiligung an unserem gemeinsamen Leben korrelierte. Tatsächlich hatte er bis zu diesem Zeitpunkt wenig in unsere Beziehung investiert. Die Hotels in Darmstadt, Seeheim, Berlin und Hamburg hatte die Firma bezahlt, die Unterkünfte in Bad Wildbad, Freudenstadt und Beuren ich, lediglich die sehr günstige Pension in Eltmann hatte er übernommen. Die Einkäufe hatte stets ich erledigt und die Restaurantrechnungen hatten wir uns geteilt oder er sie mit der Kreditkarte der Firma bezahlt. Sein Verhalten gegenüber seiner Familie fand er durch seine jahrelangen Anstrengungen für deren finanzielles Wohlergehen gerechtfertigt, und der Entschluss, sich aus der Ehe heraus eine eigene Wohnung zu nehmen, fiel mit seiner Entdeckung zusammen, dadurch Geld zu sparen. Noch günstiger für ihn war der Einzug bei mir gewesen und als ich seine Beteiligung forderte, reagierte er mir gegenüber zwar folgenlos und scheinbar verständnisvoll, aber wandte sich sogleich wieder seiner alternativen Gespielin zu und brachte sich damit in die gleiche Zwickmühle, der er mit meiner Hilfe gerade entronnen war. Hier lag wohl auch das Motiv für sein langes Zögern, die Ehe zu beenden und damit eine kostspielige Scheidung in Kauf zu nehmen, und den schnellen Sprung aus unserem Leben, das durch die von mir erzwungene Beteiligung an der Miete ohnehin nicht mehr lukrativ war. Hier war der starke Ausschlag der Gier, die mich bei der Auswertung des psychologischen Tests so überrascht hatte, und ihre bevorzugten Objekte Sex und Geld lagen im Wettstreit miteinander. Den letzten Anstoß gab ihm wahrscheinlich der Lockdown, denn ich war perfekt - der einzige Punkt, in dem ich noch bereit war, ihm zu glauben - und dadurch vielleicht auch in der durch die äußeren Umstände erzwungenen Beschränkung auf die zwei Personen unseres Haushalts eine Bedrohung seines Selbstwertgefühls, als ich begann, Fragen nach seiner Persönlichkeit zu stellen und weit und breit niemand mehr war, dem er sich überlegen fühlen konnte.

Ich hatte ihm einst geschrieben, dass das Zusammensein mit ihm mir immer als der natürlichste Zustand meiner selbst erschien, und ich hatte geglaubt, dass seine Anwesenheit für diesen inneren Frieden, den ich behalten wollte, verantwortlich sei. Aber alles, was es dazu brauchte und was unsere Geschichte zu etwas Besonderem gemacht hatte, war noch hier bei mir. Ich hatte Antworten auf meine Fragen gefunden und konnte die Schönheit meiner Erinnerungen ohne Wehmut bewahren. Meine Finanzen würden wieder in Ordnung kommen, für eine Heilung seiner Armut und Bedürftigkeit sah ich dagegen schwarz, und ich liebte ihn noch immer genug, um ihn deswegen zu bedauern und konnte seine Flucht fast als einen Akt der Rücksichtnahme auf mich akzeptieren.

Reutlingen, im Juni 2020

Anhang

Playlist

"Fly me to the Moon" Willie Nelson
"I'm your man" Leonard Cohen
"All the things you are" Carly Simon
"Love Song" Adele
"Everywhere I go" Jackson Brown
"Have I told you lately" Van Morrison
"To make you feel my love" Bob Dylan, Billy Joel
"Don't know much" Linda Ronstadt, Aaron Neville
"Come away with me" Norah Jones
"Wonderful tonight" Eric Clapton
"You are so beautiful" Joe Cocker
"Will you still love me tomorrow" Amy Winehouse
"Love Hangover" Diana Ross
"I belong to you" Lenny Kravitz
"Till the end" Curtis Harding
"Come rain or shine" Eric Clapton, B.B. King
"First time I ever saw your face" Johnny Cash
"Time in a bottle" Jim Croce
"Take my love with you" Bonnie Raitt
"Sweet Baby" Macy Gray, Erykah Badu
"Yours" Sara Gazarek

Club-Rätsel

Held vom 23.06.

Was uns verbindet

Spielzeug

Beliebte Sexualpraktik

Was uns unterscheidet

Kann verbinden und auch trennen

Größte Taste auf der Standardtastatur

Satirischer Roman von 1961, der vom Regisseur der Reifeprüfung verfilmt wurde

Traditionelle Suppe der vietnamesischen Küche

Space Oddity

Auflösung

T-oni Kroos

I-ntelligenz

R-aspberry Pi

A-nalsex

Y-Chromosom

-

Leerzeichen

Catch **22**

P-ho

David **B**-owie

Lösung: Bi-Party 22

Geburtstagsrätsel

Nummer 1

Wo Manu 13 mal die Nummer 1 war / geeigneter Ort
für Titelweitwurf / können Gregor und Sahra
auswendig singen / die Statistik rät ab davon / beliebte
Sexualpraktik / seemännische Form des Kidnapping /
Du wurdest in ihrer zweiten Saison geboren / an Dir
von mir gern gesehen / dritt-genanntes Material in
einem Schlager von Drafi Deutscher / von Meister
Lampe nicht als Sieger gesetzt / neben dem wachen
Piraten und Du gern auf

Die Anfangsbuchstaben der Lösungsworte ergeben in
der richtigen Reihenfolge das Kennwort. In der damit zu
öffnenden Datei findest Du das, was viele sich unter
diesem Namen vorstellen, hier wird er aber
ausnahmsweise mal in zwei Worten geschrieben.

Nummer 2

Pflanze mit unangenehmer Wesensart / beliebtes
Spielmaterial auf dem Rasen und auf der Matte / Mann,
der oft in Verbindung mit einer Frucht oder (k)einem
Kleidungsstück gebracht wird / wenn jemand fragt
wohin Du gehst / was Iren nicht trinken / auf der Basis
von Gottfried und Isaac / dessen Graf kommt auf
weissem Ross daher / auch da werden schöne Autos
gebaut / Spielzeug / fast so wie das schlaue Tier mit den
Trauben, nur präsenter

Die Anfangsbuchstaben der Lösungsworte ergeben in
der richtigen Reihenfolge das Kennwort, das eine
ungestüme Doppelbenetzung oder auch einen
Sehnsuchtsort bezeichnet.

Geburtstagsrätsel - Auflösung

Nummer 1

P-remier League
H-agen
I-nternationale
L-otterie
O-ralverkehr
S-hanghaien
B-undesliga
E-rektion
E-isen
I-gel
S-chatz

Lösung: Sophies Leib

Nummer 2

(gemeine) **W**-egwarte
L-eder
A-dam
B-ologna
B-ourbon
D-ifferentialrechnung
D-eich
I-ngolstadt
D-ildo
A-uch

Lösung: Bad Wildbad

Alkoholrätsel

Gibt es Mixgetränke, mit denen ich mich auf der Basis von 4 cl Spirituose pro 0,2 l Longdrink genauso betrinken kann wie mit Freixenet Cordon Negro Seco und gilt das Gleiche für Fürst Metternich extra trocken

Auflösung

Freixenet Cordon Negro Seco zeichnet sich durch einen Alkoholgehalt von 12% aus, in einem Glas von 0,2 l befinden sich also 24 ml Alkohol. Eine Spirituose, die diese Menge in 4 cl enthält, muss einen Alkoholgehalt von 60% haben. Diese gibt es nicht, man kann den Effekt nur durch geringere Mengen von Spirituosen mit höherem Alkoholgehalt erreichen.

Fürst Metternich extra trocken hat 11%, im Glas befinden sich also 22 ml Alkohol. Die benötigte Spirituose muss über 55% verfügen, dies ist bei den meisten Likören gegeben.

Danksagung

Ich danke von Herzen Heike, Kornelia und Maria für ihre Liebe, Geduld und Unterstützung und Stü für seine wertvollen Ratschläge.

Und: Thanks for nothing, Rainer!